पेंगुइन स्वदेश
मैं मसीहा नहीं

सोनू सूद एक अंतर्राष्ट्रीय फिल्म अभिनेता, निर्माता, उद्यमी और सामाजिक कार्यकर्ता हैं। उनको कोविड 19 महामारी के दौरान मानवता के काम के लिए यूएनडीपी का एसजीसी ऐक्शन अवार्ड भी मिल चुका है। प्रवासी मज़दूरों की मदद के लिए अभियान चलाने से संबंधित उनकी कहानियों को आंध्र प्रदेश के स्कूल की किताब में नीति शास्त्र के पाठ्यक्रम का हिस्सा बनाया गया है। सोनू फिटनेस को लेकर बहुत जागरूक रहते हैं और लोगों के साथ मेलजोल का उनका कौशल अनुकरणीय है, और वे एक जाने माने नाम हो गए हैं। वह मुंबई में अपनी पत्नी सोनाली, दो बेटों एहसान और अयान के साथ रहते हैं।

मीना के. अय्यर *बॉम्बे टाइम्स* में संपादक रह चुकी हैं, *टाइम्स ऑफ़ इंडिया* में फिल्म समीक्षक रह चुकी हैं और उसके बाद उन्होंने डीएनए का संपादन किया। वह पिछले उनचालीस सालों से सक्रिय मीडियाकर्मी हैं और उन्होंने ऋषि कपूर के साथ बेस्टसेलिंग किताब *खुल्लमखुल्ला: ऋषि कपूर अनसेंसर्ड* का सह लेखन किया है।

अनुवादक परिचय

प्रभात रंजन दिल्ली विश्वविद्यालय के ज़ाकिर हुसैन दिल्ली कॉलेज(सांध्य) में अध्यापन करते हैं और 'जानकीपुल' नामके मशहूर ब्लॉग के मॉडरेटर हैं। उन्होंने कई पुस्तकों का लेखन, अनुवाद और संपादन किया है। वे कई पत्र-पत्रिकाओं के संपादन से भी जुड़े रहे हैं और उनकी हालिया प्रकाशित पुस्तक *पालतू बोहेमियन* काफी चर्चित हुई है।

सोनू सूद

और मीना के. अय्यर

मैं
मसीहा नहीं

पेंगुइन स्वदेश
पेंगुइन रैंडम हाउस इंप्रिंट

पेंगुइन स्वदेश

यूएसए। कनाडा। यूके। आयरलैंड। ऑस्ट्रेलिया। सिंगापुर
न्यू ज़ीलैंड। भारत। दक्षिण अफ़्रीका। चीन

पेंगुइन स्वदेश, पेंगुइन रैंडम हाउस ग्रुप ऑफ़ कंपनीज़ का हिस्सा है,
जिसका पता global.penguinrandomhouse.com पर मिलेगा

पेंगुइन रैंडम हाउस इंडिया प्रा. लि.,
चौथी मंजिल, कैपिटल टावर-1, एम जी रोड,
गुड़गांव 122 002, हरियाणा, भारत

पेंगुइन
रैंडम हाउस
इंडिया

प्रथम हिन्दी संस्करण हिन्द पॉकेट बुक्स में पेंगुइन रैंडम हाउस द्वारा 2021 में प्रकाशित
यह हिन्दी संस्करण पेंगुइन स्वदेश में पेंगुइन रैंडम हाउस द्वारा 2024 में प्रकाशित

कॉपीराइट © सोनू सूद और मीना के. अय्यर 2021

सर्वाधिकार सुरक्षित

10 9 8 7 6 5 4

ISBN 9780143451990

मुद्रकः रेप्रो इंडिया लिमिटेड

www.penguin.co.in

FSC
www.fsc.org
MIX
Paper from
responsible sources
FSC® C047271

मेरे माता-पिता सरोज और शक्ति को

'यह असम्भव है', अहम ने कहा
'इसमें ख़तरा है', अनुभव ने कहा
'यह बेतुकी बात है', तार्किकता ने कहा
'कोशिश करके देख लो', दिल ने कहा

अनुक्रम

SonuSood Dear sir u don't know how amazing ur going
t of your way to care about others, sharing strength,
ve in way lifting spirits and touch hearts thank u, sir, for
lping me in taking care of my daughter Shaurya Sawant
edical expense. A lot of blessings to u sir.

48 PM · Sep 4, 2020 · Twitter for Android

3 Retweets   3 Quote Tweets   2.6K Likes

Akshay AgraWal
@akkiagrawal5

onu Sood launches 'ILAAJ India' initiative
niindia.com/~/sonu-sood-la... @SonuSood @ketto
ilaajindiainitiative #SonuSood #ketto

ne more Great thing by a Great Person 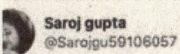 love you sir

---

Saroj gupta
@Sarojgu59106057

hanks a lot for helping me. I am very lucky that I got a
nance to work with Sonu Sena. I am very much thankful
Sonu Sir and Nand Ahuja Sir..#sonusena
Nand20Ahuja @SonuSood

Vidya Pratap
@VidyaPratap6

Thanku so much @SonuSood sir  for everything
you are our real life hero thnqq so much 🖤 🖤
#travelingstart #forindiabihar ✈️✈️ #kyrgyzstan 🔲to
#india 🚂 #mission successful 🏆🏆 @flyspicejet
@ashma_pm @NeetiGoel2 @vishallamba20

10:38 PM · Jul 26, 2020 from Kyrgyzstan · Twitter for iPhone

भूमिका

'प्रवासियों का मसीहा'

जब इस तरह की उपाधियाँ मुझे दी जाती हैं तो मैं थोड़ा सा झेंप जाता हूँ। लेकिन जब जीवन के राजमार्ग पर मैं ठहर कर मैं सोचता हूँ, तो आप मुझसे ज़रूर सहमत होंगे कि ज़िंदगी सचमुच थम गई हो और फिर मुझे समझ में आया कि किसी को रातोंरात ऐसा सम्मान नहीं मिल जाता।

मुझे यह पता था कि मुझे ऐसा कुछ नहीं मिलेगा।

बुधवार 15 अप्रैल 2020 को अपने दिल की आवाज़ सुनते हुए मैं मुँह पर मास्क लगाए 4000065 ट्रैफ़िक जंक्शन पर पहुँच गया, जो ठाणे जिले में कालवा का पिन कोड है। यह स्थान मेरे लिए बोधि वृक्ष के समान साबित हुआ। इसी स्थान पर मुझे कुछ एहसास हुआ।

यह सोच कर मुझे सिहरन होने लगती है कि हम फिल्मी सितारों को लोगों का जो प्यार-सम्मान मिलता है, अगर मैं उसी में खोया रह गया होता तो मेरी ज़िंदगी कितनी ख़ाली-ख़ाली हो गई होती। लेकिन ऐसा लगता था कि भाग्य ने यह तय कर रखा था कि मुझे अपने मकसद को पाने के लिए इस स्टार की छवि से बाहर निकलकर काम करना था।

1

बल्कि अपनी स्टार छवि का उपयोग करते हुए इस बात की तलाश करना कि नियति ने मुझे ऐसी शक्ति इसलिए दी है ताकि मैं निस्वार्थ भाव से उसका उपयोग कर सकूँ।

मुझे इसका एहसास मुंबई की सड़कों पर लॉकडाउन के दौरान हुआ, जब कोविड 19 महामारी के विस्फोट के कारण मैं ट्रक में खाने के पैकेट तथा अन्य ज़रूरत के सामानों को प्रवासी मज़दूरों के बीच बाँटने के लिए गया था।

संतुष्टि के भाव से जीवन में इंसान को कुछ हासिल नहीं हो पाता है। हर इंसान के भीतर उथल-पुथल चलती रहती है। हालाँकि अंदर की उथल-पुथल तकलीफ़ देने वाली होती है, लेकिन इसी वजह से इंसान ऐसी राह पर निकल पड़ता है जिसके बारे में उसने सोचा भी नहीं होता है, जिस राह पर कम ही लोग चल पाते हैं, लेकिन वह राह संतोष पहुँचाने वाली होती है। जहाँ तक मेरी बात है, तो इस भावनात्मक उथल-पुथल का नतीजा यह हुआ कि बजाय संतोष होने के मेरी अंतरात्मा जाग उठी। जब महामारी फैली, तो बाकी लोगों की तरह ही मार्च के शुरुआती कुछ दिन तो सोते-सोते ही कटे। मैं बड़ी निष्ठा से कायदों का पालन कर रहा था। कोविड 19 एक रहस्यमय बीमारी थी; यह एक छिपा हुआ शत्रु था। कोई नहीं जानता था कि यह राक्षस कहाँ निशाना बनाएगा, कब और किसको हो जाएगा। दुनिया में किसी को कुछ नहीं पता था कि इसको रोका कैसे जाए। शायद हम कभी इस सच्चाई को पूरी तरह नहीं समझ पाएँगे कि इस वायरस के पीछे क्या कारण थे कि इसने दुनिया भर के लोगों को घुटने के बल ला दिया।

लेकिन शुरुआती कुछ दिन सैनिटाइज़र, हैंडवाश, मास्क और दस्तानों का इस्तेमाल करते हुए सुरक्षित घर में रहते रहते मुझे कुछ असहज महसूस होने लगा। मैं हमेशा से सक्रिय और समर्पण से काम करने वाला आदमी रहा हूँ। मैं सुस्त या बेपरवाह इंसान नहीं हूँ। मुझे हमेशा कुछ-न-कुछ करते रहना पसंद है। मेरी अंतरात्मा ने मेरे दिमाग को कुछ करने को कहा और वह सोच में पड़ गया। मैं जिस बात को बेहतर तरीके से जानता समझता था, वह यह कि मैं खामोशी से घर में बैठे रहने वाला आदमी नहीं हूँ।

मैंने ख़ुद का आकलन किया - अपनी क्षमता, सीमाएँ, अवसर और ख़तरों को नाप तौल कर देखा। मेरी कमज़ोरी यह थी कि मुझे चिकित्सा का ज्ञान नहीं था, न मैं डॉक्टर था, न स्वास्थ्यकर्मी और तो और, मैं तो कम्पाउण्डर भी नहीं था। लेकिन वो आपदा की घड़ी ठीक मेरे सामने आ खड़ी हुई थी। चारो तरफ़ घबराहट फैली हुई थी, मुझे उसको लेकर कुछ करना था। मुझे उनके लिए आगे बढ़कर कुछ करने की ज़रूरत थी। मुझे यह बिलकुल पता नहीं था कि इसमें ख़तरे क्या होंगे और बाधाएँ किस तरह की आएँगी। लेकिन इस तरह की बातों से मैंने जीवन में कभी हार नहीं मानी। स्टारडम पाने से पहले की अग्निपरीक्षा से गुजरने के बाद से तो बिलकुल नहीं।

मेरी एक ताकत यह रही है कि मैं किसी अनजान चुनौती से डरता नहीं हूँ; मुझे इस बात का भरोसा रहता है कि मैं बाधाओं से संघर्ष करके जीत जाऊँगा। जब मैंने अपनी अंतरात्मा से संवाद किया तो मेरा मनोबल और बढ़ा। मैंने अपने आपसे पूछा कि मेरी सबसे बड़ी ताकत क्या थी- मेरे अंदर से यह आवाज़ आई कि मेरे पास एक विशेष ताकत थी क्योंकि मैं एक मशहूर हस्ती था। यह मेरी किस्मत थी कि मेरा चेहरा जाना पहचाना था। लोग मुझे जानते थे, वे मेरे चेहरे को पहचान लेते थे और मेरे नाम की वजह से कई समाधान निकल सकते थे। मुझे इस बात का ख़ास लाभ था कि मैं ज़रूरत पड़ने पर किसी अजनबी के साथ खड़ा हो सकता था और उसको इस बात की आश्वस्ति हो सकती थी कि मैं उनकी तरफ से वहाँ देखभाल कर सकता था।

मेरे फैसले की घड़ी

मैं किस वजह से ठाणे के कालवा चौक गया और वहाँ जाकर लोगों के बीच सामान वितरण पर नज़र रखने गया जबकि मैं आराम से ट्रकों में भरकर खाना, पीने का पानी, सैनिटाइज़र, सैनिटरी नैपकीन आदि भेज सकता था? आख़िर मैं घर से निकला क्यों जबकि मैं आराम से घर में बैठा रह सकता था

और इस बात को महसूस कर सकता था कि मेरे सिर के ऊपर प्रसिद्धि का चक्र घूम रहा है? इसका जवाब यह है कि मैं अंदर से बेचैन था और मैं प्रसिद्ध व्यक्तित्व के रूप में सोशल मीडिया पर "सुरक्षित रहें" या "अपने हाथ धोएँ" लिखने मात्र से संतुष्ट नहीं रह सकता था। मैं महज़ इस बात से संतुष्ट नहीं रह सकता था कि उत्साह बढ़ाने वाले विडियो अपलोड कर यह बताता रहूँ कि लॉकडाउन के दौरान किस तरह शारीरिक और मानसिक रूप से स्वस्थ रहा जाए। मुझे एक दिन इलहाम हुआ कि मुझे ख़ुद उस स्थान पर स्वयं होना चाहिए, ख़ुद मैदान में होना चाहिए। यह मानो परमेश्वर की तरफ से आदेश था कि मैं चुम्बकीय ढंग से उस दिशा में बढ़ता चला गया जिस दिशा में मुझे होना चाहिए था।

मैंने पहले भी अंतरात्मा की आवाज़ सुनी थी, छोटे रूप में, जब अप्रैल में मैंने जुहू में अपना छह मंज़िला होटल शक्ति सागर राज्य सरकार को दे दिया था। तब राष्ट्रव्यापी लॉकडाउन के दो सप्ताह ही हुए थे। स्वास्थ्यकर्मी हम लोगों और वायरस के बीच दीवार का काम कर रहे थे। उनको भोजन और शक्ति सागर में रहने के लिए कमरे उपलब्ध करवाने से मुझे बहुत ख़ुशी महसूस हुई, वह भी उस भवन में जिसका नाम मेरे लिए ख़ास मायने रखता था, और मुझे तब और अधिक संतोष हुआ जब फिल्मी दुनिया के अन्य लोगों ने भी इसी तरह अपने-अपने भवनों के दरवाजे कोरोना योद्धाओं के लिए खोल दिए। 24 मई 2018 को इस इमारत को ख़रीदना मेरे लिए इस बात की पुष्टि की तरह थी कि मैंने एक मुकाम हासिल कर लिया था, यह एक ऐसी उपलब्धि थी जो मुझे उन बड़े प्रोडक्शन हाउस ने नहीं दिया था जिनके वहाँ दफ़्तर थे। यह एक ऐसी कहानी है जिसके बारे में मैं अगले किसी अध्याय में आपको विस्तार से बताऊँगा, लेकिन उस इमारत का नाम अपने स्वर्गीय पिता शक्ति सागर के नाम पर रखना मेरे लिए बहुत ख़ास तरह का कृतज्ञता ज्ञापन था। यह कुछ ऐसा था मानो मेरे माता-पिता स्वर्ग से देखते हुए मुझे उस दिशा में निर्देश दे रहे हों जिसके बारे में उन लोगों ने मुझे हमेशा शिक्षा दी—दूसरों की मदद करना।

लॉकडाउन के दौरान जब मैं पहली बार विस्थापितों के बीच खाने के पैकेट बाँटने के लिए निकला तो मेरी पत्नी सोनाली ने पूछा, 'सोनू, तुम कहाँ

जा रहे हो'? वह मुझे याद दिला रही थी कि लॉकडाउन का मतलब था घर में रहना। वह दिन था 15 अप्रैल। मैंने उसको बताया कि यह बहुत ज़रूरी था कि मैं निजी रूप से यह काम करूँ और वह मान गई।

और भगवान का शुक्र है कि मैंने यह कदम उठाया। 15 अप्रैल मेरे लिए बहुत बड़ा दिन था; सम्राट अशोक के कलिंग अभियान जैसा दिन, उस दिन मेरे जीवन ने वह दिशा पकड़ी जिसके बारे में मैंने सोचा भी नहीं था।

पहले मैंने लोगों से इस बारे में बात करते सुना था कि उनको किस तरह अपने "जीवन का मकसद" मिल गया, "देखो, मेरे भाग्य में यही करना लिखा था" आदि-आदि। मैं ऐसे दोस्तों को जानता हूँ जिनको राजनीति या शिक्षण या किसी और काम में अपनी दिशा मिल गई। मैं ऐसे लोगों को भी जानता हूँ जिन्होंने बीच राह में अपनी पेशेवर दिशा बदल ली। जब इनमें से कोई मुझे यह कहता, "सोनू, मुझे रास्ता मिल गया", तो मुझे उनके लिए ख़ुशी तो होती ही थी, कुछ हद तक संदेह भी होता था। क्या सच में कोई आपको आवाज़ देता हुआ आता है? क्या वह अंदरूनी होता है या बाहरी? क्या आपको अपने जीवन में बीच रास्ते में कुछ मकसद मिल जाता है?

लेकिन अब जब यह सब मेरे साथ हुआ तो मुझे यह समझ में आया कि हम सभी दुनिया में वही करने के लिए बने हैं जो भाग्य ने हमारे लिए बदा है। आपको पता नहीं होता कि उसकी योजना क्या होगी। कब वह योजना आपको पुकारती हुई आएगी।

मैं भारतीय फिल्म उद्योग में लगभग दो दशकों से हूँ; मैंने दुनिया भर की अलग-अलग भाषाओं में असंख्य फिल्मों में काम किया है। ज़िम्मेदारी और समर्पण मेरे जीवन के पर्याय रहे हैं। और मैं जानता हूँ कि वादे की कीमत क्या होती है, मेरे शब्दों का क्या मोल होता है।

मैंने फिल्मों में काम किया है, मैंने फिल्में बनाई हैं, मैंने ज़मीन जायदाद का काम किया है, मैंने जीवन में तरह-तरह के काम किए हैं, लेकिन "घर भेजो" अभियान से मुझे जो ख़ुशी मिली, जो संतोष हासिल हुआ वह अकथनीय है। ऐसा लगा मानो मैं पंजाब के मोगा से मुंबई आया और अग्निपरीक्षा से गुजरते हुए अभिनेता बना, सुपर स्टार बना और मज़बूत

इरादे वाले आदमी के रूप में सामने आया, और सब कुछ के बाद एक दिन मैं उम्मीद का रूप धरकर न जाने कहाँ से आया और अनजाने लोगों को ट्रकों में भरकर उनको घर पहुँचाने लग गया।

जब मैंने रुककर अपने जीवन की दिशा बदल देने वाले इस दौर के बारे में सोचा तो मुझे समझ आया कि किशोरावस्था में किसी बात को लेकर मन में करुणा का भाव इस कदर जाग उठता था कि कुछ कर गुज़रने की तमन्ना होने लगती थी। इस तरह के मामलों में मेरे माता-पिता ने बहुत महत्वपूर्ण भूमिका निभाई। एक कहावत है कि बच्चों को जब सलाह दी जाती है तो वे अपने कान बंद कर लेते हैं लेकिन जब कोई उदाहरण सामने आता है तो वे आँखें खोलकर देखते हैं।

जब मैं हाईवे पर खड़ा होकर जल्दी से जल्दी घर पहुँचने के लिए बस में सवार व्याकुल श्रमिकों को पताका दिखाकर विदा कर रहा होता था तो मुझे याद आता था कि बचपन में मैंने क्या देखा था और क्या संजो कर रखा था।

मैं मिलनसार और उदार पंजाबी परिवार में बड़ा हुआ था। हमारे दरवाज़े सदा खुले रहते थे और हमारे खाने की मेज़ पर हमेशा हमारे परिवार के सदस्यों से अधिक लोग बैठे रहते थे। मेहमाननवाज़ी और साथ मिलकर खाना खाना पंजाबियों का ख़ास लक्षण है। पंजाब के अधिकतर घरों में लोगों का स्वागत खाने की मेज़ पर किया जाता है और "घर का खाना" और "खाओ जी" पसंदीदा शब्द रहे हैं। हमें अपनी रसोई के ऊपर गर्व होता है, जितने ही अधिक लोगों को हम खाना खिलाते हैं उतना ही हम छाती फुलाकर चलते हैं; और हमें उतनी ही चैन की नींद आती है। आम तौर पर हमारे चेहरे पर सुख की मुस्कान होती है और दिलों में गर्मजोशी।

मेरे माता-पिता ने मेरे अंदर यह बुनियादी सोच पैदा की। उन्होंने मुझसे कहा, चाहे मैं जहाँ रहूँ, जिस हाल में रहूँ, मुझे तब तक अपने आपको किसी लायक समझना चाहिए जब तक मैं अपने से कमतर हालात वाले किसी आदमी की मदद न कर लूँ। इस तरह, यह बुनियादी बात बचपन में ही मेरे अंदर भर दी गई थी कि असमर्थ लोगों की तरफ मदद का हाथ बढ़ाना

चाहिए। लेकिन मैं यह बात स्वीकार करना चाहता हूँ कि जीवन में किसी भी स्तर पर मैंने ऐसा नहीं सोचा था कि मैं कभी *घर भेजो* अभियान जैसे बड़े सामाजिक काम में किसी तरह की भूमिका निभाऊँगा। मैंने कभी यह सपने में भी नहीं सोचा था कि मैं मानवता के हित में इतने बड़े, इतने महत्वपूर्ण काम का हिस्सा बन जाऊँगा। लेकिन स्टीव सोल्जबर्ग की साइंस फ़िक्शन फिल्म *कोंटेजियन* में भी ऐसी कल्पना नहीं की गई थी कि दुनिया भर में इतने बड़े पैमाने पर लॉकडाउन की नौबत आ जाएगी। या इससे सड़कों पर काम करने वाली आबादी का क्या हस्र होगा।

अगर मैं किसी मशहूर हस्ती या सेलिब्रिटी की हैसियत से अपने घर में बंद रहा होता और अपने रिमोट कंट्रोल के सहारे दान पुण्य का काम कर रहा होता तो मुझे कभी प्रवासियों की पीड़ा का पता नहीं चल पाया होता या इस बात का अंदाज़ा नहीं हुआ होता कि घर वापस जाने का विकल्प खाने के पैकेट नहीं हो सकते।

जब मेरे पड़ोसी अजय धामा मुझे उस दिन अपनी गाड़ी में बिठाकर ठाणे ले गए, तो मुझे ऐसा अहसास हुआ कि मैं पैदल चलकर गाँव जाते प्रवासी मज़दूरों के बीच खाने के पैकेट तथा अन्य ज़रूरी सामानों को बाँटकर कोई बड़ा हृदय परिवर्तनकारी काम कर रहा हूँ।

लेकिन मेरे सामने जो था उसके लिए मैं तैयार नहीं था। वहाँ चारों तरफ जो नाउम्मीदी थी, वह परेशान कर देने वाली थी।

वहाँ उलझन और अफरा तफरी का माहौल था, वह भावुक कर देने वाला था और सब कुछ सामने था। हज़ारों लोग पैदल चलकर जा रहे थे, कुछ हाथों में बच्चे थामे थे, कुछ अपने कंधों पर बुजुर्गों को उठाए हुए थे। आगे-आगे औरतों के पति टिफिन का डिब्बा और पानी लिए चले जा रहे थे। पीछे-पीछे उनकी पत्नियाँ, साड़ी के आँचल या दुपट्टे से सिर ढके, हाथों में बच्चों को उठाए चिलचिलाती धूप और रात के अंधेरे में चले जा रहे थे।

हमारा सामना ऐसे उद्विग्न चेहरों की भीड़ से हुआ जिनमें सभी जातियों, धर्मों और पेशों से जुड़े लोग थे। किसी के भी चेहरे पर न तो मुस्कान थी, न ही उम्मीद की कोई किरण। हम जो खाना बाँट रहे थे उसे लेने के लिए कुछ

लोगों ने अपने हाथ बढ़ा दिए। कुछ झिझक रहे थे। वे सवालिया निगाहों से देख रहे थे। शायद यह मेरी कल्पना रही हो लेकिन मुझे ऐसा लगा कि उस भीड़ में से किसी ने मुझसे पूछा हो, 'क्या सच में आपको ऐसा लगता है कि हम लोगों को भोजन के पैकेट देने भर से आपने काफी काम कर लिया? आपकी अंतरात्मा को शांति मिल गई'? यह सब मेरे दिमाग में चल रहा था, मेरी अंतरात्मा आँखें मलते हुए नींद से जाग रही थी। मुझसे किसी ने भी कोई सवाल नहीं किया। उनको अच्छा लग रहा था कि उनके बीच कोई जाना पहचाना चेहरा आ गया था, एक सेलिब्रिटी आया था। लेकिन ईमानदारी से बताऊँ तो सिवाय इसके कि मैं उनके बीच में मौजूद था उनको इससे अधिक कुछ नहीं मिला।

अपने सामने ऐसे जन-समुद्र को देखकर मेरे दिमाग में कुछ आया। पहले तो इतनी बड़ी तादाद में लोगों को सड़क पर देखकर मुझे झटका सा लगा। हाइवे पर, पुलों के नीचे, फुटपाथों पर असंख्य लोग चले जा रहे थे, सामाजिक दूरी तो बहुत दूर की बात लग रही थी। कुछ उकड़ूँ बैठे थे, कुछ खड़े थे, बेचैन थे लेकिन उन लोगों ने ख़ुद को भगवान भरोसे छोड़ रखा था।

कालवा चौक पर बाँटने के लिए हम लोग अड़तालीस से पचास हज़ार लोगों के लिए भोजन, पानी और बुनियादी ज़रूरत के सामान ट्रकों में भरकर ले गए थे। आमतौर पर हम लोग एक-एक मज़दूर को दो दो पैकेट भोजन दे रहे थे लेकिन कुछ कामगारों ने कहा कि उनको इतना भोजन दे दिया जाए ताकि वे दस दिन की यात्रा में खा सकें। मुझे यह बात अजीब लगी कि वे इतने इतने दिनों के लिए भोजन माँग रहे थे। इसलिए मैंने उनसे यह पूछा, 'आप दस दिनों के लिए भोजन क्यों माँग रहे हैं'? तब उन लोगों ने हमें बताया कि वे पैदल चलकर कर्नाटक में अपने घर जा रहे थे, दस दिनों की पैदल यात्रा थी, उनकी इस यात्रा के बारे में सुनकर मैं चौंक पड़ा। मैं सन्न रह गया। 350 लोग पैदल यात्रा पर निकले हुए थे।

'मैं एक बुज़ुर्ग महिला और एक बच्ची से मिला। जब मैंने उनसे यह पूछा कि वे कहाँ जा रही हैं तो उन्होंने जवाब में कर्नाटक बताया। मैंने उनसे दो दिन रुकने के लिए कहा और यह कहा कि देखता हूँ क्या कर सकता हूँ।

और इस तरह उस कड़ी की शुरुआत हुई जिससे यह सब चल पड़ा', मैंने वरिष्ठ पत्रकार एवं लेखक भारती एस प्रधान से द टेलिग्राफ अख़बार के उनके रविवारीय स्तम्भ के लिए यह बात कही थी।

350 तो बस शुरुआती संख्या थी। हज़ारों और लोग उम्मीद में बैठे थे, क्योंकि जैसे जैसे समय बीतता जा रहा था अधिक से अधिक लोग कालवा चौक पर जुटते जा रहे थे, जो पैदल चलने वाले लोगों के लिए एक तरह से पड़ाव जैसा था। लोग अलग-अलग जत्थों में बिहार, यूपी, झारखंड तथा अन्य राज्यों की दिशा में जा रहे थे।

"यह मत पूछिए कि आपका देश आपके लिए क्या कर सकता है; यह पूछिए कि आप देश के लिए क्या कर सकते हैं।" जॉन एफ केनेडी के ये युगबोधक शब्द हैं जो दुनिया के प्रत्येक नागरिक से कुछ कर गुजरने का आह्वान करते हैं, मेरे दिमाग में कुछ बहुत बड़े बदलाव की सोच चलने लगी। सबसे पहले यह बात पूरी तरह से साफ हो गई और मैंने इस बात को अपने अंदर स्वीकार कर लिया कि वह तो निश्चित रूप से उस वास्तविक समस्या के लिए न तो पर्याप्त था, न ही उसका कोई समाधान जो उस हाइवे पर मंडरा रहा था। मैं इसी तरह से "धागे में बंधे भूरे काग़ज" के पैकेट बाँटता हुआ नहीं रह सकता था। मुझे यह बात समझ में आ गई।

इस पहली सोच से मुझे यह सूझा कि इस बात को लेकर कुछ किए जाने की ज़रूरत थी। मेरी ताकत मेरा फिल्म स्टार होना थी, मेरा चेहरा जाना पहचाना था और इसके सदुपयोग किए जाने की ज़रूरत थी।

एक बार जब मेरे दिमाग में यह बात साफ हो गई तो मैंने रेस्तराँ चलाने वाली अपनी एक दोस्त नीति गोयल को फोन मिलाया, जिन्होंने मेरे साथ मिलकर इस आंदोलन को आगे बढ़ाया। एक के बजाय दो दिमागों का साथ मिलकर काम करने से वहाँ फँसे हुए उन विस्थापित मज़दूरों के लिए कोई व्यावहारिक तथा करने में सहज योजना बनाकर उसके ऊपर काम किया जा सकता था। उनके तथा कुछ अन्य दोस्तों के साथ बातचीत के बाद मैंने यह तय किया कि मुझे बाहर निकलकर पूरे ज़ोर शोर से इस दिशा में काम करना था।

मुझे उन लोगों के लिए वाहनों का इंतजाम करना था जो अपने-अपने घर वापस जाना चाहते थे। जब मैंने कर्नाटक जा रहे लोगों से यह कहा कि वे मुझे दो दिन का समय दें ताकि मैं कुछ ऐसा इंतजाम कर सकूँ कि उनको पैदल चलकर अपने-अपने घर न जाना पड़े तो उनको यकीन नहीं हुआ। वे इतने नाउम्मीद होकर निकले थे कि वे ऐसी उम्मीद पालने का साहस भी नहीं कर सकते थे कि कोई उनकी इतनी परवाह कर सकता था कि उनको सच में उनके घर पहुँचा देगा।

वे बेसब्र हो रहे थे, उनको यकीन नहीं हो रहा था। कई लोगों ने यह कहा कि वे पैदल चलकर घर जाएँगे। कई लोगों ने मुझे बताया कि वे साइकिल से जाएँगे। इस बात को समझते हुए कि मेरे सामने चुनौती बड़ी थी मैंने उन लोगों से धीरज रखने के लिए कहा। लोगों को समझाने की क्षमता का अच्छा इस्तेमाल किया, मैंने उन लोगों को इस बात के लिए आश्वस्त किया कि उनके लिए गाड़ियों के इंतजाम में मुझे दो तीन दिन लग जाएँगे, और मैं यह इंतजाम कर लूँगा। मैंने यह निश्चय किया कि मैं उन लोगों को उनके ठिकाने पर उससे कहीं अधिक आराम से पहुँचने का इंतजाम कर सकता था जितनी कि वे कल्पना कर सकते थे।

कुछ भी पहले से सोच कर नहीं कहा गया था, लेकिन जैसा कि शाहरुख़ ख़ान ने फिल्म चक दे इंडिया में ड्रेसिंग रूम में खिलाड़ियों पर सत्रह मिनट के अपने भाषण से जो प्रभाव डाला था, मेरी बातों का भी वैसा ही प्रभाव पड़ा। वे इंतज़ार करने के लिए तैयार हो गए और मैंने जो कहा था उसको पूरा करने का एक मौका मुझे मिल गया।

उनमें से अनेक लोगों से मैंने आमने सामने बात की थी। मैंने उन लोगों को यह समझाया कि वे हमारे देश की धड़कन हैं। मैंने उन लोगों से यह कहा, 'आप लोगों की मदद से हमारे पुल, सड़कें, घर, अस्पताल, मंदिर, मस्जिद, स्कूल और यहाँ तक कि हमारी अदालतें भी बनी हैं। आपके खून पसीने की मेहनत से यह ढाँचा बनकर तैयार हुआ है। आज जब आप अपने आपको फँसा हुआ महसूस कर रहे हैं और आपको ऐसा लग रहा है आपके लिए कोई नहीं है तो मैं आपके साथ हूँ। मैं कम-से-

कम आप लोगों के सफ़र का इंतजाम तो कर ही सकता हूँ'।

लॉकडाउन की मार से प्रभावित होकर घर जाते प्रवासियों की मीलों लम्बी कतारों को देखकर, परिवार के परिवार घर के ऐसे बड़े बुजुर्गों के साथ चले जा रहे थे जो बमुश्किल चल पा रहे थे, कुछ अपने बच्चों को कंधे पर बिठाए थे, यह सब देखकर मैं अपनी आँखें बंद नहीं रह सकता था। मेरे देश, मेरे राज्य, मेरे शहर की सड़कों पर जो हो रहा था उसके कारण मुझे ठीक से नींद नहीं आ रही थी।

मेरे दिमाग में सवाल चल रहे थे: जिन लोगों ने हमारे घर बनाए उनको अपने घर जाने में हमको मदद क्यों नहीं करनी चाहिए थी? हम उनकी पीड़ा से ऐसे अप्रभावित कैसे रह सकते थे मानो उससे हमारा कोई लेना-देना ही न हो?

अमेरिकी कलाकार लिली टोम्लिन ने जब यह कहा तो वे बिलकुल सही थे: 'मैं अक्सर सोचता हूँ कि कोई इस बारे में कुछ करता क्यों नहीं। तब मुझे समझ में आया कि मैं भी कुछ था।' मुझे यह समझ में आ गया कि मैं महज़ कुछ था ही नहीं बल्कि मैं ऐसा सौभाग्यशाली कोई था जिसकी अपनी आवाज़ थी और उसके पास वे साधन भी थे कि वह 'उस बारे में कुछ कर सकता था'।

लेकिन जैसा कि मैंने आउटलुक पत्रिका की पत्रकार लछिमि देब रॉय से कहा था, 'शुरू में मुझे इस बारे में कुछ भी पता नहीं था कि प्रवासी मज़दूरों को उनके घर भेजने के लिए किस तरह से सब इंतजाम करना है।' शुरू में मैंने 350 लोगों को एक स्कूल में इस वादे के साथ शरण दिलाई कि उन लोगों को घर भिजवाने के लिए मैं निजी रूप से बसों का इंतजाम करूँगा। मैंने उनको इस बात के लिए भी आश्वस्त किया कि जब तक बसों को इंतजाम नहीं हो जाता तब तक उन लोगों को खाने पीने के सामान तथा अन्य साधन मुहैया करवाए जाएँगे।

तब जाकर घर भेजो आंदोलन की शुरुआत हुई। तब मुझे इस बात का कुछ इल्म नहीं था कि कहाँ तक और कब तक यह आंदोलन चलेगा। लेकिन यह चल पड़ा।

जब यह आंदोलन तेज़ हुआ और जंगल के आग की तरह यह बात फैलने लगी कि मैं ख़ाली वादे नहीं कर रहा था बल्कि वास्तव में प्रवासी मज़दूरों के लिए यातायात के साधन मुहैया करवा रहा था; तो लोग समूह बनाकर, मेरी और मेरे प्रतिनिधियों की खोज में आने लगे। रोज़ सैकड़ों लोगों के अनुरोध आते, सप्ताह में हज़ारों अनुरोध आते। मेरे व्हाट्सऐप्प का इनबॉक्स भरा रहता था। एक वक़्त में मेरे मेल में अलग-अलग लोगों के 3500 अनुरोध थे। मुझे नहीं पता कि उन लोगों को मेरा मेल आईडी कहाँ से मिला था लेकिन मेरा मेल बॉक्स भरा हुआ था और मुझे कुछ समझ नहीं आ रहा था। नीति, मेरी पत्नी सोनाली, मेरे बच्चे सब इस काम में शामिल हो गए। मेरे चार्टर्ड अकाउंटेंट पंकज जलिसटगी चार लोगों की टीम के साथ आकार जुड़ गए। चार से घर *भेजो* आंदोलन के बारह स्वयंसेवी हो गए।

पहली बाधा थी अलग-अलग राज्यों से अनुमति प्राप्त करना। पहली बस को भेजने के लिए हम लोगों को पहले महाराष्ट्र के संबद्ध कार्यालयों से, जहाँ से यात्रा शुरू होनी थी और कर्नाटक के संबद्ध कार्यालयों से जहाँ यात्रा का समापन था, ज़रूरी अनुमति लेनी थी।

मुश्किल यह थी कि अधिकतर राज्य महाराष्ट्र से आने वाले लोगों को लेना नहीं चाहते थे क्योंकि वह रेड जोन में था, जहाँ कोरोना के सबसे अधिक मामले थे और संक्रमण भी बहुत अधिक था। उसे प्राप्त करने के लिए हम लोगों ने बस में सवार होने वाले हर आदमी का टेस्ट करवाया और सभी के लिए डॉक्टरों से अलग-अलग प्रमाण पत्र लिए। यह काग़ज पर आसान लगता है, लेकिन यह अपने आप में एक बड़ा काम था।

क्योंकि मुंबई में ही, जहाँ बसों में तेल भरे जा चुके थे और वे जाने के लिए तैयार थे, वर्ली जैसे संक्रमित क्षेत्रों से मज़दूर बाहर निकलकर बस तक नहीं पहुँच पा रहे थे; उन लोगों को वापस वहीं भेज दिया गया जहाँ वे बेचैनी के साथ 24 मार्च 2020 को लॉकडाउन की घोषणा के समय से रुके हुए थे। इन मज़दूरों को घर वापस भेजने के लिए हम लोगों को सरकार के समर्थन की बेहद ज़रूरत थी।

इस कहावत में बहुत बड़ा ज्ञान छिपा हुआ है पहला कदम ही ज़िंदगी का सबसे बड़ा कदम साबित होता है। लेकिन मार्टिन लूथर किंग जूनियर का यह कथन कि 'विश्वास पहला कदम उठाने जैसा होता है जबकि आप तब तक सारी सीढ़ियाँ नहीं देख सकते' इस बात को बता पाने के सबसे नज़दीक ठहरता है कि किस प्रकार विश्वास बनाए रखने से उस समय कितना फायदा होता है जब आप यह समझ पाने की स्थिति में नहीं होते कि आपका पहला कदम क्या होना चाहिए।

मैं किसी इंजीनियर की सूक्ष्मता के साथ इस काम में लग गया- जैसा कि कहा जाता है, शिक्षा कभी बेकार नहीं जाती, और नागपुर के यशवंतराव इंजीनियरिंग कॉलेज की चार साल की शिक्षा इसमें काम आई। मैंने एक मार्ग बनाया। चूँकि इस स्तर पर कुछ कर पाने का मेरा कोई अनुभव नहीं था, इसलिए मैंने इस काम से अपने कुछ और दोस्तों को जोड़ा। हम लोगों को और लोगों का साथ चाहिए था, हाथ चाहिए थे।

राज्य छोड़ कर जाने वालों के लिए डॉक्टरों के सर्टिफिकेट के अलावा हम लोगों को असिस्टेंट मैजिस्ट्रेट, जिला मैजिस्ट्रेट, डीसीपी तथा अन्य तरह के अधिकारियों के साथ संपर्क बनाने की ज़रूरत थी। एक राज्य से दूसरे राज्य के बीच आवाजाही अच्छी तरह हो सके इसके लिए अनेक तरह के अधिकारियों के साथ संपर्क बनाए रखने की ज़रूरत थी।

हर राज्य के दिशा निर्देश अलग-अलग थे, हमें जिनको समझने की ज़रूरत थी। प्रवासी मज़दूरों की यात्रा बिना किसी बाधा के संपन्न हो जाए इसके लिए पूरी तैयारी की ज़रूरत थी क्योंकि अगर उनको कोई रोकता तो वे किसी को कुछ बता पाने की स्थिति में नहीं थे। अधिकतर इतने परेशान थे कि वे चाहते थे कि बिना किसी तरह के सवाल-जवाब के उनको घर जाने दिया जाए। इसके कारण मेरी टीम और मेरे ऊपर अतिरिक्त ज़िम्मेदारी आ गई क्योंकि मैं इस बात को पूरी तरह से पक्का करना चाहता था कि प्रशासन को लेकर तैयारी पूरी तरह से चाक चौबंद हो।

हमारी ज़िम्मेदारी मुंबई से जाने वाले हर मज़दूर को अलविदा कहने से बहुत अधिक थी। महाराष्ट्र छोड़ने के बाद हम लोगों को इस बात को भी

सुनिश्चित करना था कि वे अपने घर के दरवाज़े तक सुरक्षित और सही तरह से पहुँच जाएँ। मैंने असल में सीमाओं तथा एक्सप्रेसवे के चेक नाकाओं पर गश्त कर रहे सिपाहियों से भी बात की ताकि प्रवासी मज़दूरों को लेकर जाने वाली बस बिना किसी परेशानी के निकल जाए। शुरू-शुरू में कुछ परेशानियाँ आईं, लेकिन उनके बारे में पता करके हम उनको तब तक दूर करने में लगे रहे जब तक कि हमने उसको पूरी तरह ठीक नहीं कर लिया। सभी राज्यों के सुरक्षा से लगे कर्मियों को इस आंदोलन के पीछे के मकसद और समर्पण को समझने में कुछ वक्त लगा। यह उत्साह बढ़ाने वाला था इसको समझने के बाद उन लोगों ने न केवल तारीफ की और सहयोग दिया बल्कि आगे बढ़कर इसमें भागीदारी भी की।

हम लोगों ने शून्य से शुरुआत की और अपने लिए एक टोल फ्री नम्बर का इंतजाम किया। उसके बाद, महाराष्ट्र से कर्नाटक के बीच अंतरराज्यीय सफ़र के लिए दस बसों के इंतजाम के अलावा हम लोगों को इस यात्रा के लिए दोनों तरफ के अधिकारियों से संपर्क साधने की ज़रूरत थी।

कर्मों का फल

कई बार आपको यह बहुत बाद में समझ में आता है कि किस्मत ने जीवन में एक मौके पर आपके साथ कुछ ऐसा क्यों किया जो आपको तब समझ में नहीं आया। यह मुझे तब समझ में आया कि भाग्य ने दक्षिण भारत के तीन राज्यों में मुझे स्टारडम क्यों दिया था, तमिलनाडु, कर्नाटक और आंध्र प्रदेश में। चूँकि मैंने कर्नाटक में काफी काम किया है इसलिए मेरे वहाँ बहुत से दोस्त हैं, प्रभावशाली लोग जो सरकारी दफ़्तरों से हमारे लिए ज़रूरी अनुमति हासिल कर सकते थे।

एक बार जब अनुमति मिल गई तो हमारा उत्साह और संकल्प दोनों बढ़ गया कि अब इस काम को अंजाम तक पहुँचाया जाए।

यह यात्रा शुरू हुई उन 350 प्रवासी मज़दूरों के साथ जो अपने-अपने घर सुरक्षित पहुँच गए। लेकिन ऐसे हज़ारों और लोग थे जो अपने-अपने

क़स्बों और गाँवों को वापस जाना चाहते थे। ऐसे में कई अन्य राज्यों के साथ भी संपर्क स्थापित किए गए जैसे यूपी, बिहार, झारखंड, उड़ीसा, राजस्थान आदि। असंख्य ऐसे लोग थे जिनके घर तमिलनाडु, आंध्र प्रदेश, तेलंगाना में थे। लेकिन हम उन्हीं राज्यों के लिए बसें चला सकते थे जो अपने राज्य में प्रवेश की अनुमति दे रहे थे।

350 से शुरू हुआ यह सफ़र एक लाख से अधिक का हो चुका है(संख्या अभी भी बढ़ती जा रही थी) जिनको यातायात के साधनों से घर पहुँचाया जा चुका है। सरकार ने हमें श्रमिक स्पेशल ट्रेन उपलब्ध करवाया और बहुत से लोगों को ट्रेन से उनके उनके घर पहुँचाया गया। लेकिन बसों की माँग बढ़ती रही। हम लोगों ने एयरपोर्ट खुलवाए और हमें निश्चित समय दिया गया जिसके अंदर हम लोगों ने परेशान लोगों को देश के एक हिस्से से दूसरे हिस्से तक पहुँचाया। और लाखों लोग अभी भी मदद माँग रहे थे। घर भेजो अभियान अटूट अभियान है और यह तब तक जारी रहेगा जब कि हर उस आदमी को उसके परिवार तक पहुँचा न दिया जाए। इस प्रक्रिया में, मुझे सुपरहीरो की तरह देखा जाने लगा, प्रवासी मज़दूरों के लिए किसी मसीहा की तरह। लेकिन यह सामूहिक काम था और पूरे समूह को इसका श्रेय जाता है। मैं तो बस उससे संयोग से जुड़ गया।

इसके साथ ही काग़ज़ी काम बढ़ता गया। घर भेजो के लिए टनों काग़ज़ी काम हुआ है- रेस्तराँ व्यवसाय से जुड़े मेरे एक मित्र ने इसमें सहयोग दिया। यह कुछ इस तरह से था जैसे वार रूम होता है। जब घर भेजो अभियान के दायरे में और अधिक राज्य आते गए और यातायात के और अधिक साधनों की ज़रूरत बढ़ती गई, तब मेरी पत्नी सोनाली ने लोगों की राज्यवार सूची बनानी शुरू की। बसों की अपनी सीमा थी- सामाजिक दूरी के कारण आप बसों में भरकर सवारी नहीं ले जा सकते थे। इसलिए अन्य विकल्पों के बारे में सोचा जाने लगा।

मेरे पास जितने लोग मदद के लिए पहुँच रहे थे उनमें से हर आदमी के यात्रा की योजना बनाकर उसको घर पहुँचाने का काम मुझ अकेले के बूते नहीं था। नीति गोयल इस सफ़र में हर कदम मेरे साथ रही। पंकज

जलिसटगी, मेरे सीए, इस बात को देखते थे कि किस समूह को बस से भेजा जाए, किस समूह को केंद्र सरकार द्वारा चलाई जा रही श्रमिक स्पेशल ट्रेनों से भेजा जाए और किनको हवाई जहाज़ से भेजे जाने की ज़रूरत है। दोस्त और फिल्मकार फ़रहा ख़ान बीच बीच में फोन करती रहती थी और पूछती रहती थीं कि वह इसमें क्या कर सकती हैं और उन्होंने यात्रियों के लिए पानी का इंतजाम किया। कुछ अन्य मित्रों ने इसमें मदद की कि मुंबई के अलग-अलग इलाक़ों से प्रवासियों को लेकर उनको बस स्टाप पर पहुँचाया।

एक बार जब महत्वपूर्ण पहला कदम उठ गया तो फिर पहिया दर पहिया पूरा ढाँचा तैयार हो गया।

जैसा किसी ने कहा है, 'आपके जीवन के दो सबसे महत्वपूर्ण दिन होते हैं, एक वह दिन जब आप पैदा होते हैं और दूसरा वह जिस दिन आपको यह पता चल जाता है कि आप क्यों पैदा हुए हैं'।

मैं 30 जुलाई 1973 को पैदा हुआ था, जो मेरे जीवन का पहला सबसे महत्वपूर्ण दिन था।

लेकिन बुधवार 15 अप्रैल 2020 को मुझे यह पता चल गया कि मैं क्यों पैदा हुआ था। यह मेरे जीवन का दूसर सबसे महत्वपूर्ण दिन था। एक ऐसा दिन जो मेरे जीवन के उल्लेखनीय दिन के रूप में पीढ़ियों तक याद किया जाएगा।

प्रवासी अभियान के बारे में दुनिया को पहली बार तब पता चला जब मैंने दस बसों में बिठाकर 350 बेचैन यात्रियों को उनके राज्य कर्नाटक के लिए रवाना किया। जब भी मैं निकलकर वहाँ जाता मेरे परिवार को मेरी चिंता होती थी। शुरू-शुरू में मेरी पत्नी सोनाली ने मुझे सार्वजनिक स्थलों पर काम के लिए जाने से रोकने की कोशिश की और उसने मुझे समझाने की कोशिश की कि मैं जो भी करना चाहता हूँ, बंद दरवाज़े के पीछे बैठकर करूँ। बाहर जिस तरह से महामारी फैली थी उसमें मेरी सुरक्षा और स्वास्थ्य की चिंता स्वाभाविक बात थी। लेकिन मुझे ऐसा आभास होता था कि यात्रा की शुरुआत में मेरे मौजूद होने से संघर्षरत लोगों के लिए फ़र्क आएगा। उनके साथ कंधे से कंधा मिलाकर वहाँ मौजूद लोगों को जैसी राहत महसूस होती उसका कोई जवाब नहीं था। मेरे अंदर से यह आवाज़ आ रही थी कि

सशरीर मेरे वहाँ होने से उन लोगों का हौसला बढ़ेगा जिन लोगों ने बड़े कठिन दिन बिताए और जिनको मेरे होने से उम्मीद की एक किरण दिखाई देती थी। उन बसों के पास उनको एक ऐसा चेहरा दिखाई देने से भरोसा होता, एक ऐसा आदमी जिसको वे पहचानते थे और जिसके ऊपर भरोसा रखते थे वह जब हाथ हिलाकर उनको विदा करता था तो वे स्वयं को सुरक्षित महसूस करते थे। यह एक ऐसी छवि होती जो वे अपने साथ घर लेकर जाते, किसी बीमा की तरह उनको इस बात का भरोसा हो जाता था कि अच्छे दिन उनका इंतज़ार कर रहे थे। मुझे तैयार होकर सार्वजनिक स्थल पर जाते देख मेरी पत्नी को घबराहट होती थी। लेकिन मैं टीम का कप्तान था: मेरी जाती तौर पर मौजूदगी का कोई और विकल्प नहीं होता।

फँसे हुए लोगों में हौसले का संचार करने में लंबा वक्त लगा और उनको यह समझ में आया कि इस आदमी के पास मदद के लिए जाया जा सकता था। और यह संख्या तेज़ी से बढ़ने लगी। जब लोगों को यह समझ में आया कि वे ट्विटर के माध्यम से भी मुझ तक पहुँच सकते थे तो मेरे टाइमलाइन पर हज़ारों की तादाद में मैसेज आने लगे। चूँकि प्रवासी मज़दूर स्वयं ट्विटर पर नहीं होते थे तो वे अनजान लोगों के माध्यम से मेरे पास संदेश भेजते। अचानक कोई आदमी मुझसे यह आग्रह करता दिखाई देता कि दस मज़दूरों का जत्था अमुक जगह पर अटका हुआ है और उनके लिए यातायात की व्यवस्था की जाए।

तर्क, इंतजामात और आँकड़े

एक समय तो ऐसा भी आया कि करीब 1.5 लाख मदद के अनुरोध आए हुए थे, मेल या सोशल मीडिया या टोल फ्री नम्बर के माध्यम से। इतनी बड़ी तादाद में लोगों की समस्याओं का समाधान हमारे के लिए मुश्किल था लेकिन फिर हम लोगों ने इसका एक तरीका निकाला, उनको "बहुत ज़रूरी", "ज़रूरी" और "थोड़ा कम ज़रूरी" वर्ग में बाँट दिया। एक बार जब सूची तैयार हो गई तो हमलोग काम में लग गए।

जिनको तत्काल मदद पहुँचाने की ज़रूरत थी उनको "बेहद ज़रूरी" वर्ग के अंतर्गत रखा गया। जो लोग हाइवे पर फँसे थे और जिनके पास न पैसे थे न कोई आसरा उनको "ज़रूरी" वर्ग में रखा गया। उनको एक व्यवस्थित रूप देने के बाद उसी क्रम से हम लोग काम में जुट गए।

यह एक भारी और लगातार चलने वाला काम था क्योंकि हम लोगों को हरियाणा के ढाबों के बाहर से, उत्तर प्रदेश, राजस्थान के हाइवे से लोगों को बचाने के लिए फोन आते थे। कई बार, लोग पेट्रोल पम्पों के बाहर खड़े होते थे और हमें जिप कोड भेज कर गाड़ियों की माँग करते।

जैसे-जैसे यह अभियान विस्तृत होता गया और इसका विस्तार मुंबई से बाहर भी होने लगा, वहाँ से भी फँसे हुए लोगों को अपने-अपने घर भेजा जाने लगा, तो लखनऊ, कानपुर एवं अन्य शहरों से भी लोग मदद के लिए आगे आने लगे। वे गाड़ी लेकर शहर के मुख्य ठिकानों तक उन लोगों के पास पहुँचते जो पैदल पैदल जा रहे होते थे, और उनको लेकर स्कूल, विवाह भवन या किसी ऐसे स्थान तक जाते थे जो उनको अपने यहाँ रखने के लिए तैयार हो जाते थे। वहाँ उनको ध्यान रखा जाता, उनको भोजन दिया जाता और इस बीच हम हर समूह के लिए गाड़ी तथा सभी ज़रूरी इंतजाम करने का काम करते थे।

साज़-सामान का इंतजाम करना ऐसे था जैसे हम युद्ध में जा रहे हों और हमें बड़ी तादाद में लोगों की ज़रूरत हो। हम लोगों ने बसों का इंतजाम किया, कई मामलों में कुछ मददगार ट्रक ड्राइवरों ने लोगों को ले जाने में मदद की, और हाइवे पर पड़ने वाले पेट्रोल पम्प पर लोगों को इकट्ठा करके उनको वहाँ से उठाया जाने लगा।

एक ऐसा भी दौर आया जब लोगों ने मेरे घर का पता भी निकाल लिया और वे वहाँ आकर बाहर गलियों में चक्कर मारने लगे। मुंबई में मैं कासाब्लांका बिल्डिंग में रहता हूँ उसके बाहर चालीस-पचास लोग आकर जुट जाते और जाने के लिए गाड़ी की माँग करने लगते। मुझे उनकी सुरक्षा की चिंता होती और मुझे अपने आप पर इस बात को लेकर संदेह भी होने लगता कि क्या मैं इतना समर्थ हूँ कि इतने लोगों को उनके घर जाने के

साधन मुहैया करवा पाऊँ। लेकिन मैंने और मेरी टीम ने हौसला नहीं छोड़ा। हम लोगों ने तरीक़ा यह निकाला कि उनको छोटे-छोटे समूहों में बाँट दिया और उनको मुंबई से बाहर भेजने के लिए सवारी गाड़ी के इंतजाम में लग गए।

बसों के माध्यम से घर भेजने का इंतजाम करना एक चुनौती होती थी तो रेलवे की अपनी बाधाएँ थीं। सामाजिक दूरी के कारण बसों के साथ मुश्किल यह थी उनमें भरकर यात्री नहीं ले जाए जा सकते थे, इसलिए हम लोगों को ट्रेनों का रुख़ करना पड़ा। एक-एक ट्रेन में 1200 यात्री सफ़र कर सकते थे। लेकिन अनुभव से हम लोगों ने यह सीखा था कि सड़क मार्ग से यात्रा का इंतजाम करना कहीं आसान था, क्योंकि कोई नागरिक पूरी की पूरी ट्रेन बुक नहीं कर सकता। ट्रेन का संचालन सरकार करती है, इसलिए उसके राज्य सरकार, केंद्र सरकार और रेलवे से अनुमति लेने की ज़रूरत पड़ती थी। इनके बीच तालमेल बिठा पाना माउंट एवरेस्ट पर चढ़ने के समान था। लेकिन जब हमने उसके तौर तरीके समझ लिए तो वह फिर आसान हो गया।

आम तौर पर किसी ट्रेन में 1200 लोग सफ़र कर सकते हैं, लेकिन कई बार हम लोगों ने एक ट्रेन में 1600 तक लोगों को भेजा क्योंकि बड़ी तादाद में लोग घर जाने के इंतज़ार में ठहरे हुए थे।

जोश कैसा है?

एक बार मैंने ज़ोर से कहा, 'काश मेरे पास जादू की छड़ी होती तो मैं सभी लोगों को घर भेज पाता'।

मुम्बई सेंट्रल या वीटी से ट्रेन के खुल जाने से ही ज़िम्मेदारी का अंत नहीं हो जाता था। श्रमिक स्पेशल ट्रेनें बहुत कम स्थानों पर रुकती थीं। हम जिन लोगों को घर भेज रहे होते थे उन लोगों तक भोजन की आपूर्ति अपने आपमें एक चुनौती होती थी। स्वयंसेवकों के साथ विस्तार से समन्वय स्थापित करना होता था तथा रतलाम और वडोदरा जैसे स्टेशनों पर ट्रेनों के पहुँचने पर मज़दूरों तक भोजन पानी पहुँचाया जाता था।

कोविड 19 तथा लॉकडाउन की परेशानी ही मानो कम न रही हो, 1 जून 2020 को मुंबई तट की तरफ एक चक्रवात बढ़ता आ रहा था। महाराष्ट्र पर *निसर्ग* चक्रवात का ख़तरा मंडरा रहा था इसलिए तटों के करीब रहने वालों लोगों को सुरक्षित स्थानों पर ले जाकर भोजन-पानी उपलब्ध करवाना तथा हौसला बढ़ाने वाली बातें करना ज़रूरी था। वे असुरक्षित महसूस कर रहे थे क्योंकि कई ट्रेनें रद्द हो गई थीं और आवागमन के अन्य साधनों पर भी रोक थी।

अलग-अलग स्थानों से मदद की गुहार आने लगी। असम निवासी लोगों के एक समूह ने मुझे एक फोटो भेजी कि वे मुंबई में कुर्ला टर्मिनस पर लोकमान्य ब्रिज के पास खड़े थे। मौसम विभाग ने निसर्ग के ख़तरे की चेतावनी दी थी इस वजह से आवागमन के साधन नहीं थे, रहने खाने का कोई ठिकाना नहीं था। इस मामले में तत्काल मदद किए जाने की ज़रूरत थी। भोजन की तत्काल ज़रूरत थी और बिना देरी किए भोजन पहुँचाए जाने की ज़रूरत थी।

हम लोगों ने उनको पुल के नीचे भोजन करवाया और उनसे यह कहा कि वे तब तक सब्र बनाए रखें जब तक कि उनके रहने के लिए हम उपयुक्त ठिकाना नहीं तलाश लेते। हालात हमारी पहुँच से बाहर थे और मौसम ने इसको और मुश्किल बना दिया था। ऐसी हालत में हम किसी तरह की गाड़ी का इंतजाम नहीं कर सकते थे और हम लोगों ने चार दिनों तक उन लोगों को सुरक्षित बनाए रखा उसके बाद उनको गुवाहाटी के लिए फ्लाइट में बिठाकर राहत की साँस ली। इसी तरह, प्रवासियों के एक जत्थे को उत्तराखंड भेजा गया।

लेकिन हर बार जब मैं लोगों के एक समूह को बाय-बाय कर विदा करता तो जैसे मुझे कोई ईनाम मिल जाता था। उनके चेहरों पर हफ़्तों से गायब मुस्कान लौट आती थी आँखों में नाउम्मीदी के स्थान पर उम्मीद के आंसू निकल आते थे।

मेरा जोश, मेरी ऊर्जा ऐसे बढ़ रही थी मानो मैं कोई महामानव हूँ। लोगों को टेम्पो ट्रैवलर में बिठा बिठा कर पालघर, नालासोपारा तथा दूरदराज के

इलाकों से देर रात बस अड्डों या रेलवे स्टेशनों तक पहुँचा दिया जाता था। इस बीच सावधानी पूरी बरती जाती थी, जैसे लोगों के उतरने के बाद सभी गाड़ियों को सैनिटाइज़ किया जाता था। कई बार मैंने ख़ुद भी यह काम किया क्योंकि देर रात कई बार स्वयंसेवक उपलब्ध भी नहीं होते थे।

मशहूर बॉक्सर मोहम्मद अली ने कहा था, 'धरती पर आपके रहने के लिए जो जगह दी गई है वो दूसरों की सेवा करना उसके किराए को चुकाने जैसा है'। मुक्केबाज़ी के इस चैम्पियन ने जब यह कहा था वे निश्चित रूप से यह समझ रहे थे कि वे कह क्या रहे थे क्योंकि "किराया" देने के क्रम में मुझे यह समझ में आया कि मेरे अंदर कितनी ऊर्जा थी। मैं कभी थकता नहीं था; मैं हमेशा ऐसे जोश में रहता था मानो मैं किसी जूनून में होऊँ। मैं इतना अधिक व्यस्त हो गया था जितना लॉकडाउन से पहले कभी नहीं हुआ था। अक्सर मैं बीस-बीस घंटे तक लगातार काम करता था, मुझे सोने का मौका मुश्किल से मिल पाता था। बल्कि यह कहना चाहिए कि जब से घर भेजो अभियान की शुरुआत हुई थी, तब से मैं रात के दो-ढाई बजे तक मैसेज देखता रहता था; एक तरह से मैं चालीस झपकी के बराबर नींद पूरी कर साढ़े पाँच बजे उठ जाता था क्योंकि प्रवासियों के पहले जत्थे को सुबह छह से साढ़े छह बजे तक भेजा जाता था। यह दिन रात चलने वाला अभियान था लेकिन इस बात की मैं कोई शिकायत नहीं करता था क्योंकि इससे मुझे बेहद संतोष मिलता था।

अपने प्रवासी 'परिवार' के जत्थे को विदा करने के साथ एक दूसरे के साथ संबंधों की शुरुआत होती थी क्योंकि वे बाद में भी लगातार बताते रहते थे। यह उनका प्यार और सम्मान था कि वे अपनी यात्रा की तस्वीरें भेजते थे, और उम्मीद करते थे कि बदले में मैं काम से काम उनको ईमोजी भेज दूँ। जब वे अपने घर पहुँच जाते तो फोन कॉल का सिलसिला शुरू हो जाता था। वे अपने घर से मुझे तस्वीरें और विडियो भेजते थे। घर जाने के बाद भी वे अपने संबंध के धागे को तोड़ना नहीं चाहते थे। वे चाहते थे कि मैं उनके परिवार को देखूँ। ऐसा लग रहा था कि उन लोगों ने मुझे अपने परिवार के सदस्य के रूप में अपना लिया था।

ख़ुशी के माहौल में उनको भेज़ने के बाद उनके साथ अपने संबंधों को तोड़ पाना असंभव होता था और उनसे बात करके मुझे ख़ुशी मिलती थी। मुझे यह भी लगता था कि मुझे उनके संपर्क में तब तक रहना चाहिए जब तक कि यह नया बना संबंध अपने स्वाभाविक परिणति को न पहुँच जाए। मैं जानता था कि एक बार जब उनका एक रूटीन बन जाएगा, वे अपने काम धाम में लग जाएँगे तो धीरे-धीरे मेरे ऊपर उनकी निर्भरता काम होती जाएगी। इस कारण मैं उनमें से हज़ारों लोगों के संपर्क में बना रहा, क्योंकि बहुत से अन्य लोगों की तरह मेरे लिए भी उनके अपने घर पहुँचने के बाद यह संबंध टूट नहीं जाता था।

तरह-तरह की भूमिका

यह बात कि कल तक अजनबी रहे लोग मुझे अपनी ज़िंदगी में शामिल रखते हैं, तो मुझे लगता है कि मैंने कुछ अच्छा काम किया है। यात्रा से पहुँचने वाले लोगों के साथ ये संबंध मेरी टीम के साथ मिलकर काम करते थे और मदद के इंतज़ार में बैठे अगले जत्थे के लिए यात्रा की योजना बनाने तथा उनके ध्यान रखने के काम में लग जाते थे। पूरे लॉकडाउन के दौरान मैं एक पैर पर खड़ा रहा। कई तो अपने घर पहुँचने के हफ़्तों बाद तक मुझे मैसेज भेजते रहते थे। उनके साथ संवाद बनाए रखने में मुझे बहुत समय और ध्यान लगाना पड़ता था और उनका उत्साह बनाए रखने के लिए मैं कम-से-कम शुरुआती दिनों में उनका हौसला बनाए रखने के लिए उनको जवाब देने की कोशिश करता था।

इस अप्रत्याशित संकट काल में मनोरंजन जगत के मेरे कई साथियों ने भी दिल खोलकर साथ दिया और कई तरह से अपनी-अपनी जेबें ढीली की। मेरी कोशिश केवल एक शानदार कोशिश भर नहीं थी। बल्कि इसने मुझे जीवन में एक मकसद भी दिया। उस भीषण महामारी के दौरान मैंने एक साफ रास्ता बनाया जिसके माध्यम से करीब एक लाख लोगों को उनके उनके घरों तक वापस पहुँचाया जा सका।

कई बार उनकी मदद करते समय आपकी भूमिका एक यात्रा सलाहकार एवं ट्रैवल एजेंट से बढ़कर एक परामर्शदाता की हो जाती थी। कई बार मुझे अजीब-अजीब तरह के अनुरोध आते थे और मैं उनके साथ हँसी मज़ाक कर उस मुश्किल काल में उनका हौसला बनाए रखना की कोशिश करता था। एक दिन एक आदमी ने फोन किया और कहा, 'सोनू भाई, मैं फँस गया हूँ, मुझे शराब की दुकान जाना है'। उसको मैंने हँसते हुए जवाब दिया, 'सॉरी भाई, मैं आपको इस वक्त शराब की दुकान पर लेकर नहीं जा सकता। लेकिन घर पहुँचने के बाद आपको बार का रास्ता अपने आप मिल जाएगा। और भगवान न करे कि आप बहुत अधिक पी लें, तब शायद मैं बार से आपको घर पहुँचाने में मदद कर पाऊँ'।

एक पति-पत्नी का जोड़ा मेरे पास आया जिनके बीच में झगड़ा चल रहा था। पति-पत्नी दोनों मेरे पास आए और बोले, 'भाई, हमें घर भिजवा दीजिए', फिर पत्नी ने कहा, 'लेकिन मैं अपनी माँ के घर जाना चाहती हूँ। मैं इसके साथ नहीं रह सकती'। उन दोनों को मैंने मज़ाक में कहा कि 'मुझे शायद आप लोगों को गोवा भेज देना चाहिए ताकि आप अपने झगड़े मिटा सकें'।

मुझे उन प्रवासियों के लिए कई तरह की भूमिकाओं का निर्वाह करना पड़ता था, जिनके आग्रह घर भेजने से लेकर इस तरह के भी होते थे कि 'मुझे अपने ससुराल में नहीं रहना है'। मुझे सभी को उसका उचित जवाब देना होता था।

महीनों बीत गए और मैंने हज़ारों लोगों को घर भिजवाया लेकिन कई बार रातों को मेरी नींद खुल जाती थी, मुझे हाइवे पर चलते बच्चे, बूढ़े जवानों की वह भीड़ याद आ जाती थी, उस दृश्य को अपनी स्मृति से निकाल पाना असम्भव था। आप अपने आप से पूछते रहते हैं, 'क्या दुनिया में सच में इतना दुःख है'? आप अपने आसपास देखते हैं, परिवार के सुख को देखते हैं और आपके अंदर आभार का भाव बढ़ जाता है। हम लोग ख़ुशक़िस्मत हैं कि हमें दिन में कई बार इसका अहसास होता है। हमें इस बारे में कुछ भी पता नहीं होता है कि बाहर की दुनिया कितनी सख़्त है और हम लोग कितना सुरक्षित जीवन जीते हैं। जब भी आप भोजन की मेज़ पर खाने के लिए बैठें

तो उन असंख्य लोगों के बारे में ज़रूर सोचें जिनके लिए दो जून का खाना और सिर पर छत एक अकल्पनीय सुविधा जैसी होती है, और आपका सिर परमात्मा के सामने आभार के साथ झुक जाएगा।

मेरे ख़याल से मैं एक असम्भव सपने का पीछा करने मुंबई आया था। लेकिन अब मुझे लगता है कि मैं मुंबई एक मकसद को पूरा करने के लिए आया था। मैं इसके लिए शुक्रगुज़ार हूँ कि मैं इतने सारे प्रवासियों के जीवन में किसी भूमिका में काम आया। मेरा दिल मुंबई में धड़कता है लेकिन घर भेजो अभियान के बाद से मुझे ऐसा लगने लगा है कि मेरा एक हिस्सा यूपी, बिहार, झारखंड,असम, उत्तराखंड तथा अन्य कई राज्यों में रहता है जहाँ मेरे नए नए दोस्त रहते हैं और जिनसे मेरा दिल का रिश्ता बन गया है।

पोस्टर बॉय

जब मैं फिल्म जगत में धीरे-धीरे आगे बढ़ रहा था तो मुझे इस बात को स्वीकार करने में कोई हिचक नहीं है कि मेरे माता-पिता इस बात को लेकर बहुत परेशान रहते थे कि फिल्म के पोस्टर पर मेरा न फोटो होता था, न नाम। जैसा कि सारे माता-पिता की इच्छा होती है, मेरे माता-पिता भी चाहते थे कि बड़े-बड़े नामों के साथ मुझे भी बराबर स्थान मिले। कुछ हद तक उनकी परेशानी उस समय कम हुई जब बाद में फिल्म की प्रचार सामग्री में मुझे बराबर की जगह मिलने लगी। लेकिन मेरे पिता अक्सर बड़े उत्साह से कहा करते, 'एक दिन तुम्हारा भी नाम सबसे आगे आएगा'। उनके जीवन काल में तो यह हो नहीं पाया लेकिन मैं विनम्रता से यह मानना चाहता हूँ घर *भेजो* अभियान के बाद जिस तरह से मेरे बारे में लिखा गया, मुझे महत्व दिया गया, मेरे माता-पिता जीवित रहे होते तो उनको बहुत गर्व का अहसास होता। इसी वजह से मैं अक्सर कहता हूँ कि मुझे लगता है स्वर्ग में बैठे दो लोगों ने इस धरती पर मेरे अभियान को संभव बनाया।

17 मई 2020 को बेबाक पत्रकार बरखा दत्त ने ट्वीट कर कहा: 'एक की शक्ति। ***@actorsonusood***(मित्र नीति के सहयोग से) ने सैकड़ों

प्रवासी मज़दूरों को घर भेजा, पहले कर्नाटक और अब यूपी। एक बस को भेजने का ख़र्च आता है 65 हज़ार से 2 लाख रुपए तक... सोनू सूद ने अपने पैसे लगाकर प्रवासी मज़दूरों को उनके घर भिजवाया।'

उस दौरान, बरखा दत्त भी पचास दिनों से ज़्यादा समय तक सड़कों पर थीं, बल्कि कह सकते हैं कि पूरे लॉकडाउन के दौरान, उन लोगों के दुःख दर्द को दर्ज कर रही थी जो पैदल ही घर जाने के लिए निकले थे। उसने उनके दर्द को कम करने के लिए मुझे कहा, 'आप उस समय असहाय महसूस करते हैं, क्योंकि आप पूरे समूह में से एक मज़दूर की मदद नहीं कर सकते।' सब इंतजाम कैसे होगा यह सोचकर हम लोगों को बहुत डर लग रहा था। इसी जगह पर भगवान की कृपा से मैं इसमें शामिल हुआ। यह बहुत बड़ी चुनौती थी और बहुत बड़ी ज़िम्मेदारी भी। लेकिन सबसे बढ़कर कोई अदृश्य सत्ता थी जो इन सभी बातों को सम्भव करवा रही थी, हम तो बस माध्यम थे। हम तो उसके साधन मात्र हैं।

और फिर "रील लाइफ विलेन" के "रियल लाइफ हीरो" में बदलने पर लेख प्रकाशित होने शुरू हो गए। फिर मीम्स और कार्टून बनने लगे, मुझे "असली बाहुबली" बुलाया जाने लगा तो "प्रवासियों के लिए टीका" भी कहा गया, सुपरहीरो की तरह मुझे दिखाया भी गया; ऐसे कार्टून जिनमें दुनिया के सभी जाने माने सुपर हीरो, सभी आकार प्रकार के सभी रूप रंग के सुपर हीरो सोनू सूद के दोनों तरफ झुककर खड़े थे; इस तरह के लेख कि पर्दे का विलेन वास्तविक जीवन में हीरो; एक सुपरमैन प्रवासियों से भरी ट्रेन को खींचकर वाराणसी ले जा रहा है; नकाब पहने एक सुपरमैन प्रवासियों को पीठ पर बिठाए उड़ा जा रहा है। एक बहुत दिलचस्प चुटकुला था कि एक स्त्री किसी दूसरे पुरुष के साथ थी कि उसका पति आ गया, उसने पति से पूछा, 'लेकिन तुमने तो कहा था कि तुम मुंबई में फँस गए हो'। पति ने जवाब दिया, 'सोनू सूद ने मुझे घर पहुँचा दिया'।

'पैदल क्यूँ जाओगे मेरे दोस्त'? तब नया जोश लाइन बन गया जब एक कार्टूनिस्ट ने चित्र बनाया कि एक सुपर हीरो सड़क पर जा रहे छोटे से दिखाई दे रहे प्रवासी के ऊपर झुका हुआ है और कह रहा है, 'पैदल क्यूँ

जाओगे दोस्त'? जिस तरह से लोगों ने बढ़ चढ़ कर उत्साह बढ़ाया वह बहुत बड़ी बात थी, ऑस्कर पुरस्कार जीतने से भी बड़ी बात। लेकिन मुझे थकने से पहले मीलों दूरी तय करनी थी। या हार मान लेनी थी।

एक दिन पैंतालीस हज़ार प्रवासियों की संख्या पूरी हो जाने के बाद मैंने भोजन और अन्य सामग्रियों के हज़ारों पार्सल की गिनती करनी भी छोड़ दी जो हमारी टीम रमज़ान के समय से ही बाँट रही थी। महामारी के महीने मेरे परिवार के लिए भी बड़े सख़्त रहे। मुझे पत्नी सोनाली और बेटों एहसान(17) और अयान(11) से पप्पी और झप्पी तो रोज़ मिल रही थी लेकिन उनको यह भी लगता था कि प्रवासी मज़दूरों के मामलों से जुड़ने के बाद मैं उन लोगों से दूर होता जा रहा था। वे इस बात को समझ रहे थे कि यह एक बड़ा सामाजिक काम था लेकिन कई बार वे कहते, 'डैड, आपके पास हमारे लिए समय नहीं है'। सोनाली को मेरी चिंता बराबर बनी रहती थी और मैं जितना कम सो रहा था, उससे वह परेशान रहती थी।

एक सुबह मुझे यह समझ आया कि उनकी शिकायत गलत नहीं थी। मैं अपने अभियान में इतना डूबा हुआ रहता था कि कई बार दो-दो दिन तक मैं उनमें से किसी से बात भी नहीं कर पाता था। लेकिन हमेशा की तरह मेरे परिवार ने मेरा साथ दिया। उनको मेरी चिंता अधिक हो रही थी, न कि वे किसी तरह की शिकायत कर रहे थे और तब जाकर यह पारिवारिक मसला बन गया जब एहसान और अयान को यह काम सौंपा गया कि वे चिट्ठियों के अम्बार को पढ़कर उनके बारे में एक संक्षिप्त नोट तैयार करें। उन लोगों ने बसों की टाइम टेबल बनाने में भी मदद की, साथ में यह टिप्पणी भी लिखते गए कि कौन सी बस किस ढाबे पर रुकेगी। इस तरह मेरा परिवार भी इस अभियान से जुड़ गया और इस समस्या से निपटने में वे भी माहिर हो गए।

लेकिन बाधाएँ कई तरह की थीं। लॉकडाउन के कारण खाने-पीने के स्थानों को खुलवाकर यात्रियों के लिए नाश्ता, खाना और रात का खाना पहुँचा पाना बहुत मुश्किल होता था। कई बार मैं अपने स्टार होने का फायदा उठाकर ढाबा मालिकों से यह अनुरोध करता था कि वे सुबह के छह बजे ढाबे को खुला रखें ताकि बस के यात्रियों को नाश्ता करवाया जा सके।

लेकिन जैसा कि किसी भी जन आंदोलन के साथ होता है, हमारे अभियान की तारीफों के साथ-साथ निंदा भी की जाने लगी, कुछ लोगों ने मज़ाक़ भी उड़ाया। इस तरह की अफ़वाहें भी उड़ाई जाने लगी कि मैंने घर भेजो अभियान की शुरुआत राजनीति में जाने के लिए की। पता नहीं क्यों लोगों के लिए परोपकार के काम को स्वीकार कर पाना मुश्किल होता है जो यह सच में है और वे काल्पनिक मकसद की तलाश में रहते हैं।

एक अराजनीतिक मिशन

यह बात मैं साफ कर देना चाहता हूँ। किसी भी तरह की राजनीति की तरफ मेरा झुकाव नहीं है। बहुत सारे लोगों ने मुझसे कहा कि मुझे राजनीति में जाना चाहिए क्योंकि उनका यह मानना था कि वहाँ कोई ऐसा आदमी भी रहेगा जो सच में देश के लिए कुछ करना चाहता है। लेकिन, फ़िलहाल उस दिशा में जाने का मेरा कोई इरादा नहीं है। भविष्य में क्या होगा मुझे इस बारे में तो कुछ नहीं पता, लेकिन इतना तो मैं जानता ही हूँ कि घर *भेजो* अभियान मैंने राजनीति में जाने के लिए नहीं चलाया था। प्रवासियों के कुछ करना मेरी अंतरात्मा की आवाज़ थी। मैंने मदद की और मैं मदद करता रहूँगा। मैं जीवन भर इस काम के लिए समर्पित हूँ।

इस मिशन के अलावा मेरा दिल सिनेमा के लिए ही धड़कता है। मुझे सिनेमा पसंद है, मुझे अभिनय करना अच्छा लगता है। जीवन के इस चरण में मैं राजनीति में जाने के बजाय अभिनय के अपने करियर के ऊपर ही ध्यान देना चाहूँगा।

शायद यह कहानी इसलिए चल पड़ी क्योंकि घर *भेजो* अभियान के दौरान मैंने तरह-तरह के नेताओं से संपर्क किया। 7 जून 2020 को महाराष्ट्र के मुख्यमंत्री श्री उद्धव ठाकरे के साथ मेरी एक मुलाकात हुई, जो राजनीतिक नहीं थी। उसी दिन सुबह उनके अख़बार *सामना* में एक सख़्त संपादकीय छपा था जिसे संसद सदस्य संजय राउत ने लिखा था। मैंने उसे पढ़ा नहीं था लेकिन उस दिन बहुत से लोग उसको लेकर मेरी प्रतिक्रिया जानना चाहते थे।

मैं इस पर अपनी कोई टिप्पणी नहीं देना चाहता था या बिला वजह किसी
विवाद में नहीं पड़ना चाहता था क्योंकि उस समय मुझे करीब छह हज़ार
लोगों को उनके घर भेजना था और मैं उसी में लगा हुआ था। हालांकि,
उस दिन बाद में कांग्रेस के विधायक असलम शेख़, जो मेरे दोस्त भी हैं,
ने मुझसे कहा कि मुझे उद्धव ठाकरे जी और उनके बेटे आदित्य ठाकरे से
ज़रूर मिलना चाहिए। इसलिए उस रात मैं हमारे मुख्यमंत्री से मिलने ठाकरे
परिवार के आवास मातोश्री गया।

गर्मागर्म कॉफी के प्याले का आनंद लेते हुए मैंने उन दोनों से प्रवासियों
के इस अभियान के बारे में बात की। उनकी उत्सुकता यह जानने में थी कि
इस अभियान की शुरुआत किस तरह हुई और मैंने अकेले कैसे लोगों को
घर भेजने का काम किया, इतनी जल्दी इतने सारे लोगों को घर कैसे भेजा।
उन्होंने मुझसे पूछा कि मेरे पास किस तरह के साधन-संसाधन हैं क्योंकि
बहुत कम समय में मैंने काफी उपलब्धियाँ हासिल कर ली थीं। उद्धव जी और
आदित्य दोनों ने मुझसे कहा कि मुझे अगर किसी भी तरह की मदद चाहिए
तो महाराष्ट्र सरकार मदद के लिए तैयार है।

मैंने महाराष्ट्र के राज्यपाल भागत सिंह कोश्यारी से भी भेंट की और
उनके साथ चाय पी। उन्होंने मुझे राज भवन आमंत्रित किया और प्रवासी
मज़दूरों के अभियान में मेरे प्रयासों के लिए उन्होंने मुझे बधाई भी दी। वह
मेरे काम के लिए मुझे प्रशंसा पत्र भी देना चाहते थे।

नेताओं से मेरी मुलाकातें संक्षिप्त थीं और पार्टी लाइन से हटकर थीं। सबसे
पहले मुझे जिस राजनेता ने फोन किया वह प्रियंका गांधी थीं। उन्होंने मुझसे
करीब दस मिनट बात की। फोन पर उन्होंने मुझे यह बताया कि मैंने जिस तरह से
काम किया है और जिस तरह के नतीजे सामने आए हैं, उससे वह बहुत प्रभावित
हैं। प्रियंका ने कहा, 'सोनू आप बहुत बहुत बधाई के पात्र हैं। आप अपने इस
काम के कारण घर-घर जाने जाएँगे। देश के किसी हिस्से में आपको किसी तरह
की मदद की ज़रूरत हो तो मैं आपसे बस एक फोन की दूरी पर रहूँगी'।

पंजाब के मुख्यमंत्री कैप्टेन अमरिंदर सिंह ने तो मेरा एक निकनेम भी
रख दिया। सिंह साहब को मैं अरसे से जानता हूँ। मैं जब भी पंजाब जाता

और उनके पास समय होता तो मैं उनसे ज़रूर मिलता था। पिछले सालों में उनको इस बारे में पता था कि मोगा और उसके आसपास के इलाक़ों में मैंने किस तरह सामाजिक कार्य किए हैं। सोशल मीडिया के अपने हैंडल पर उन्होंने मुझे 'मोगा बॉय' नाम दिया था। 28 मई को कैप्टन साहब ने ट्वीट किया, 'जब भी कहीं मैं पढ़ता हूँ कि मेरे पंजाब का कोई आदमी ज़रूरत पड़ने पर किसी की आगे बढ़कर मदद कर रहा है तो मुझे बहुत गर्व का अनुभव होता है और इस बार हमारे मोगा बॉय सोनू सूद प्रवासी मज़दूरों की आगे बढ़कर मदद की है और उनके लिए भोजन और परिवहन का इंतजाम किया। बहुत अच्छे सोनू'!

प्रवासियों से भी आगे का अभियान

इसकी शुरुआत हुई मुंबई के प्रवासी मज़दूरों से लेकिन जब 'गेट इन टच विद सोनू सूद' मैसेज से इस अभियान ने ज़ोर पकड़ा तो मैंने पाया कि मुझे अपनी नींद, परिवार वालों के साथ समय बिताने का त्याग कर दुनिया भर में फँसे लोगों को हवाई जहाज़ से निकलवाने का इंतजाम करने के लिए अनुरोध आने लगे, यहाँ तक कि ऑस्ट्रेलिया तथा किर्गिस्तान से भी। यह केवल प्रवासी मज़दूरों तक ही नहीं रह गया था।

मई महीने में ऑस्ट्रेलिया से दो लड़कों का बहुत पेचीदा सा अनुरोध आया। उनका यह कहना था कि वे वहाँ फँस गए थे और भारत वापस जाना चाहते थे। उनको अपने पिता का अंतिम संस्कार करने जाना था और अंतिम संस्कार के पहले वे चौदह दिन का क्वारंटिन करने की स्थिति में नहीं थे। मैंने दिल्ली में उनके लिए ज़रूरी अनुमति का इंतजाम किया और वे वापस भारत आ पाए। एक लड़का उड़ीसा का था और दूसरा मध्य प्रदेश का। जब कोई भावनात्मक संकट में हो तो ऐसे में किसी की मदद करके बहुत अच्छा लगता है। मैं इस बात को समझता था कि जब परिवार में किसी बुजुर्ग की मृत्यु हुई हो तो यह कितना ज़रूरी होता है कि सभी परिजन साथ रहें।

4 जुलाई को किर्गिस्तान में चार हज़ार विद्यार्थी फँसे हुए थे और वे सुरक्षित भारत पहुँचने का ज़रिया नहीं ढूँढ पा रहे थे। जब उन लोगों ने परेशान होकर मुझे संदेश भेजा तो मैं सक्रिय हो गया, यह बहुत जटिल मामला था। इसके लिए प्रधानमंत्री कार्यालय में अधिकारियों से बात करना पड़ता, किर्गिस्तान दूतावास में बात करनी पड़ती और किर्गिस्तान में भारतीय दूतावास से भी। इसके लिए बहुत अन्य तरह की अनुमतियों की भी ज़रूरत पड़ने वाली थी क्योंकि हालात संवेदनशील थे। पहली नज़र में इतनी बड़ी तादाद में विद्यार्थियों को लाने का काम असम्भव सा काम लग रहा था। लेकिन आप ठान लेते हैं तो रास्ते भी निकल आते हैं। कालवा के ट्रैफिक सिग्नल के पास से जो काम शुरू हुआ था, वो अब किर्गिस्तान तक फैल गया था।

अगले एक अध्याय में मैंने आपसे अपने इस अनुभव को साझा किया है कि किस हम लोगों ने दूसरे मुल्कों फँसे लोगों को कैसे वहाँ से निकाला और उनको अपने-अपने घर पहुँचाया, इसमें तरह-तरह के लोग थे, विद्यार्थी थे, मज़दूर थे और दुनिया के अलग-अलग हिस्सों के ऐसे मरीज़ थे जिनको इमरजेंसी इलाज की दरकार थी।

हमारे लिए चिंता की बात यह थी जैसे-जैसे हमारा अभियान सफल होता जा रहा था हम केवल इसी के ऊपर ध्यान रखकर काम करते नहीं रह सकते थे कि हमें अलग-अलग स्थानों से लोगों को बचाकर लाना था। मेरा और मेरी टीम का ध्यान दलाल किस्म के लोगों की तरफ भी लगा रहता था जो प्रवासी मज़दूरों की मजबूरी का फ़ायदा उठाने में लगे हुए थे। हम लोगों ने मुंबई तक में ऐसे दलालों के बारे में सुना जो इन गरीब लोगों से वसूली में लगे हुए थे। वे लोगों से जा जा कर कहते कि 'हमें इतने पैसे दे दो हम सोनू सूद की दी हुई गाड़ी में आपको बिठा देंगे'।

कोई भी परियोजना जो इतने बड़े पैमाने पर चल रही हो तो उसमें ऐसा हो ही जाता है, कुछ लोग सच में इसमें ठगे गए, लेकिन जब मुझे इस बारे में पता चला तो हम लोगों ने ऐसे धोखेबाज़ किस्म के लोगों को रोकने का ज़रिया भी निकाल लिया। इससे हमारा काम ही बढ़ गया और हम लोगों ने यह आवश्यक कर दिया कि जाने वाले हर यात्री की सही तरीके से छानबीन

की जाए और प्रमाणित रूप से उन्हें भेजा जाए। टीम की ओर से सभी लोगों को ट्रेन या बस के जाने के समय और उसके नम्बर के बारे में जानकारी भेज दी जाती थी। एसएस(सोनू सूद) बारकोड तैयार किया गया! हम लोगों को बहुत सतर्क रहना होता था ताकि कोई हमारे नाम का दुरुपयोग न कर पाए।

हम लोगों को अपनी सुरक्षा व्यवस्था को भी चाक-चौबंद करना पड़ा क्योंकि फुसफुसाहट से ही लहर पैदा हो जाती है। उदाहरण के लिए जब मैं 1200 लोगों को जौनपुर भेजने के इंतजाम में लगा हुआ था तो यह बात फैल गई कि सोनू सूद की ट्रेन पालघर से जाने के लिए तैयार है। जब मैं वसई पहुँचा तो पाया कि वहाँ करीब चार हज़ार लोग जमा थे। मुझे लगा कि कोरोना महामारी के बीच कहीं कानून व्यवस्था की समस्या न उत्पन्न हो जाए। हालात बेक़ाबू होते जा रहे थे क्योंकि बच्चे बिलख रहे थे, टूटे हारे बुजुर्ग वहाँ थे और उस भीड़ में कुछ नासमझ लोग भी थे। मेरे लिए यह असम्भव था कि मैं केवल 1200 लोगों को चुनकर ट्रेन से भेजूँ। ट्रेन के प्रस्थान के बाद मैंने बाकी बचे लोगों को अलग-अलग ठिकानों पर रहने के लिए भेज दिया, जिनमें जुहू स्थित मेरा अपना होटल भी था। दो दिन के बाद मैं उनको घर भेजने के लिए बसों के बेड़े का इंतजाम कर पाया। सौभाग्य से, यह अध्याय भी सुखद तरीके से पूरा हुआ और इस दौरान किसी भी तरह की दुर्घटना घटित नहीं हुई।

जब इंडियन इंस्टिट्यूट ऑफ़ ह्यूमन ब्रांडस(आईआईएचबी) ने कॉर्पोरेट जगत के 110 सेवियों एवं 550 उपभोक्ताओं से यह कहा कि वे लॉक डाउन के दौरान मशहूर हस्तियों के किए गए कामकाज को रेटिंग दें, मैं हैरान रह गया जब मेरा नाम सबसे ऊपर था, जबकि आदरणीय वरिष्ठ अभिनेताओं अक्षय कुमार और अमिताभ बच्चन के नाम दूसरे तथा तीसरे स्थानों पर थे। मुझे क्या पता था कि छह फीट तीन ईंच लम्बा यह सुपर स्टार जिसके छह पैक एब्स हैं और जिसके दो गहरे डिम्पल पड़ते हैं, वह यहाँ तक पहुँच जाएगा?

जहाँ से यह शुरू हुआ और यह जिस अनुपात में बढ़कर बड़ा हुआ उसको मैं भी आज तक समझने की कोशिश कर रहा हूँ कि यह सब कैसे

हुआ। मैं विनम्रता से मानता हूँ। लेकिन एक बात को लेकर मैं निश्चिंत हूँ। मैं आज जो हूँ इसकी शुरुआत उस परिवार से हुई जिसमें मेरा जन्म हुआ। वहीं मोगा बॉय के अंदर वे मूल्य पनपे जिसने उसको बनाए रखा और जो उसको लेकर इस हद तक आया।

एक जापानी कहावत है, 'पिता के गुण पहाड़ से भी ऊँचे होते हैं। माँ के गुण समुद्र से भी गहरे होते हैं।'

मेरा जन्म पटियाला में हुआ था लेकिन मोगा, जो मेरी जन्मभूमि से तीन घंटे की दूरी पर है, में मैं पला बढ़ा। मोगा मेरे लिए हमेशा ख़ास था; मोगा घर था।

जब मुझे प्यार से मोगा बॉय कहा जाता है तो मुझे बेहद ख़ुशी होती है। मैंने मोगा के डीएम कॉलेज से पढ़ाई की और मेरे दादा और परदादा ने इस तरह के कई शैक्षिक संस्थानों की स्थापना में सहयोग दिया था। अपने दान-पुण्य के कामों के लिए उनकी बड़ी ख्याति थी और इससे मेरी छाती फूल जाती है कि मोगा में कई स्कूल और कॉलेज जिन ज़मीनों पर हैं, वे हमारे परिवार की थीं।

मेरे जन्म के साथ एक दिलचस्प बात जुड़ी हुई है। मुझे अक्सर कहा जाता था कि मेरे पिता को मोगा में जब टेलीग्राम भेजा गया कि उनको बेटा पैदा हुआ है तो वे मुझे देखने के लिए गाड़ी चलाकर पटियाला पहुँचे, मेरी माँ के परिवार के लोगों ने यह कहते हुए उनका स्वागत किया, 'बधाई हो, आपके घर में कुलचा पैदा हुआ है'। परिवार की कहानियों में यह कहा जाता है कि जब मैं पैदा हुआ तो मैं इतना गोलमटोल था कि मैं कुलचे जैसा लग रहा था, मेरे परिवार में कुलचा बड़े शौक से खाया जाता था। पंजाब और दिल्ली में मेरे भाई बहन तो आज भी मुझे कुलचा ही बुलाते हैं।

हालाँकि, इस पक्के पंजाबी माहौल में बहुत कुछ था जो पारम्परिक नहीं था। 'ब्लैक लाइव्स मैटर' और 'अली लाइव्स मैटर' आज के नारे हैं लेकिन मैंने यह सब देखा है और मेरे अंदर जो बात घर कर गई वह यह कि स्त्री पुरुष सभी बराबर होते हैं। पंजाबी घरों में पुत्तर को बहुत महत्व दिया जाता है और मुझे भी दिया गया। लेकिन मैं दो बहनों के बीच पैदा हुआ था और

एक बड़ी दुर्लभ बात थी कि मेरी माँ कामकाजी स्त्री थीं और इस कारण हमारे परिवार में समानता का माहौल था।

मैंने यह कहावत सुन रखी है, 'बच्चे बड़े नकलची होते हैं, इसलिए उनको नकल करने के लिए कुछ बड़ा देना चाहिए'। मेरे माता-पिता ने यही किया।

जब मेरे माता-पिता की शादी हुई तो मेरी माँ सरोज सूद को डीएम कॉलेज में प्रोफेसर की नौकरी मिली, जो 1920 के दशक से ही मोगा का सबसे जाना माना कॉलेज था। वह इतिहास और अंग्रेज़ी पढ़ाया करती थीं और मुझे याद है कि तब उनका वेतन 440 रुपए था। लेकिन प्रोफेसर का इतना सम्मान था कि इस कारण से पूरे परिवार की इज्जत लोगों की नज़र में बढ़ गई। मुझे उनके ऊपर इतना गर्व था कि मैं उनको अपने बजाज चेतक स्कूटर पर पीछे बिठाकर कॉलेज ले जाता था। जब मेरी क्लास हो जाती तो मैं उनके काम खत्म होने का इंतज़ार करता और फिर उनको लेकर घर आता था। मैं यह नहीं बता सकता कि जब आपके माता-पिता अध्यापक हों तो कैसा महसूस होता है। पूरे शहर में उनकी ऐसी इज्जत थी कि पूरे परिवार पर इसकी चमक रहती थी।

हमारे परिवार की प्रतिष्ठा यह थी कि हमारा परिवार पढ़ा-लिखा है और इसके कारण हमें सब बहुत सम्मान देते थे, और अगर मैं कहूँ कि इससे बहुत अधिक सम्मान मिलता था तो अतिशयोक्ति नहीं। शिक्षा के अपने गुण होते हैं। इसलिए, लैंगिक समानता, कामकाजी महिलाओं के लिए सम्मान और शिक्षा को महत्व देना मेरे जीवन का हिस्सा बन गए। जब मेरे माता-पिता की शादी हुई तो शुरुआती दिनों में मेरी माँ के कारण परिवार को आर्थिक तौर पर बहुत सहारा मिला क्योंकि डैड की दुकान थी लेकिन माँ की नियमित आय के कारण ही हम लोग अच्छा जीवन जी पाए। ज़ाहिर है, उस समय के लिए यह बहुत अस्वाभाविक बात थी और इसके कारण कई तरह की बातें की जाती थीं। कुछ संदेह में रहते थे, यह कहकर आलोचना करते कि पढ़ी लिखी बहू घर में कमा कर पैसे ला रही है। हालाँकि मेरे माता-पिता एक दूसरे के साथ सहज थे दोनों एक दूसरे

का सम्मान करते थे, एक दूसरे से प्यार करते थे और दोनों के बीच अच्छी समझदारी थी।

पीछे देखने पर मुझे यह समझ में आता है कि दोनों ने इस रिश्ते में अपना काफी कुछ झोंक रखा था। माँ अपनी तरफ से रिश्ते में कभी इस बात को नहीं लाती थीं कि वह आर्थिक रूप से स्वतंत्र थीं। पापा भी अपनी तरफ से इस बात को बीच में कभी नहीं लाते थे कि 'लोग क्या कहेंगे'। यह सब मेरे अवचेतन में बैठ गया, जो हो सकता है कि सभी बच्चों के अंदर आ जाता होगा।

माँ भी घर में काफी मेहनत करती थीं। मैंने और मेरी बहन ने अपने कामकाजी माता-पिता से अनुशासन, कड़ी मेहनत और पैसे का महत्व सीखा। हम लोगों ने बचपन से ही यह देखा था कि कई घरों में माता-पिता दोनों काम करते हैं, तब जाकर घर का चूल्हा जलता रहता है। और ऐसा नहीं था कि माँ केवल वेतन के लिए काम करती थीं। वह पूरे मन से वह काम करती थीं। बल्कि बाद में यह सिद्ध हुआ कि उन्होंने काम के लिए जी जान से मेहनत की।

लेकिन ऐसा नहीं था कि केवल काम ही काम था और कोई खेलकूद नहीं होता था और इसके कारण हम लोग सुस्त और नीरस हो गए। हमारा परिवार हँसमुख था जिसमें बच्चों की सभी माँगों को ख़ुशी-ख़ुशी पूरा किया जाता था। चाहे वह साइकिल हो, रस्सी कूदना हो या क्रिकेट खेलने का किट- उन दिनों प्ले स्टेशंस नहीं होते थे- हम लोगों को सब कुछ मिलता था, और हम लोगों ने उनको महत्व देना भी सीखा। जब मैं बड़ा हुआ तो कई बार मुझे लगता था कि मैं बहुत ज़िद्दी था और कई बार मेरे माता-पिता का काफी पैसा ख़र्च हो जाता था, बल्कि कई बार वे अपने लिए कुछ नहीं ख़रीद पाते थे, लेकिन हम जो चाहते थे वह हमें ज़रूर मिलता था। मैं मानता हूँ कि इस तरह की ग्लानि सकारात्मक होती है और इससे आपको इसमें मदद मिलती है कि जीवन में जो भी मिला उसका आनंद उठाएँ और यह आपको संतुलित बनाए रखता है।

मेरे पिता की मोगा में कपड़े की दुकान थी, बॉम्बे क्लॉथ हाउस। 7 फरवरी 2016 को उनका देहांत हो गया लेकिन दुकान अभी भी है। मैं

भावनात्मक कारणों से दुकान को उन्हीं कर्मचारियों के साथ चला रहा हूँ जिनके साथ पिताजी काम करते थे। मेरे पिता को लोगों से बहुत प्यार था और अपने आसपास के सभी लोगों को वे खाना खिलाते थे। वे मुझसे कहते थे कि घर खुला रखना चाहिए। मेरे घर में लंगर चलता रहता था। यहाँ तक कि जब मैं स्टार हो गया तो भी डैड यह चाहते थे कि मैं अनजान लोगों के खाने के लिए घर के दरवाज़े खोलकर रखूँ। उनके लिए किसी की सफलता को मापने का पैमाना यह था कि वह कितने लोगों को खाना खिला सकता है। सौभाग्य से मेरी पत्नी सोनाली भी ऐसा ही सोचती है। मेरी और सोनाली की सोच इतनी मिलती-जुलती है कि लगता है जैसे हम दोनों को एक दूसरे के लिए ही बनाया गया हो।

अक्सर मैं यह सोचता हूँ कि मेरे माता-पिता सब कुछ कैसे कर लेते थे। वे मेहनत से अपना काम करते, बच्चों का ध्यान रखते, लेकिन इसके बावजूद अपनी तमाम व्यस्तताओं के बावजूद उनके दिल में वैसे लोगों के लिए भी जगह रहती थी जिनसे हमारा कोई लेना-देना नहीं था। इसलिए मुझे ऐसा लगता है कि जब उन्होंने कर लिया तो कोई भी कर सकता है।

'क्योंकि जो हम पाते हैं यह उसी को देना है।' अंग्रेज़ी और इतिहास की प्रोफेसर सरोज सूद ने मुझे यानी अपने बेटे को यह ज्ञान दिया था, न कि असीसी के सेंट फ्रांसिस ने। क्योंकि मेरे माता-पिता उदाहरण पेश करते थे। मेरे पिता कम बोलते थे। मेरी माँ अध्यापक होने के कारण सदा बोलती रहती थीं। मैं यह देखते हुए बड़ा हुआ कि वह किस तरह गरीब बच्चों को मुफ़्त में पढ़ाया करती थीं। असल में, गरीब बच्चे घर के कामकाज के कारण पढ़ाई नहीं कर पाते थे, मेरी माँ मेरे साथ गाड़ी पर बैठकर उन बच्चों के घर जाती थीं, और जाकर निजी रूप से उन बच्चों के माँ बाप को यह समझाने का प्रयास करती थीं कि शिक्षा का क्या महत्व है। उनको इस बारे में जागरुक बनाती थीं कि वे बच्चों को पढ़ने के लिए समय दिया करें।

मेरे माता-पिता मोनिका सूद(शर्मा), जिसे हम मोना बुलाते हैं और जो मुझसे डेढ़ साल बड़ी थी, में और मुझमें कोई अंतर नहीं करते थे। इसी तरह मैं और मोना मुझसे दस साल छोटी बहन मालविका सूद(सच्चर), जिसको

हम गुनु बुलाते हैं, पर जान लुटाया करते, उसका ध्यान रखते। मोना और मैं एक दूसरे के इतने क़रीब थे कि हम लोग स्कूल भी साथ-साथ जाते। घर में लड़के-लड़की का कोई भेदभाव नहीं था और घर का "इकलौता लड़का" होने के कारण मुझे कोई विशेष महत्व नहीं दिया गया।

इसके विपरीत, पुत्तर से अधिक मोना को घर में सब अधिक लाड़-प्यार करते थे जो पढ़ने में बहुत अच्छी थी और बहुत आज्ञाकारी भी थी। मोना आज वाशिंगटन में वैज्ञानिक है और हमेशा स्कूल और कॉलेज में टॉप करती थी। महिला शक्ति इसलिए मेरे जीवन से जुड़ी हुई थी।

दस हज़ार घंटे। मैलकम ग्लैडवेल ने अपनी शानदार बेस्टसेलर किताब *आउटलायर्स* में यह लिखा था। जो लोग कला, खेल या किसी भी क्षेत्र में अच्छा करते हैं वे वैसे लोगों से दस हज़ार घंटे की दूरी पर रहते हैं जो प्रतिभाशाली तो होते हैं, लेकिन बेहतरीन नहीं हो पाते। ग्लैडवेल के शोध में यह निष्कर्ष निकला कि दस हज़ार घंटे की कड़ी मेहनत और समर्पित अभ्यास के बाद किसी भी प्रतिभा को सोने में बदला जा सकता है।

मैं यह दावा नहीं कर सकता कि मैं किसी क्षेत्र में बहुत ऊँचाई पर पहुँच चुका हूँ, न ही मैंने इस बात का ध्यान रखा कि मैंने कितने घंटे अभ्यास किए। लेकिन अपने जीवन में चाहे वह पढ़ाई की बात रही हो या अभिनेता बनने के अपने असम्भव सपने के पीछा करने या घर भेजो अभियान शुरू करने की बात रही हो, मैं अपने मन की सुनता हूँ और हर बार उसी के मुताबिक़ मेहनत करता हूँ।

मेरी ज़िंदगी मेहनत करने और कभी हार न मानने की एक पाठ्यपुस्तक है। मेरे सामने मोना का उदाहरण था जो जिस क्लास में भी गई उसने लगातार नब्बे प्रतिशत अंक हासिल किए। मैं कहीं से भी उसके जैसा प्रतिभाशाली नहीं था लेकिन मैं अपने माता-पिता को निराश नहीं करना चाहता था, पढ़ाई में मोना जैसे होने के लिए मैं बहुत मेहनत करता। इसके कारण मुझे पचहत्तर-अस्सी प्रतिशत तक अंक आने लगे, लेकिन मेरी माँ और अच्छा करने के लिए प्रोत्साहित करती रहती थीं। वह मुझसे कहती, 'बेटा, मैं प्रोफेसर हूँ। मैंने बहुत से अच्छे विद्यार्थियों को पढ़ाया है। और

मेहनत करो । अच्छे नंबर पा जाओगे' । मोना ने जो मानक स्थापित किया था मुझे उसके समकक्ष पहुँचना था ।

हालाँकि, मेरे माता-पिता अच्छा करने के लिए मेरे ऊपर कभी दबाव नहीं बनाते थे । हम लोगों को अच्छी तरह पढ़ाई के लिए उत्साहित किया जाता था लेकिन इसके लिए हम लोगों को कभी डाँट-फटकार नहीं पड़ती थी । मुझे जीवन के लिए जो संदेश मिला वह यह कि अध्यवसाय का क्या महत्व होता है और इंसान में कभी हार न मानने का हौसला होना चाहिए । ये गुण मेरे जीवन में हमेशा बने रहे, मेरे पेशेवर जीवन का भी हिस्सा रहे । इसके कारण मुझे एक अभिनेता के रूप में भी मदद मिली और घर भेजो अभियान के दौरान इन्हीं सीखों ने मेरी मदद की ।

मोना के मानक होने के कारण मुझे कभी हताशा नहीं हुई । बल्कि इस कारण मुझे अपनी सीमाओं के अधिक से अधिक विस्तार में मदद मिली । जब मैं मुंबई आया तो मेरे साथ यही अध्यवसाय और कभी हार न मानने का भाव मेरे साथ आया । जब मैं यहाँ आया तो न तो कोई संपर्क था, न ही कोई सिफ़ारिश । मैं लम्बा था, हट्टा-कट्टा था, मेरी जेब में 5500 रुपए थे और मेरा हौसला मेरे साथ था ।

जब घर भेजो आंदोलन की चुनौती असम्भव लग रही थी तो इसी भावना ने मुझे संचालित किया ।

हम भाई बहनों का रिश्ता आपस में बहुत गहरा है और मेरी माँ का ऐसा मानना था कि उनके और मेरे पिता के जाने के बाद, 'सोनू अपनी दोनों बहनों का ध्यान रखेगा' । उनके ऐसा कहने के पीछे यह भावना नहीं रहती थी कि लड़का लड़की से बेहतर होता है या भाई अपनी बहनों से अधिक मज़बूत होता है या उसके पास बेहतर साधन होते हैं । ऐसा भी नहीं था कि मैं अपनी बहनों को अपने बराबर नहीं देखता था । ऐसा सुरक्षा की स्वाभाविक और देसी भावना के तहत था जो मेरे अंदर था और लैंगिक समानता की बात को महज़ साबित करने के लिए उसे छुपाने की ज़रूरत नहीं है ।

साल में दो बार, रक्षा बंधन और भाई दूज के दिन मेरी माँ मुझसे कहती थीं, 'भाई होने के कारण तुमको हमेशा अपनी बहनों का ध्यान रखना

है, उनकी रक्षा करनी है और उनको यह अहसास करवाते रहना है कि वे ख़ास हैं। मैं इस बात से इनकार नहीं कर सकता हूँ कि आज भी बहनों को लेकर अंदर से रक्षा का भाव उमड़ता है। यह कोई ऐसी बात नहीं है मैं कोई शक्तिशाली पुरुष हूँ, यह उसी तरह है जिस तरह आप अपनी पत्नी और बच्चों का ध्यान रखते हैं। यह सहजात वृत्ति होती है जिसको भारतीय घरों में माता-पिता विकसित करते हैं।

मेरे ख़याल से यह इंसान के अंदर का भावनात्मक पहलू होता है कि वह किसी की परवाह करता है, किसी को लेकर रक्षा का भाव उसके अंदर होता है। आपको इसके लिए लड़ने की कोई ज़रूरत नहीं है क्योंकि यह लैंगिक समानता का निषेध नहीं करता। बल्कि इसी प्रवृत्ति को बनाए रखने के कारण कोरोना काल में सही संवेदना का उदय हुआ। रक्षा करने की भावना मेरे अंदर प्रबल होती गई। जिन लोगों के लिए मेरे अंदर रक्षा का भाव उमड़ा वे किसी भी तरह से मुझसे जुड़े हुए नहीं थे। वे आम लोग थे जिनके लिए मेरे अंदर करुणा की भावना जाग उठी।

अपने माता-पिता की शिक्षा की बदौलत ही आज मैं वह बन पाया, जो आज मैं हूँ। जीवन को लेकर मेरी माँ की साधारण इच्छाएँ थीं। वह अधिक से अधिक बच्चों को पढ़ाना चाहती थीं। आज जब मैं पटना के आनंद कुमार के बारे में पढ़ता हूँ जो वहाँ के साधनहीन बच्चों को कोचिंग देते हैं या कोटा, राजस्थान में कोचिंग में पढ़ाने वाले उन असंख्य अध्यापकों के बारे में पढ़ता हूँ, जो हर साल असंख्य बच्चों को अतिरिक्त कक्षाएँ देते हैं, तो मुझे अपनी माँ की याद आ जाती है। वह एक समर्पित अध्यापिका थीं।

माँ शिक्षा को लेकर इतनी संजीदा थीं कि वह चाहती थी कि अधिक से अधिक बच्चों को शिक्षा दे सकें। ख़ासकर उन बच्चों को जो आर्थिक रूप से कमज़ोर तबके से आते थे, जो ट्यूशन नहीं पढ़ सकते थे या कोचिंग में नहीं जा सकते थे। आज भी जब मैं उनके बारे में बात करता हूँ तो गर्व से भर जाता हूँ कि मेरी माँ ऐसी थीं। मेरे ऊपर उदासी के बादल छा जाते हैं जब मैं यह सोचता हूँ कि उन्होंने शिक्षा को अपने ऊपर तरजीह दी और उसको अपने जीवन का मकसद बनाया। काश उन्होंने अपने और अपने स्वास्थ्य

का ध्यान रखा होता। लेकिन उनको जो करना था उन्होंने वही किया, क्योंकि उनकी अंतरात्मा यही चाहती थी। उनका जीवन मेरे लिए निष्काम कर्मयोग का उदाहरण है। जैसा कि कहा जाता है कि अक्सर आपके माता-पिता ही आपके गुरु, आदर्श और पथ प्रदर्शक होते हैं।

जब आप एक प्रोफेसर के बच्चे होते हैं और स्कूल टॉपर के भाई होते हैं तो आपकी चुनौती और बड़ी हो जाती है। मेरे अंदर से यह भाव कभी नहीं गया कि अच्छे से अच्छे नम्बर लाने हैं और यह भावना कि मैं जिस क्षेत्र में भी जाऊँ बहुत अच्छा प्रदर्शन करूँ। मेरी माँ यह नहीं चाहती थीं कि मैं पापा की दुकान पर बैठूँ। वह चाहती थी कि मैं हर लिहाज़ से कुछ बड़ा करूँ। उनका सपना था कि मैं इंजीनियर बनूँ और इसी वजह से मैं यशवंतराव चव्हाण कॉलेज ऑफ़ इंजीनियरिंग नागपुर आ गया।

उस समय पंजाब में आतंकवाद चरम पर था। इसलिए मेरे जैसे बहुत से युवा, ख़ासकर लड़के, या तो विदेश चले गए या दूसरे राज्यों के विश्वविद्यालयों में पढ़ने के लिए चले गए। मुझे लगता है कि नागपुर ने मुझे कोई संकेत देकर बुलाया था क्योंकि वहीं मैं अपनी पत्नी पी. सोनाली से मिला, और वहीं जब मैं इंजीनियरिंग कॉलेज के सेकेंड ईयर में पढ़ रहा था कि पहली बार मुझे अभिनय का चस्का लगा।

उसने और मैंने शहर में एक फैशन शो में हिस्सा लिया था। वहीं रैम्प पर मेरे अंदर यह ख़्वाहिश जागी कि मुझे मॉडल बनना चाहिए और वहीं मैं पहली बार सोनाली से भी मिला। वह एक जाने माने बैंकर की बेटी थी और तेलुगु मूल के परिवार की थी जो नागपुर में बस गए थे। वह मास कम्यूनिकेशन का कोर्स कर रही थी।

शुरुआती कुछ मुलाक़ातों में ही मैंने सोनाली से विवाह का प्रस्ताव रखा। यह एक तरह से उसको इस बात की आश्वस्ति दिलाने जैसा था कि मैं उसको लेकर गम्भीर था। मेरे इरादे सम्माजनक थे। मैंने उसे बताया कि मुझे अपनी ज़िंदगी में उसकी जैसी लड़की की कितनी ज़रूरत है। मेरे साथ रहने के लिए सोनाली ने एमबीए के कोर्स में दाख़िला ले लिया जिसके कारण उसको नागपुर में रहकर दो साल और पढ़ाई का मौका मिल गया।

दोनों के माता-पिता पढ़े लिखे थे इसलिए हम दोनों में से किसी के परिवार में भी उत्तर-दक्षिण का मामला नहीं उठा। सोनाली के आने के साथ हमारे परिवार में दो संस्कृतियों का मेल बहुत सौहार्दपूर्ण तरीके से हुआ। मेरी माँ एक ही बात से दुखी थीं कि मैंने उनको अपने और सोनाली के संबंध के बारे में पहले क्यों नहीं बताया था। मेरे परिवार के सभी लोगों ने उसको बहुत सहजता से अपनाया क्योंकि वह बहुत दोस्ताना लड़की थी और आज भी है। सोनाली दिल्ली में मेरी बड़ी बहन की शादी में भी शामिल हुई थी। 28 दिसम्बर 2000 को मेरी पत्नी बनने के बहुत पहले से वह मेरी ज़िंदगी में शामिल थी।

सोनाली को मेरे गुप्त सपने के बारे में पता था जो इंजीनियरिंग की दुनिया से बहुत अलग था। लेकिन जब मुझे डिग्री मिल गई तो मैंने अपने माता-पिता के सामने डरते-डरते फिल्म में जाने के अपने इरादे के बारे में बात की। जब उन्होंने यह कहा, 'जब तुम इंजीनियर बन चुके हो तो अब एक बार फिर से संघर्ष क्यों करना चाहते हो'? तो इससे मेरा इरादा और मज़बूत हुआ। हालाँकि, दोनों ने मुझे एक सलाह दी: 'जाओ अपने सपने का पीछा करो, लेकिन सफल होकर ही मानना, बीच में छोड़ मत देना। अपनी पूरी कोशिश करना'।

कॉन्वर्सेशन विद गॉड के प्रसिद्ध अमेरिकी लेखक नील डोनाल्ड वाल्सच ने लिखा है, 'ज़िंदगी तभी शुरू होती है जब आप बनी बनाई सुविधा की दुनिया से बाहर निकलते हैं'। इंजीनियरिंग की डिग्री के लिए सख़्त पढ़ाई करता हुआ एक विद्यार्थी एक दिन सुबह उठता है और कह उठता है, 'मैं हिंदी फिल्म में काम करना चाहता हूँ', यह पागलपन जैसी बात थी। मैं फिर से दोहराता हूँ:

'यह असम्भव है', अहम ने कहा।
'इसमें ख़तरा है', अनुभव ने कहा।
'यह बेतुकी बात है', तार्किकता ने कहा।
'कोशिश करके देख लो', दिल ने कहा।

जब मैं अपनी सुविधाजनक और बनी बनाई दुनिया से निकला, जिसमें एक इंजीनियर के रूप में सुरक्षित भविष्य था, मेरा एक ही सहारा था कि मेरे माता-पिता ने पूरी तरह मेरा साथ दिया, जिन्होंने मुझसे कहा, 'जाओ बेटे, जाओ'। नकार दिए जाने, अपमानित किए जाने और हताशा से संघर्ष वे प्रेरणा के मील स्तम्भ थे जिन्होंने सोनू सूद के सेलिब्रिटी रूप का निर्माण किया। लेकिन महज़ प्रसिद्ध होना जैसा कि मैंने कल्पना की थी, मेरे जीवन का अंतिम लक्ष्य नहीं था। घर *भेजो* आंदोलन की सफलता के लिए यह सेलिब्रिटी चेहरा ज़रूरी था, ताकि बाधाएँ दूर हो सकें और यह सम्भव हो पाए। यह नियति की एक बहुत बड़ी योजना थी जो 2020 में मेरे सामने स्पष्ट रूप से प्रकट हुई।

मोगा से मुंबई के बीच के प्रत्येक मील स्तम्भ पर प्रेरणादायक नोट खुदे हुए हैं। थॉमस जेफरसन के शब्द मेरे कानों में गूंजते रहते हैं: 'अगर आप कोई ऐसी चीज़ चाहते हैं जो आपके पास कभी नहीं रही हो तो आपको कुछ ऐसा करने के लिए तैयार रहना चाहिए जो आपने कभी न किया हो।'

मुंबई में कयाम करने से पहले मैं पहले दिल्ली पहुँचा। दिल्ली घर से करीब था और वहाँ मेरे भाई बहनों के होने के कारण वह जाना पहचाना लग रहा था। मेरे माता-पिता ने पैसे देने की पेशकश की थी लेकिन मुझे लगा कि मुझे यह संघर्ष अकेले ही करना है। तभी जाकर मैं अपनी सफलता की कहानी लिख पाऊँगा।

छह महीने पूरे होते होते मैं मुश्किल से 5500 रुपए कमा पाया; 500 रुपए के ग्यारह नोट। मुझे अभी भी याद है कि कितने रुपए के नोट थे क्योंकि पैसों की तब बहुत अहमियत थी। जब मेरी जेब में 5500 रुपए बचे थे तब मैं अपने सपनों की नगरी के लिए चल पड़ा-मुंबई के लिए। मेरे पास एक बाइक थी जो मैंने मालगाड़ी से एक दिन पहले ही भेज दी थी और अगले दिन मैं बिना रिज़र्वेशन के ही गोल्डन टेम्पल एक्सप्रेस में सवार होकर मुंबई के लिए निकल पड़ा।

मैं उस समय पच्चीस साल का था और अनजान जगह की यात्रा के लिए उत्साह से भरा हुआ था। मुझे इससे डर नहीं लग रहा था; बल्कि

इस वजह से मैं जोश में था। बाधाओं, रुकावटों, मायूसी और हतोत्साह के बावजूद जब मैंने ट्रेन के डिब्बे में टॉयलेट के पास अख़बार बिछाया तो मुझे असफलता की मायूसी नहीं, बल्कि रोमांच का एहसास हो रहा था।

मैंने टीसी को डेढ़ सौ रुपए दिए तो उसने मुझे गलियारे में लेटने का इजाज़त दे दी जिससे होकर यात्री टॉयलेट आ जा रहे थे, और डिब्बे के दरवाज़े के नीचे से ठंडी हवा बहती हुई आ रही थी, जो सीधे मेरे सिर में लग रही थी। मेरे पास अपने आपको ढँकने के लिए कम्बल नहीं था लेकिन अपने सपने का पीछा करने की उत्कंठा ने मेरी सारी संवेदनाओं को सुन्न कर दिया था।

इस तरह से असम्भव का पीछा करने में आपके लिए प्रेरणादायी पहलू होता है आपकी अपनी उम्मीद से भरी आशा, न कि किसी की ऐसी सलाह जो आपको हतोत्साहित कर दे। हतोत्साहित करने वाली पहली बात मुंबई जाते हुए ट्रेन में ही मुझे सुनाई दी जब मेरे पास गलियारे में बैठे एक आदमी ने मेरे डील-डौल और कपड़े को देखकर यह सही अंदाज़ा लगाया कि मैं अभिनेता बनने जा रहा था। उसने मुझे बताया, 'ज़्यादा उम्मीद मत रखो। मुंबई में बाहर के लोगों को मौका कम ही मिल पाता है। जब तक कोई गॉडफादर न हो फिल्मों में मौका मिलने की संभावना बहुत कम रहती है'। उसने ख़ुद भी कोशिश की थी और असफल रहा था, अब वह मुंबई अपना सामान लाने जा रहा था और सामान लेकर वापस पंजाब चला जाता। लेकिन उसके कहने से मैं अपने भाग्य को आज़माने को लेकर हतोत्साहित नहीं हुआ।

अभिनेता बनने आने के पहले मैं मुंबई आ चुका था लेकिन मुझे उस शहर के बारे में न के बराबर जानकारी थी। मैं यह जानता था कि मुंबई में जाने माने अभिनेता जैसे धर्मेंद्र, अमिताभ बच्चन और विनोद खन्ना रहते हैं। मैं यह भी जानता था कि यहाँ एक फिल्म सिटी भी थी। और मुझे यह भी पता था कि मुंबई में एक स्टेशन था जिसका नाम बांद्रा था। मुझे यह भी लगता था कि अगर आप मुंबई की सड़कों पर घूमेंगे तो कोई न कोई फिल्म कलाकार आपके ऊपर ज़रूर ध्यान देगा और हो सकता है वह आपको अपनी किसी फिल्म में काम दे दे।

मैं फिल्म सिटी के बाहर खड़े होकर उसको बड़ी हसरत से देखता था। लेकिन मैं उसके अंदर तब तक कदम नहीं रख पाया जब तक कि मैंने वहाँ ड्यूटी पर तैनात सुरक्षाकर्मी को 400 रुपए घूस नहीं दिए। मुझे याद है कि मैंने उसका मज़ाक उड़ाते हुए कहा था, 'एक दिन मैं अभिनेता बन जाऊँगा और तब तुम मुझे सलाम करोगे। और आज तुम मेरी मेहनत की कमाई से 400 रुपए माँग रहे हो'? उसने हँसते हुए जवाब दिया, 'सर, जब आप ऐक्टर बन जाएँगे तब मैं आपको सलाम करूँगा। लेकिन आज अगर आप मुझे 400 रुपए नहीं देंगे तो मैं आपको अंदर जाने नहीं दूँगा'।

इस तरह मुझे स्टूडियो में अंदर जाकर घूमने फिरने का मौका मिल गया। मैं सेट के बाहर इस उम्मीद में खड़ा रहता था कि मेरी छह फीट तीन इंच लम्बाई और मेरे डील-डौल को देखकर किसी निर्देशक का ध्यान मेरे ऊपर जाएगा और वह मुझे अपनी फिल्म में काम दे देगा।

जब आपको कुछ समझ नहीं आ रहा होता है तो आपके आसपास सलाह देने वाले कई लोग मिल जाते हैं। यह आपके ऊपर होता है कि आप उनमें से काम की सलाहों को मान लें और इस बात को स्वीकार करें कि गलतियाँ क्या-क्या हो सकती हैं। लेकिन यह आपको डिगा नहीं सकता। एक आदमी ने मुझे कहा कि मुझे सिने आर्टिस्ट एसोसिएशन में रजिस्टर कराने की ज़रूरत है और इससे मुझे एक कार्ड मिल जाएगा। हर तरफ से इतने सुझाव आ रहे थे कि यह समझ नहीं आ रहा था कि किस सुझाव को माने और किसको न माने। मैं व्यावहारिक आदमी था, इसलिए मैंने एक फिल्म डायरेक्टरी ख़रीद ली जिसमें प्रोडक्शन कम्पनियों और विज्ञापन एजेंसियों के नम्बर थे।

मैं अपने बुद्धि कौशल से रोज़-रोज़ की योजना बनाया करता था। मैं एक छोटी सी लिस्ट बना लेता था और उसको जेब में रखकर अपने आप से कहता रहता था कि मुझे इन दफ़्तरों में उस दिन जाना है और अपने पोर्टफ़ोलियो फोटोग्राफ देकर उनसे यह अनुरोध करना है कि मेरा ऑडिशन कर लें। मुझे वहाँ गॉडफादर के बिना बहुत मुश्किल लग रहा था, किसी

फिल्म वाले से मेरी कोई पहचान भी नहीं थी। मेरे पास अपनी बाइक थी लेकिन इतना पैसा नहीं रहता था कि उसमें तेल डलवा सकूँ।

बोरिवली से चर्च गेट तक का मैंने मासिक पास बनवा रखा था और मुंबई लोकल मेरा सबसे अच्छा दोस्त बन गया था। मैं खार, महालक्ष्मी और एलफिंसटन रोड के स्टेशनों पर उतरकर फिल्मवालों के दफ़्तरों में जाता और अपनी ताज़ा तस्वीरें देकर आता कि क्या पता कहीं मेरे लायक कुछ काम निकल आए। चर्च गेट, तारदेव में एवरेस्ट बिल्डिंग, बांद्रा के आसपास नरीमन पाइंट पर मार्केट चैम्बर्स की विज्ञापन एजेंसियों तथा कुछ अन्य दफ़्तरों में मैं नियमित जाता था। मैं महीनों इन स्थानों पर जाता रहा।

फ्रैंकलिन रुज़वेल्ट का कथन है, 'शांत समुद्र कभी कुशल तैराक नहीं बनाते'। प्रसिद्धि और भाग्यशाली होने तक का मेरा सफ़र काफी उथल-पुथल भरा रहा था, जो कई बार निराशाजनक और अपमान से भरा भी रहा। इस दरम्यान किसी निर्माता निर्देशक से मेरा आमना-सामना नहीं हुआ। मैं अधिक से अधिक उनके पहले या दूसरे सहायक तक ही पहुँच पाता था।

मैं इतना सीधा-सादा था कि मुझे यह भी पता नहीं था कि बी और सी ग्रेड की फिल्में भी बनती हैं। मुझे चलते-चलते किसी खिड़की से किसी फिल्म का पोस्टर दिख जाता तो मैं वहाँ जाता और अपने लिए रोल माँगता था। कई बार मैं मीलों चलकर जब कहीं पहुँचता तो मुझे पता चलता कि जिस पते पर मैं आया था वह गलत था।

मैं इतना मानवीय था कि मैं ख़ुद को हताश निराश समझने लगता, लेकिन एक रात की अच्छी नींद के बाद मैं फिर से तैयार होकर संघर्ष के लिए तैयार हो जाता।

जिस दिन मैं बाइक से निकलता था उस दिन ख़ुद को हीरो समझने लगता था। मेरे पास अपनी गाड़ी थी और मुझे सार्वजनिक सवारी में चलने की ज़रूरत नहीं थी। लेकिन बाइक से सवारी की अपनी चुनौतियाँ थीं। जब मैं अंधेरी से बाइक पर सवार होकर दक्षिण मुंबई पहुँचता तो मेरे कपड़े अस्त-व्यस्त हो चुके होते थे, रंग सांवला पड़ चुका होता था। मैं जल्दी से स्टूडियो के बाथरूम में जाकर अपने आपको ठीकठाक करता था लेकिन मेरे

ख़याल से मैं उतना अच्छा नहीं लग पाता था जिसके कारण मुझे काम नहीं मिल पाता था।

महालक्ष्मी के फेमस स्टूडियो के एक दफ़्तर में जब मैं गया तो रिसेप्शनिस्ट ने मेरी तरफ देखने तक से इनकार कर दिया। वह इतनी बेपरवाह दिख रही थी कि उसने मुझे इशारे से कहा कि मैं लिफ़ाफ़ा काउंटर पर छोड़ कर चला जाऊँ। मुझे यह इसलिए याद है कि उस दिन मुझे बहुत बुरा लगा था कि किसी में इतनी तमीज़ भी नहीं थी कि वह ऊपर देखकर मुझसे बात कर ले। इस रफ़्तार से, मैं किसी का ध्यान किस तरह आकर्षित कर पाऊँगा? मैंने अपने आपको समझाया, 'एक दिन ऐसा आएगा कि लोग न केवल तुम्हारे ऊपर ध्यान देंगे बल्कि तुम ऐसे मुक़ाम पर पहुँच जाओगे कि मशहूर स्टूडियो की यही रिसेप्शनिस्ट अपना काम-काज छोड़ कर तुमको देखने लगेगी'।

जब हालात ऐसे हो जाते हैं कि कुछ भी कर गुज़रने का मन करने लगता है तो उतनी ही शिद्दत से उसके उपाय भी तलाश किए जाने लगते हैं और वह यह कि किस तरह से ध्यान अपनी तरफ आकर्षित किया जाए। वहाँ असहाय महसूस करते हुए मैं खड़ा था कि मेरे मन में एक विचार आया कि अगर मैं एक गिलास पानी माँगूँगा तो रिसेप्शनिस्ट ऊपर देखेगी। मैंने वही किया और मुझे बैठने के लिए कहा गया और एक गिलास पानी भी मिल गया। ज़ाहिर है, मेरी उम्मीद यह भी थी कि जब वह ऊपर देखेगी तो मेरी लम्बाई और मेरे हट्टे-कट्टे शरीर पर भी उसका ध्यान जाएगा। और हो सकता है कि शायद मुझे देखकर वह मुझे ऑडिशन का मौका दिलवा दे। उस दिन तो ऐसा कुछ नहीं हुआ लेकिन उस दिन मैंने यह सीख लिया कि मैं पहले अपनी तस्वीर आगे करता था और फिर एक गिलास पानी माँगता था। करीब तीस दफ़्तरों में मैं गया और वहाँ मैंने यही किया। बाद में मेरा ध्यान गया कि मैंने इस चक्कर में तीस गिलास पानी पी लिए थे और मेरा पेट फटने ही वाला था।

संयोग से, मुझे ऐसा भ्रम था कि मैं बहुत फैशनेबल और अच्छे कपड़े पहनता था। मोगा का एक लड़का यानी मैं जो नागपुर के रास्ते आया था, उसका ड्रेस सेंस अच्छा था और मुझे अपने पहनने-ओढ़ने की पसंद के

कारण बहुत दाद भी मिलती थी। हालाँकि, मुंबई आकर मुझे समझ आया कि मैं भीड़ का हिस्सा भर था। यहाँ आकर पता चला कि यहाँ तो सब स्टाइल में रहते हैं, यहाँ आम लोग भी नए-नए फैशन के कपड़े पहनते हैं। साथ ही संघर्ष करने के कारण मेरा जो यह हुनर था, वह कुछ मंद पड़ गया था।

अल्बेयर कामू का कथन है: 'भरी सर्दी में जाकर मुझे यह समझ आया कि मेरे भीतर एक अभेद्य ग्रीष्म है'। जब भी मैं बहुत निराश होता था तो मैं अपने आप से कहता कि ऊपर बैठे भगवान मेरे संघर्ष को देख रहे थे और वे मुझे ज़रूर सफलता दिलाएँगे। मुझे अपने ऊपर बहुत भरोसा था और मुझे यह विश्वास था कि संघर्ष चाहे जितना करना पड़ जाए मैं रास्ता निकाल ही लूँगा। मुझे ऊपर वाले की शक्ति में भरोसा था।

एक और गुण जिसने मेरा साथ नहीं छोड़ा वह था मेरी ईमानदारी। लोकल ट्रेन का सफ़र, महालक्ष्मी स्टेशन से लेकर फेमस स्टूडियो तक का पैदल सफर ज़ारी था और रिसेप्शनिस्ट यह देखती भी नहीं थी कि कौन तस्वीर दे रहा है, लेकिन कुछ भी हो जाए मैं उम्मीद नहीं हारता था।

अगर कोई यहाँ मेरी तरह से सपने संजोए हुए है तो उसके लिए मेरा एक लाइन का सुझाव है कि 'मुंबई में संघर्ष ऐसे है जैसे पानी में मुँह डुबाकर साँस थाम लेना। यह सब्र के इम्तहान जैसा है। जितनी देर तक आप साँस रोके रह सकते हैं उतनी देर तक आप टिकने का माद्दा रखते हैं'। अगर आप फिल्म जगत में संघर्ष करना चाहते हैं तो आपको असंख्य बार ठुकराए जाने के लिए तैयार रहना चाहिए। अगर आप मेरी तरह भाग्यशाली हुए तो हो सकता है कि आपको साल दो साल में पानी से सर बाहर निकालने का मौका मिल जाए। कई बार पहचान बनाने में दशकों लग जाते हैं। सब्र बनाए रखें। सब्र सभी गुणों की माँ है। हर मुकाम पर आपके धैर्य की परीक्षा ली जाएगी। आपको मुस्कुराते हुए इसका सामना करना पड़ेगा। अगर आपके अंदर लम्बे समय तक अपनी साँस को थामे रखने का माद्दा नहीं है तो किसी और पेशे में जाइए, अपनी ज़िंदगी बर्बाद मत कीजिए।

मेरे माता-पिता मेरे हौसले को बनाए रखने के लिए मुझे ख़त लिखा करते थे और लिखते थे कि हार नहीं माननी है। माँ अक्सर लिखती और मुझे

उपाय सुझाती और मुझे उत्साहित बनाए रखने के लिए कविताएँ भेजती थीं। मेरे माता-पिता की चिट्ठियाँ आज भी मेरे लिए अनमोल धरोहर हैं। दुर्भाग्य से, दोनों इस दुनिया में नहीं हैं लेकिन उनकी साफ लिखावट में लिखी चिट्ठियाँ आज भी मेरे हौसले बढ़ाती हैं।

मुझे उसी तरह से खारिज किया जाता रहा और अपमान भी झेलने पड़े जिस तरह से मुंबई में आने वाले हर उस अभिनेता को झेलने पड़ते हैं जो बिना किसी सिफ़ारिशी चिट्ठी के मुंबई में आते हैं। लेकिन अपमान जितना ही गहरा होता था सफल होने का संकल्प मेरे अंदर उतना ही बढ़ जाता था। आपके सामने बहुत सीधा सा विकल्प होता है- अपमान के डर से पीछे हट जाइए और ख़ाली हाथ घर वापस लौट जाइए। या उसके नज़रअंदाज़ करते जाइये और अपने लक्ष्य को हासिल कर लीजिए। इस बात की बहुत संभावना रहती है कि आप बाद वाला रास्ता अपनाएँ, आपके पास अपने संघर्ष के बदले में कुछ तो होना चाहिए।

चूहा दौड़

स्पष्ट है कि यह एक ऐसी दौड़ थी जिसमें ढेर सारे चूहे दौड़ रहे थे।

मैं मुंबई में बहुत सारी जगहों पर रहा लेकिन शुरू में एक पता था अंधेरी के आरटीओ लेन में, जहाँ आर्टिस्ट कोऑर्डिनेटर सुषमा कौल ने एक बेडरूम अपार्टमेंट चार पेइंग गेस्ट को किराए पर दे रखा था। वे सभी संघर्षरत लोग थे जो हिंदी सिनेमा में कामयाबी का झंडा गाड़ने आए थे। सुषमाजी उस दौर के जीवन का महत्वपूर्ण हिस्सा हैं क्योंकि उनमें बहुत दुर्लभ सी करुणा थी। जब मैं किराया नहीं चुका पाता था तो वह बिना किसी तमाशे के उसे मुल्तवी कर देती थीं। वह अपने घर में रहने वाले किराएदारों का हालचाल भी लेती रहती थीं। ऐसे समय में जब जीवन ने मेरे रास्ते में फूल नहीं बिछाए थे, तब इतनी करुणा भी यह महसूस करने के लिए काफी थी कि मैं भी कुछ था।

लेकिन उनके घर में पेइंग गेस्ट के साथ-साथ चूहे बिना किराए के ही बदमाशियाँ किया करते थे। रात में चूहे तार पर ऐसे चलते थे जैसे रस्सी पर

चलने वाले कलाकार चलते हैं। कई बार मुझे जैसे ही नींद आती कोई मोटा चूहा ऊपर से गिर जाता और मैं काँप उठता। एक बार मैं अपने अपार्टमेंट से निकला, और बाहर एक पुल के पास बैठकर अपने माता-पिता को फोन किया। मैंने उनसे कहा कि मुझे नींद नहीं आ रही थी इसलिए आप लोगों को फोन कर लिया। मैंने उनको चूहों के बारे में नहीं बताया लेकिन माता-पिता सब समझ जाते हैं।

एक बार जब मैंने इसी तरह घर फोन किया तो मेरी माँ ने रॉबर्ट फ्रॉस्ट की एक कविता मुझे पढ़कर सुनाई:

'जंगल सुंदर गहरा और घना है
लेकिन मुझे अपने वादे पूरे करने हैं
और सोने से पहले मुझे मीलों चलना है
और सोने से पहले मुझे मीलों चलना है'

मेरा *मिस्टर इंडिया* वाला अवसर

मेरी बाइक में हर दो तीन दिन में कोई न कोई गड़बड़ हो ही जाती थी। जब मैं दिल्ली से मुंबई आया तो मैं अपनी बाइक लेकर आया था, लेकिन जब उसको मालगाड़ी से मुंबई स्टेशन पर उतारा गया तो उसमें कुछ ख़राबी आ गई। मेरी जेब में जो 5500 रुपए थे उनमें से मैंने 3000 बाइक को ठीक करवाने ख़र्च कर दिए, और इस वजह से मेरे पास रहने और संघर्ष करने के लिए कुछ रह ही नहीं गया।

मेरे मन में हारने जैसी भावना आ रही थी और मैं बड़ी मेहनत से अपने इस लोभ से संघर्ष कर रहा था कि घर से पैसा मँगवाना है कि मुझे एक विज्ञापन एजेंसी *फॉर विडियो* से फोन आया, जो जीत एवं कैलाश सुरेंद्रनाथ की कम्पनी थी। वे मुझे *ऐक्शन* शूज के विज्ञापन के लिए लेना चाहते थे इसके लिए मुझे तीन दिनों के लिए तीन हज़ार प्रति दिन के हिसाब से भुगतान किया जाना था। यह एक तरह से ब्रह्मांड की तरफ से संकेत था जिसके बारे में प्रसिद्ध लेखक पाउलो कोएल्हो ने लिखा है; संकेतों में मुझे यह बताया कि मैं

जिसके लिए संघर्ष कर रहा हूँ उससे मुझे एक दिन फल मिलेगा। लेकिन उस पल मुझे ऐसा महसूस हुआ कि मेरे ऊपर से एक बोझ उतर गया। मैंने राहत की साँस ली कि मेरे पास जल्दी ही नौ हज़ार रुपए आ जाएँगे और अगले कुछ सप्ताह मेरे अच्छे से निकल जाएँगे।

मैं बाइक पर सवार होकर जब पहली बार शूटिंग के लिए फिल्म सिटी के लिए जा रहा था तो मुझे ऐसा लग रहा था मानो मैं हवा में उड़ रहा हूँ। मुझे अंदर जाने के लिए किसी को घूस नहीं देनी पड़ी। हाँ, मैं *ऐक्शन* शूज का मॉडल बनने वाला था। लेकिन मैं जल्दी ही धड़ाम से गिरा जब मैंने पाया कि बीस और हट्टे-कट्टे लड़के वहाँ टहल रहे थे। अपने आपको महत्व देने का मेरा हौसला और तब गिर गया जब मैंने पाया कि मुझे बैकग्राउंड में ड्रम बजाने वाले की भूगिका मिली थी। यही नहीं, तीन के बजाय उन्होंने दो दिन में ही मुझे आज़ाद कर दिया, जिससे मैं बहुत घबरा गया क्योंकि मुझे लगा कि मुझे तीसरे दिन के तीन हज़ार रुपयों का नुकसान हो जाएगा। लेकिन मुझे नौ हज़ार रुपए का पूरा भुगतान मिला और मैंने राहत की साँस ली। लेकिन मेरा हौसला और टूटने वाला था। अंत में जब वह विज्ञापन आया तो मैं उससे बाहर हो गया था, मैं उस विज्ञापन में दिखाई ही नहीं दे रहा था। मैं उसमें अदृश्य था, मैं मिस्टर इंडिया बन गया था।

लेकिन 'उम्मीदें उन लोगों के सपनों, कल्पनाओं और साहस में छिपी होती हैं जो सपने को यथार्थ बनाने का साहस रखते हैं'। वायरस विज्ञानी जोनास साल्क ने ऐसा एक टीके की खोज के दौरान कहा था लेकिन यह बात किसी भी मुश्किल हालात के लिए कही जा सकती है। ऐसी ही उम्मीद की किरण एक बार तब जागी जब मैं अंधेरी के फोर बंगलोज के बाना जिम में शाम की एक्सरसाइज़ कर रहा था। तभी मेरे पेजर पर एक मैसेज आया कि शाहरुख़ ख़ान की एक फिल्म में रोल के लिए ऑडिशन है। मैं बाइक पर सवार होकर फिल्म सिटी पहुँचा और जब मैंने पाया कि मैं मंसूर ख़ान की फिल्म *जोश* के सेट पर था तो मैं बहुत उत्साहित हो गया। उन्होंने वहाँ गोवा बनाया था और वह इतने बड़े पैमाने पर था कि मैं दंग रह गया। जब करीब चालीस मिनट बीत गए तो कलाकारों का इंतजाम देखने वाले का फोन आया। वहाँ

हम लोग कोई पचीस की संख्या में थे जो किसी जादू घटित होने के इंतज़ार में खड़े थे लेकिन सहायक निर्देशक को हम लोगों में से कोई भी ऑडिशन के लायक़ नहीं लगा और बिना कुछ कहे हम लोगों को वापस भेज दिया गया।

मैं जिम से निकलकर बाइक पर सवार होकर रात में फिल्म सिटी ऐसे भागा था जैसे मैं किसी बाइक रैली में बाइक चला रहा होऊँ लेकिन मुझे किसी कीट-पतंगे की तरह भगा दिया गया। लेकिन मैं संघर्ष में लगा रहा।

किसी भी तरह के संघर्ष में शारीरिक स्वास्थ्य मुश्किल से मुश्किल स्थिति में आगे बढ़ने में ईंधन का काम करता है। जीवन में बाकी चीज़ों की तरह मैं शरीर पर ध्यान देता रहा और फिटनेस को लेकर बहुत चौकस हो गया। जब मैं नागपुर में इंजीनियरिंग पढ़ रहा था तो भी मैं जिम में ऐसे जाता था मानो मेरे अंदर बदले की भावना हो। मुझे दिन का वह वक्त बहुत अच्छा लगता है जब मैं व्यायाम करता हूँ।

मैं सत्यजीत चौरसिया या सत्या से पहली बार नागपुर में ही मिला था, अब वह जाना माना फिटनेस ट्रेनर है। जब मैं आदर्श नगर में पेइंग गेस्ट के रूप में रहा रहा था तो सत्या और देवांशीष(एक और दोस्त) नागपुर से मुंबई आए थे और मेरे साथ मेरे पीजी में ठहरे थे। मैंने ही आगे बढ़कर सत्या के साथ उस जगह की तलाश की जहाँ कि वह जिम खोल सके। मैं उसके साथ सैफ़ अली ख़ान जैसे अभिनेताओं के पास गया कि वे बारबेरियन जिम में अभ्यास के लिए आएँ। स्वाभाविक रूप से मैं नियमित रूप से बारबेरियन जिम जाता था जहाँ सत्या मुझे अपने शरीर पर अधिक से अधिक मेहनत के लिए प्रेरित करता था, और इससे पहले कि मुझे पता चलता, मेरे सिक्स पैक ऐब्स की कहानी मेरा पीछा करने लगी।

चेन्नई एक्सप्रेस

मेरी किस्मत अच्छी थी कि मेरे पास अपने ऊपर रोने-धोने और अफ़सोस करने के लिए बहुत अधिक समय नहीं था। दिसम्बर 1996 में, मेरे मुंबई आने के छह महीने बाद मेरे पेजर पर मैसेज आया कि मुझे चेन्नई आना है।

मुझे इस बात का कोई अंदाज़ा नहीं था कि यह मेरी प्रसिद्धि और सौभाग्य के लिए एक्सप्रेस टिकट साबित होने वाला है क्योंकि मुझे विजयकांत की तमिल फिल्म *कालाजागर*(1999) में बड़ा ब्रेक मिलने वाला था।

मैं जिस दिशा में जा रहा था उसके बारे में मुझे कुछ पता भी नहीं था लेकिन मैंने चेन्नई के लिए ट्रेन का टिकट ले लिया। मेरे कोऑर्डिनेटर और दोस्त एमजे रमनन मुझे चेन्नई सेंट्रल स्टेशन पर मिले, वे अब स्वयं भी फिल्म निर्देशक हैं। अपनी बुलेट पर बिठाकर वे मुझे विजय वाहिनी स्टूडियो लेकर गए। फिल्मों की कास्टिंग से जुड़े लोगों में रमनन पहले आदमी थे जिन्होंने मुझे मुंबई में पहचाना था। मुंबई में मेरी एजेंट सुषमा कौल(जो मेरी मकान मालकिन भी थीं) से जब वह मिला तो उसने मेरी तस्वीर उसको दिखाई। रमनन मेरी कद-काठी से बहुत प्रभावित हुए और उन्होंने सुषमाजी को बताया कि उनको मुझे चेन्नई भेजना चाहिए, वहाँ विजयकांत सर की फिल्म में उनके अपोजिट मेरे लिए एक भूमिका हो सकती है। उन्होंने मुझे समझाया कि यह मेरे लिए कितना भाग्यशाली हो सकता है। विजयकांत सर के बारे में यह माना जाता था कि उनके सामने जो भी विलेन का रोल करता था वह जाना माना ऐक्टर बन जाता था। और यह बात मेरे लिए सच साबित हुई।

जब हम स्टूडियो पहुँचे तो मैंने सफ़ेद टी शर्ट और मिलिट्री ग्रीन रंग की कार्गो पहनी हुई थी प्रोड्यूसर हेनरी मुझे मेक अप रूम में लेकर गए और मुझे उस ऊँची कुर्सी पर बिठा दिया जिस पर बिठाकर कलाकारों का मेक अप किया जाता है। लेकिन इससे पहले कि कोई मेरा चेहरा छू पाता मुझे एक इम्तिहान से गुज़रना था। निर्माता और निर्देशक ने मुझे कपड़े उतारकर अपना शरीर दिखाने के लिए कहा। मैंने टेस्ट बहुत अच्छी तरह पास कर लिया और मेरा मेक अप शुरू हो गया।

आठ महीने के काम के मुझे पचास हज़ार रुपए दिए गए। मुझे अपने बाल मुंडवाकर वापस उगाने थे। इससे मेरे कोऑर्डिनेटर रमनन को परेशानी हुई, उसने मुझे बताया कि मैंने अपने आपको डिस्काउंट पर दे दिया। उसका कहना था कि मैं आराम से तीन लाख रुपए माँग सकता था। लेकिन मैं

इस बात से इतना डरा हुआ था कि चिड़िया कहीं मेरे हाथों से न उड़ जाए, इसलिए मैंने इस बारे में सोचा भी नहीं।

मैं स्टूडियो से गेस्ट हाउस तक स्थानीय कास्टिंग वाले आदमी नटराज की लूना पर चढ़कर आता जाता था, हालाँकि छह फीट के आदमी के लिए यह सहज नहीं था लेकिन मेरे लिए आने जाने के लिए और कोई ज़रिया नहीं था। गेस्ट हाउस में निर्माता ने इस बात पर बल देते हुए कहा था 'मुझे एसी रूम दिया गया था', वह इस बात को बताना चाह रहा था कि मुझे अपने आपको कितना ख़ुशक़िस्मत समझना चाहिए।

मैं मोगा से मुंबई हिंदी फिल्मों में काम करने के ख़याल से आया था। लेकिन दरवाज़े पर नज़र रखते हुए किसी को उन खिड़कियों से आने वाले मौके को छोड़ना नहीं चाहिए जो अपने आप आ जाते हैं। अगर मैंने उन अप्रत्याशित खिड़कियों की तरफ झांका नहीं होता तो मैंने एक पंजाबी लड़के की वह अविश्वसीय कहानी नहीं जी होती जिसको सौभाग्य और प्रसिद्धि एक ऐसी संस्कृति और भाषा से मिली जो उसके लिए अनजान थी यानी तमिल, तेलुगु और कन्नड़। मुझे इन भाषाओं का एक शब्द भी नहीं आता था, या वहाँ के समाज के रीति-रिवाजों का भी मुझे कुछ पता नहीं था।

मेरा हमेशा से यह मानना रहा है- 'आप जो हैं और जो आप होना चाहते हैं दोनों के बीच का फ़ासला वह है जो आप करते हैं।'

मैंने उन भाषाओं को सीखने के काम में ख़ुद को झोंक दिया और अपनी आदत के अनुसार पूरी मेहनत से काम किया। पंजाबी और हिंदी की बजाय तमिल और तेलुगु में जीभ घुमाकर बोले जाने वाले संवादों के माध्यम से मैं अपने सपने की दिशा में बढ़ता रहा, मैं किसी तरह टिके रहने के लिए नए-नए कौशल सीखने के लिए बेक़रार था। पराठा और शुद्ध घी के स्थान पर कुछ समय के लिए इडली-साम्भर से काम चलाते हुए सपने को उपलब्धि बनाने में लगे रहते हुए मैंने वह किया जो टेनिस के खिलाड़ी आर्थर ऐश ने कहा: 'जो आप मौलिक रूप से हैं' शुरुआत उसी से करें। जो आपके पास है उसका उपयोग करें। वही करिए जो आप कर सकते हैं।'

आख़िरकार सफलता मुझे चेन्नई, बंगलोर और हैदराबाद के रास्ते ही मिली। इडली-साम्भर और डोसा मेरे लिए रोज़ाना का खाना हो गया क्योंकि जैसा कि रमनन ने कहा था कि विजयकांत के साथ सुपर हिट फिल्म से शुरुआत करने से मेरा करियर रॉकेट की उड़ान भर सकता था। मुझे तेलुगु, तमिल और कन्नड़ फिल्मों के ढेर सारे प्रस्ताव आने लगे। किस्मत मेरे ऊपर ख़ूब मेहरबान हो गई।

तमिल और तेलुगु में संवाद बोलना अपने आप में बहुत मुश्किल काम होता था, इस बात के बावजूद कि उनको कोई और डब करता था। मुझे उन पंक्तियों को याद करना पड़ता था और ज़रूरी भाव-भंगिमा के साथ शॉट के दौरान उनको दुहराना होता था। परीक्षा के लिए मुझे रटंत विद्या में महारत हासिल थी और सिक्स पैक ऐब्स के लिए मैंने पसीने बहाए थे। इसलिए मैं यह जानता था कि चाहे जैसे भी हालात हों हिम्मत नहीं हारनी है, ये सब मेरे साथ सदा बने रहे। मैं सफलता को लेकर इतना समर्पित था कि मैं इस धरती पर सबसे मुश्किल लगने वाली भाषा में बोलते हुए शॉट भी दे देता था क्योंकि मैं उसके लिए अपने आपको तैयार रखता था।

एक और बात जिसने मेरा साथ दिया वह यह कि दक्षिण भारत में उत्तर भारत के लोगों को सब्र और सहृदयता से देखा जाता है। मदद के लिए अंग्रेज़ी में कार्ड लिखकर दिए जाते थे और सहायक निर्देशक भी मददगार था। इस तरह भाषा की बाधा मेरे साथ काम करने वालों की उदारता और मेरी कभी हार न मानने वाली फ़ितरत के कारण दूर हो गई।

अगर मैं पैदल चलकर घर जाने वाले उन प्रवासियों और अपने बीच कोई समानता की बात करूँ तो लोग मुझे नाटकीय कहेंगे या यह कि मैं बढ़ा-चढ़ा कर बात कर रहा हूँ। लेकिन मुझे इतने कम पैसे मिलते थे कि अक्सर उसमें से भी पैसे बचाने के लिहाज़ से मैं मीलों पैदल चलकर एकदम दक्षिण में स्टूडियो तक जाता था। मेरी हमेशा से यह आदत रही है कि मैं हर चीज़ में कुछ सकारात्मक बात खोज लेता हूँ इसलिए मैं यह मानकर रोड पर पैदल चल पड़ता था कि इससे मेरी फिटनेस सही रहेगी।

मैं शाम में अक्सर ऐसा करता था जब मुझे इस बात का डर नहीं रहता था कि मैं कहीं पसीने-पसीने न हो जाऊँ और मैं स्टूडियो से अपने गेस्ट हाउस के लिए पैदल ही चल पड़ता था।

तेरे मेरे बीच में

मुझे *कालाजागर* फिल्म में अपनी लम्बाई और अपने सिक्स पैक ऐब्स के कारण गंजे विलेन का मुख्य रोल मिला। लेकिन मुझे यह बात पता चली तो बहुत शर्मिंदगी महसूस हुई कि मैं फाइट सीन नहीं कर पा रहा था जो विलेन के उस तरह के रोल के लिए बहुत ज़रूरी था।

ज़िंदगी जो भी संघर्ष मुझ से करवा रही थी, उसे मैं ख़ुशी-ख़ुशी करता जा रहा था। लेकिन विजयकांत सर के साथ फाइट के पहले ही सीन में उनको यह समझ में आया कि कैमरे के सामने मैं ठीक से मुक्के नहीं ले पा रहा था या उसके हिसाब से प्रतिक्रिया नहीं दे पा रहा था। मैं इससे बहुत शर्मिंदा हुआ और मुझे यह जानकर बहुत दुख हुआ कि मेरी वजह से फाइट के सीन एक महीने के बाद फिल्माए जाने वाले थे।

मैं एशिया के एक प्रसिद्ध बीच (समुद्र तट) चेन्नई के मरीना बीच पर नियमित रूप से जाने लगा जहाँ ऐक्शन कोऑर्डिनेटर टहलने के दौरान मुझे लेकर जाते और मुझे ज़रूरी स्टंट सिखाने का काम करते। मुझे यह भी कहा गया कि मुझे 'विलेन जैसा लगना' भी होगा। इसलिए एक विशेष असिस्टेंट मेरे ऊपर बस इस काम के लिए लगाया गया ताकि मुझे अधिक खिलाया जाए जिससे मैं मोटा दिखने लगूँ।

महीना भर ख़ून पसीना बहाकर कठिन प्रशिक्षण के बाद मैं *कालाजागर* फिल्म के क्लाईमेक्स सीन में विजयकांत सर के साथ फाइट के लिए तैयार था। जब उस फिल्म के क्लाईमेक्स की अपने समय में ख़ूब चर्चा होने लगी तो मुझे ऐसी ही ख़ुशी हो रही थी जैसे यूनिवर्सिटी में प्रथम स्थान हासिल कर विजेता की ट्रॉफी पकड़ने के बाद महसूस होती है। बॉक्स ऑफिस पर वह फिल्म काफी सफल रही।

मुझे दक्षिण के फिल्मों में काम भी ख़ूब मिलने लगा और पैसे भी, लेकिन मेरी ख़्वाहिश अभी भी यही थी कि हिंदी सिनेमा के दरवाज़े मेरे लिए खुल जाएँ और वे खुले भी। मेरा एक पैर अभी भी दक्षिण में मज़बूती से जमा हुआ था, तो दूसरी तरफ गुरदास मान की फिल्में *ज़िंदगी खूबसूरत है*(2002), *शहीदे-आज़म*(2002), जिसमें मैंने भगत सिंह का रोल किया था, और मणिरत्नम की फिल्म *युवा*(2004) में मुझे काम करने का मौका मिला। मैंने फिल्मों में छोटे-छोटे रोल भी किए जैसे फिल्म *डायवोर्स:नॉट बिटवीन हसबैंड एंड वाइफ़*(2005) और *आशिक़ बनाया आपने*(2005) में। फिल्मी ज़िंदगी हमेशा बड़ी उथल-पुथल वाली होती है: आप जो लेते हैं आपको वही मिलता है। जिनको यह लगता है कि सुपरस्टार के लिए सबकुछ आसान होता है, उनको मैं यह बताना चाहूँगा कि यह बात सच्चाई से बहुत दूर है। आपको कुछ बड़ी अच्छी भूमिकाओं के साथ कुछ ऐसे रोल भी करने पड़ते हैं जिनका कोई महत्व नहीं होता लेकिन यहाँ मकसद यह होता है कि सब सही से किया जाए। मेरी शुरुआती फिल्में मिली-जुली रही, लेकिन मेरे सब्र ने मुझे सुपरहिट फिल्में भी दिलवाई। *सिंह इज किंग*, *दबंग* और *हैप्पी न्यू ईयर* जैसी फिल्मों ने मुझे ए ग्रेड व्यावसायिक सिनेमा का हिस्सा बना दिया।

दक्षिण की फिल्मों में हुई कमाई तथा अपने माता-पिता से कुछ पैसे लेकर मैंने मुंबई में अपनी पहली सम्पत्ति ख़रीद ली। अंधेरी में कासाब्लांका बिल्डिंग में छठे माले पर मैंने उर्मिला मातोंडकर का फ्लैट ख़रीदा। उस समय वह बड़ी स्टार थीं और मुझे यह कहने में बड़ा मज़ा आता था कि मैंने उर्मिला मातोंडकर का फ्लैट ख़रीदा है।

तीन बेडरूम फ्लैट के लिए मैंने इकतीस लाख रुपए दिए, लेकिन अतिरिक्त पच्चीस हजार रुपए मैं गैराज के लिए नहीं जुटा पाया। उनके पिता मिस्टर मातोंडकर ने इंतज़ार नहीं किया और पार्किंग किसी और को बेच दी। बाद में, कासाब्लांका में चौथे माले पर मैंने दो फ्लैट और ख़रीद लिए। आजकल मैं उन्हीं में रहता हूँ। छठे माले का फ्लैट अभी भी मेरे पास है, लेकिन उसकी पार्किंग कभी मेरी नहीं हो पाई।

जिस तरह मेरे पेशेवर जीवन में उत्तर और दक्षिण एक हो गए थे उसी तरह अपने निजी जीवन में भी मैं बहुसांस्कृतिक व्यक्ति बन गया, जब मैंने और सोनाली ने मेरे हिंदी सिनेमा में आने के बहुत पहले ही शादी कर ली। लेकिन जैसे ही ज़िंदगी में थोड़ी स्थिरता आई और लगा कि कुछ ठहरकर सोचने का वक्त आया है, उसी समय मुझे एक ऐसा झटका लगा कि मैं लड़खड़ा गया।

मैंने *सिंह इज किंग* जैसी एक बड़ी हिन्दी फिल्म साइन की, और मुझे ऐसा लग रहा था कि सोनू सूद किंग हो गया है कि मेरी माँ गम्भीर रूप से बीमार पड़ गई। मेरी माँ चींटी की तरह मेहनती थीं। सर्दियों की बर्फीली ठंड में जब सुबह के समय मोगा में तापमान दो डिग्री से कम हो जाता था, और हम लोगों की कम्बल से बाहर निकलने की हिम्मत नहीं होती थी, उस समय मेरी माँ साढ़े पाँच बजे ट्यूशन के पहले बैच के लिए आने वाले विद्यार्थियों के लिए तैयार हो जाती थी।

वह साढ़े आठ बजे तक उन लोगों को पढ़ाने के बाद सभी लोगों के लिए नाश्ता बनाती। उसके बाद वह पढ़ाने के लिए कॉलेज निकल जाती थीं। शाम में वह एक और बैच के विद्यार्थियों को पढ़ाती थीं। उनके लिए दिन बहुत लम्बा होता था और मुझे वे दिन कभी खत्म होने वाले नहीं लगते थे। उनके कामकाज का दिन सज़ा देने वाला लगता था क्योंकि कोचिंग और कॉलेज में पढ़ाने के कारण उनका गला जवाब देने लगा था। डॉक्टरों ने उनको यह सलाह दी थी कि वह अपने गले का ध्यान रखें लेकिन मेरी माँ उनकी बातों पर ध्यान नहीं देती थीं। बच्चों को पढ़ाना उनको अपना पहला धर्म लगता था।

डॉक्टरों ने जब जाँच की तो पाया कि उन्हें आईएलडी(इंटरस्टिशियल लंग डिज़ीज़) हो गया है जिस बीमारी में फेफड़े के तन्तुओं में दरार पैदा हो जाती है फिर भी उन्होंने ख़ुद को आराम नहीं दिया। इस वजह से उनका फेफड़ा अपनी क्षमता से तीस प्रतिशत कम काम करने लगा और चूँकि आईएलडी के मरीज़ के खून में आवश्यक ऑक्सीजन नहीं रह जाता है, इसलिए उसको थकान महसूस होने लगती है और साँस भी उखड़ने लगती है। लगातार बोलते हुए और ट्यूशन पढ़ाने के कारण मेरी माँ की हालात बिगड़ने लगी।

जब वह मुंबई आई तो मैं उसे अपनी हीरो होंडा बाइक पर बिठाकर बांद्रा-कुर्ला परिसर में एशियन हार्ट इंस्टिट्यूट लेकर गया जहाँ उन्होंने मुझे डॉक्टर अशोक महाशूर के पास जाने के लिए कहा, जो हिंदुजा अस्पताल में पालमोनोलोजिस्ट थे। डॉक्टर महाशूर ने हमें बताया कि स्थिति चिंताजनक नहीं थी। अगर वह दवाई ठीक से लेती रहीं तो लम्बे समय तक उनका स्वास्थ्य स्थिर रहेगा।

माँ को जब भी खांसी का दौरा पड़ता था तो मैं डॉक्टर महाशूर से कहता कि जो भी ख़र्चा लगे मैं चाहता हूँ कि वह ठीक हो जाएँ। मैं डॉक्टरों से सलाह लेने के लिए अपने माता-पिता को लेकर अमेरिका भी गया। मैं उनको वाशिंगटन, ह्युस्टन और न्यूयॉर्क के डॉक्टरों के पास ले गया ताकि अधिक से अधिक विशेषज्ञों को दिखाकर उनका सर्वश्रेष्ठ इलाज करवा सकूँ। मेरी माँ मुझे अक्सर श्रवण पुत्र कहती थीं। उनका मानना था कि मैं रामायण के श्रवण कुमार की तरह हूँ जो कंधे से डोलची लटकाकर अपने माता-पिता को उसमें बिठाकर तीर्थ यात्रा पर ले गया था। जहाँ तक मेरी बात है तो मैं यह चाहता था कि अलादीन की जादुई चिराग़ मुझे मिल जाए ताकि मेरी माँ फिर से ठीक हो जाएँ। इस तरह की बेताबी को लेकर मुझे एक अजीब बात सूझी जिसमें आप चमत्कार की उम्मीद करते हैं। इसके कारण किसी आदमी में ज़िद का भाव आ जाता है और जो आपको अनजाने में ही उसके लिए मज़बूत बना देता है। इस तरह के हालात में ऐसी बात फालतू लग सकती है।

मेरी माँ 13 अक्टूबर 2007 को इस दुनिया से चली गई, लेकिन अंत अंत तक उनके इलाज के लिए मैं संघर्ष करता रहा।

13 अक्टूबर 2007 कुछ इस तरह से मेरी यादों में दर्ज़ है। करीब साढ़े छह बजे मुझे छोटी बहन का फोन आया और वह फोन पर रोने लगी, मुझे समझ आ गया कि कुछ गड़बड़ हुई है। बाद में, हमारे यहाँ कामकाज करने वाले रामू ने भी फोन करके बताया कि मेरा सबसे बड़ा डर सही साबित हुआ। सोनाली अपने माता-पिता के पास नागपुर गई हुई थी और मेरा बड़ा बेटा एहसान जो महज़ पाँच साल का था, सोया हुआ था। मुझे समझ नहीं आ रहा

था कि मैं किस तरह मोगा पहुँच पाऊँगा। जब तक मैं पहुँचा तब तक मैं बहुत परेशान हो चुका था, मुझे अपनी यात्रा अंतहीन लग रही थी।

2007 तक मैं खासा जाना-पहचाना नाम बन चुका था। लोग मुझे मुंबई एयरपोर्ट पर पहचान रहे थे, जिस तरह लोग आम तौर पर पहचान लेते हैं। कई लोग मेरी तस्वीरें भी उतार रहे थे। अपने आंसुओं को छिपाने के लिए मैंने काला चश्मा पहन रखा था लेकिन बीच में तो ऐसा भी हुआ कि मैं काँपने लगा। तभी कुछ लोगों को यह समझ में आया कि सच में कुछ गड़बड़ है। जब मैं मोगा में शव गृह पहुँचा और मैंने अपनी माँ का निष्प्राण शरीर देखा, तो मैं टूट गया। मैं इतना दुखी था कि मुझे लग ही नहीं रहा था कि मैं आगे जी भी पाऊँगा। मुझे सच में ऐसा लग रहा था कि मेरे जीवन का भी अंत आ गया था। मैं इतना पस्त और टूटा हुआ महसूस कर रहा था कि मुझे यह लग ही नहीं रहा था कि मैं अपना सिर कभी उठा भी पाऊँगा।

माँ के देहांत से कुछ पहले ही मैंने *सिंह इज किंग* फिल्म साइन की थी। लेकिन उनकी मौत के बाद मैं निर्माता विपुल शाह और निर्देशक अनीस बज्मी के पास गया और बोला कि मैं फिल्म में काम नहीं करना चाहता हूँ क्योंकि मेरी दिमागी हालत ठीक नहीं थी। विपुल और अनीस इतने भले और प्यारे लोग हैं कि उन लोगों ने एक माह तक इंतज़ार किया कि मैं काम करने लायक हो जाऊँ।

मैं *सिंह इज किंग* की शूटिंग के लिए ऑस्ट्रेलिया गया, लेकिन सेट पर भी अक्सर मैं टूट जाता था। मेरी टूटन बहुत गहरी थी, किसी शारीरिक घाव की तरह, एकदम से दिखाई देने वाली। मैं अपनी जादुई शक्ति खो चुका था। जब भी मैं अकेला होता था तो मुझे इस बात की चिंता रहती थी कि मैं अब ऐक्टिंग नहीं कर पाऊँगा। मैं किसी रोबोट की तरह काम करता था और काम करने का उत्साह मेरे अंदर से ख़त्म चुका था।

'गीत खत्म हो जाता है लेकिन धुन ठहरी रह जाती है', अमेरिकी संगीतकार इर्विंग बर्लिन ने कितनी अच्छी बात कही है। मुझे सामान्य होने में कई साल लग गए लेकिन धुन अभी भी साथ-साथ चलती रहती है। ड्रामा सीरिज़ द *वायर* में एक किरदार कहता है, 'दुःख को सम्भाले रखने

में कोई शर्म की बात नहीं है... बशर्ते आप अन्य चीजों के लिए भी जगह बनाते रहें'।

मुझे यह समझने में कुछ समय लग गया कि यह मेरे पिता के लिए ऐसी क्षति थी जिसकी भरपाई नहीं की जा सकती थी। उनकी भी उम्र हो रही थी, और यह ज़रूरी था कि मैं उनके आसपास बना रहूँ और उनको अपने बेटे के ऊपर गर्व करने का मौका दूँ। मैंने धीरे-धीरे ख़ुद को संभाला और अपनी ज़िंदगी में लौट आया।

एक और पंक्ति मैं अपने माता-पिता की शान में उद्धृत करना चाहता हूँ। 'आपने कम दिनों में ही मुझे सदा के लिए दे दिया', जॉन ग्रीन ने द *फाल्ट इन आवर स्टार्स* में ऐसा ही लिखा है।

मेरे माता-पिता ने मुझे यही दिया। उन्होंने मुझे जो दिया सदा के लिए दिया। और इस सदा साथ के दौरान मैं आपके साथ यह साझा करना चाहता हूँ कि हमारी बस से जाने वाली एक गर्भवती महिला ने झारखंड पहुँचने के बाद क्या किया। जब उसको बेटा पैदा हुआ तो उसने उसका नाम सोनू सूद श्रीवास्तव रखा। इसी तरह उड़ीसा के एक प्लंबर ने घर सुरक्षित पहुँचने के बाद एक दुकान खोली और उसका नाम रखा, 'सोनू सूद वेल्डिंग शॉप।'

और ज़रा सोचिए कि जब मैं फिल्मी दुनिया में आया था तो मुझसे नाम बदलने के लिए कहा गया था! मुझसे यह कहा गया कि मैं कोई फैशनेबल नाम रख लूँ, जैसे आर्यन और आर्यमान क्योंकि अनेक लोगों को ऐसा लगता था कि कोई सोनू सूद नाम को गम्भीरता से नहीं लेगा।

यह विडम्बना है और मेरे लिए चमत्कार भी कि मेरे नाम पर दुकानों और बच्चों के नाम रखे जा रहे हैं। मैं यह बात पूरी विनम्रता और विश्वास के साथ कह रहा हूँ। अगर किसी चीज़ में विश्वास करो तो पूरी शिद्दत के साथ विश्वास करो। अपने आपको उसके प्रति समर्पित कर दो। मुझे अपने नाम में यकीन था। मेरे लिए यह मेरे माता-पिता का आशीर्वाद था।

चाहे सिनेमा हो या आंदोलन या शादी, मैं समर्पण से घबराने वाला आदमी नहीं हूँ। इसको आज़माइए, यह जीवन के हर मोड़ पर काम आता है।

प्रेरणा के लिए एक छोटी सी टिप्पणी पेश है:

एक कहावत है कि *पुरुष मंगल(मार्स) ग्रह से आते हैं और स्त्रियाँ शुक्र(वीनस) से*। मेरे लिए यह केवल वीनस के बारे में था। मैं ग्रह की बात नहीं कर रहा बल्कि जुहू के वीनस रिकॉर्ड्स एंड टेप्स के बारे में कह रहा हूँ। यह बहुत बड़ा प्रोडक्शन हाउस था। उन लोगों ने शाहरुख़ ख़ान और काजोल के साथ *बाज़ीगर*, शाहरुख़ ख़ान और ऐश्वर्या राय के साथ *जोश*, शाहरुख़ ख़ान और ट्विंकल खन्ना को लेकर *बादशाह*, अक्षय कुमार, शिल्पा शेट्टी और सैफ़ के साथ *मैं खिलाड़ी तू अनाड़ी*, और आमिर ख़ान और मनीषा कोईराला के साथ *अकेले हम अकेले तुम* जैसी फिल्म बनाई थी। इसके अलावा भी दर्जन भर बड़ी फिल्मों का निर्माण उन्होंने किया था।

संघर्ष के दिनों में मैं वीनस के दफ़्तर नियमित रूप से जाता था। मैं उस बिल्डिंग के चक्कर काटता रहता था ताकि जैन बंधुओं का ध्यान मेरे ऊपर पड़ जाए और वह मुझे फिल्म में काम करने का मौका दें।

हालाँकि वहाँ ब्रेक मुझे कभी नहीं मिला। लेकिन एक मज़ेदार बात ज़रूर हुई। बीस साल बाद मैं जुहू में उस बिल्डिंग का मालिक बन गया जो कभी वीनस रेकार्डस एंड टेप्स की थी। मैंने उसको ख़रीदकर, नए सिरे से बनवाकर अपने पिता के सम्मान में उसका नाम रखा शक्ति सागर होटल।

मैं मसीहा नहीं कोई आत्मश्लाघा की कहानी नहीं है। मैं ख़ुशकिस्मत था, मेरे ही जैसे बहुत से मेहनती लोग भी भाग्य आज़माने के लिए निकले थे। लेकिन जैसा कि भगवान कृष्ण ने महाभारत में अर्जुन से कहा था, बहुत सारे पहलुओं ने अर्जुन के रथ को कर्ण के रथ के सामने आने से बचाए रखा था। मैं यह कहना चाहता हूँ कि बहुत सी बाहरी शक्तियाँ हमारे रास्तों का निर्माण करती हैं। हमें चाहिए कि जो हम चाहते हैं उसके प्रति समर्पित भाव से काम करते रहें और लगन के साथ उसके लिए प्रयास करते रहें। सभी को मेरी सलाह है- अपना भाग्य तलाशिए, अपना मकसद तलाशिए। महामारी कोई कारण नहीं है कि सब कुछ छोड़ दिया जाए।

हम लोगों को प्रकृति की अनिश्चितताओं के साथ जीने के बारे में सीखना है, पुराने को छोड़ हमें नए के लिए रास्ता बनाना है।

जैसा कि अक्सर कहा जाता है, 'आप कर सकते हैं: कहानी का अंत।'

अगर मैं कर सकता हूँ, तो आप कर सकते हैं, हम सभी कर सकते हैं।

अध्याय 1

यह आपके लिए है माँ

'1137 ईमेल।
19000 फ़ेसबुक मैसेज।
4812 इंस्टाग्राम मैसेज।
6741 ट्विटर मैसेज।'

20 अगस्त 2020 को मैंने यह ट्वीट किया था। औसतन इतने मैसेज मुझे रोज़ आते हैं। इसी ट्वीट की बात करूँ तो इसके ऊपर 10,477 कमेंट आए थे।

वैसे तो इतने मैसेज़ का जवाब दे पाना और उनके ऊपर काम करना सम्भव नहीं होता, लेकिन इन्हीं से प्रेरित होकर मैं तेज़ी से काम करने लगा, इसके कारण मैं उन वास्तविक लोगों लोगों तक पहुँच पाया जो अलग-अलग परिस्थितियों में फँसे हुए थे और उनको निकाले जाने की ज़रूरत थी।

सोशल मीडिया के कारण मैं एक ख़ास तरह के हालात को लेकर सतर्क हुआ, एक ऐसे विवाद को लेकर जो जुलाई, अगस्त से लेकर सितम्बर 2020 के कुछ हिस्से तक चलता रहा।

हर साल नेशनल टेस्टिंग एजेंसी एक नीट (NEET) परीक्षा का आयोजन करती है, जिसमें एक ही परीक्षा के माध्यम से भारत भर में मेडिकल, डेंटल और जेईई इंजीनियरिंग में नामांकन पाने वाले विद्यार्थियों को चयन किया जाता है।

सितम्बर 2019 में नीट (NEET) की परीक्षा के माध्यम से देश के सभी मेडिकल कालेजों के लिए प्रवेश परीक्षा ली जाने लगी, जिनमें एम्स तथा जवाहरलाल इंस्टिट्यूट आफ पोस्ट ग्रेजुएट मेडिकल एजुकेशन एंड रिसर्च(जेआईपीएमईआर) जैसे कालेज भी शामिल थे, जो इससे पहले अपनी प्रवेश परीक्षाओं का आयोजन ख़ुद करते आए थे।

इस एक प्रवेश परीक्षा के माध्यम से छियासठ हज़ार से अधिक विद्यार्थियों को एमबीबीएस और बीडीएस में देश भर के कालेजों में दाख़िला मिलता था। 2018 में 80 प्रतिशत बच्चों ने अंग्रेज़ी में नीट की परीक्षा दी, 11 प्रतिशत ने हिंदी में, 4.31 प्रतिशत ने गुजराती में, 3 प्रतिशत ने बंगाली में और 1.86 प्रतिशत ने तमिल भाषा में यह परीक्षा दी।

जेईई मेन परीक्षा का नाम पहले आल इंडिया इंजीनियरिंग इंट्रेंस एक्जामिनेशन(**AIEEE**) था, इसकी शुरुआत 2002 में की गई थी और अप्रैल 2013 में इसका नामकरण नीट किया गया। राष्ट्रीय स्तर की प्रवेश परीक्षा के माध्यम से अनेक इंजीनियरिंग तथा आर्टिटेक्चर के कोर्स वाले संस्थानों में दाख़िला दिया जाता है जो जेईई मेन के अंकों को स्वीकार करते हैं, जिनमें मुख्य हैं नेशनल इंस्टिट्यूट आफ टेक्नोलोजी, इंडियन इंस्टिट्यूट आफ इन्फ़ॉर्मेशन टेक्नोलोजी, तथा सरकार द्वारा वित्तपोषित तकनीकी संस्थान।

इन तथ्यों का ब्योरा देने का मतलब यह है कि देश भर के विद्यार्थियों के लिए इस परीक्षा के महत्व को समझाया जा सके। अधिकतर विद्यार्थी पसीना बहाते हैं, मेहनत से तैयारी करते हैं और इसको एक तरह से अपने भविष्य की कुंजी मानते हैं।

2020 में कोविड 19 के महामारी के तनाव भरे साल में 8.58 लाख विद्यार्थियों ने जेईई मेन के लिए आवेदन किया और 15.97 लाख अभ्यर्थियों ने नीट के लिए।

सामान्य तौर पर जेईई मेन परीक्षा अप्रैल में आयोजित की जाती है जबकि नीट का आयोजन मई में किया जाता है। लेकिन लाकडाउन के कारण इन परीक्षाओं की तिथि को दो बार आगे बढ़ाना पड़ा। लेकिन चूँकि 2021 में पेशेवर कोर्सेज़ में दाख़िले के लिए विद्यार्थियों के लिए यह महत्वपूर्ण था कि इन पात्रता परीक्षाओं में भाग लें। इसलिए एनटीए ने जेईई मेन की परीक्षा 1 सितम्बर से 6 सितम्बर के बीच रखी और एनईईटी की 13 सितम्बर को। इसके कारण देश भर में हंगामा मच गया।

कोविड 19 के कारण हालात बहुत ख़राब थे ही बिहार, गुजरात और असम में विद्यार्थी बाढ़ के कारण परेशान थे, केरल में बारिश के कारण कई जिलों में परेशानी थी तो जम्मू एवं कश्मीर में इंटरनेट कमज़ोर था। इसके कारण बच्चों को कई तरह के तनावों का सामना करना पड़ रहा था। उनके लिए प्रवेश परीक्षा में शामिल होने के लिए अतिरिक्त संघर्ष करना पड़ रहा था। कार्यकर्ता इस बात की तरफ भी इशारा कर रहे थे कि इस बार का असल ख़तरा था कि बच्चे अलग-अलग केंद्रों पर परीक्षा देने जाते और अपने-अपने परिवारों में लौटते जहाँ कई पीढ़ियाँ साथ रह रही थीं तो ऐसे में बीमारी का प्रसार अधिक हो सकता था।

आईसा, एसएफआई, एनएसयूआई आदि छात्र संगठन सोशल मीडिया पर लगातार अभियान चला रहे थे और यह माँग कर रहे थे कि परीक्षा की तिथि को या तो आगे बढ़ा दिया जाए या रद्द कर दिया जाए। ट्विटर पर हैशटैग#ProtestAgainstExamsinCovid को लेकर एक दिन में तीस लाख ट्वीट किए गए। विद्यार्थी समुदाय ने विरोध जताने के लिए क्रमिक भूख हड़ताल भी की।

पलक झपकते ही राजनेता भी इस अभियान में कूद पड़े। कांग्रेस, आम आदमी पार्टी, तृणमूल कांग्रेस और राष्ट्रीय जनता दल ने बच्चों के करियर के लिए महत्वपूर्ण इस परीक्षा को लेकर यह चिंता व्यक्त की महामारी के काल में इसक आयोजन उचित नहीं होगा तथा केंद्र सरकार से यह माँग की कि वह मेडिकल तथा इंजीनियरिंग में प्रवेश के लिए कोई वैकल्पिक इंतजाम करे।

उन लोगों की आवाज़ में मैंने भी आवाज़ मिलाते हुए कहा कि सरकार को इस बारे में पुनर्विचार करना चाहिए। मैंने परेशान छात्रों के समर्थन में ट्वीट किया किया नीट और जेईई मेन 2020 परीक्षा को टाल दिया जाए।

बुधवार 26 अगस्त 2020 को मैंने ट्वीट किया: 'यह परीक्षा महज़ विद्यार्थियों के लिए नहीं है। यह परीक्षा सरकार के लिए भी है। सरकार के पास मौका है कि वह जेईई_नीट परीक्षाओं को 60 दिन के लिए आगे बढ़ाकर कुछ कर दिखाए। ऐसा करके वह उन मुस्कुराहटों को वापस ला सकती है। विद्यार्थी और सरकार इस दौरान तैयारी कर सकते हैं। #PostponeJEE_NEET.'

मैंने हिंदी में लिखा, 'कल का निर्माण युवा पीढ़ी की शक्ति से ही होगा। यह हमारी ज़िम्मेदारी है कि हम उनके उत्साह को बढ़ाने के लिए सोच समझ कर काम करें, सकारात्मक सोच को सामने रखें।'

मुझे सच में ऐसा लगता था कि इसमें कुछ भी गलत नहीं है कि युवा सरकार तक पहुँचने का प्रयास कर रहे हैं और मुझे यह लगता था कि संवाद के आधार पर जो निर्णय होगा वह छात्रों के हित में ही होगा। दूसरी तरफ, एक अकादमिक वर्ष का नुकसान भी उतनी ही चिंताजनक बात थी। अकादमिक जगत के लोगों का यह कहना था कि परीक्षा में और अधिक देरी होने से अकादमिक कैलेंडर बिगड़ जाएगा और जिसके कारण विद्यार्थियों का भविष्य अधर में लटक जाएगा। उन्होंने ज़ोर देकर यह कहा कि सितम्बर में परीक्षा हो जाने से संस्थाओं को कम-से-कम ऑनलाइन क्लास का मौका मिल ही जाएगा। उच्चतम न्यायालय ने अपनी टिप्पणी में कहा, 'ज़िंदगी आगे चलती रहनी चाहिए', और विद्यार्थियों का 'एक साल बर्बाद नहीं होना चाहिए।'

देश भर के छात्रों का बड़ा प्रतिशत तब हतोत्साहित हो गया जब उच्चतम न्यायालय ने यह फ़ैसला सुना दिया कि जेईई मेन और नीट की परीक्षाओं की तिथि को बढ़ाया नहीं जा सकता। विपक्ष शासित राज्यों के छह मंत्रियों ने उच्चतम न्यायालय के उस फैसले के खिलाफ अपील दायर की कि देश में कोविड 19 के बढ़ते मामलों के बावजूद नीट और जेईई मेन 2020

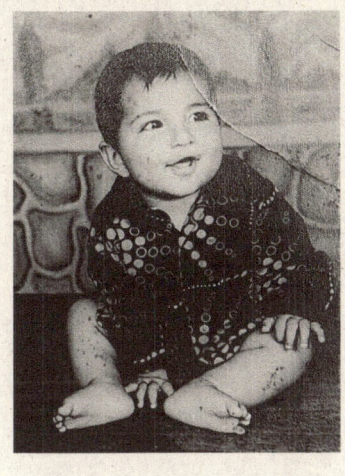

जब मैं एक साल का था

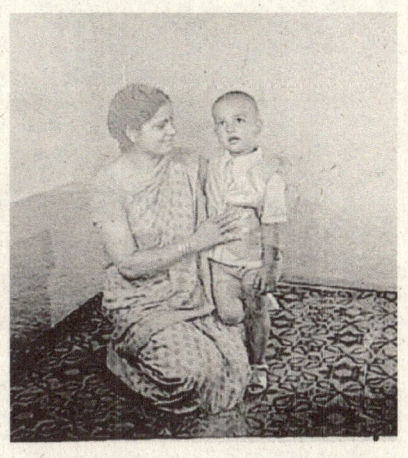

मोगा, पंजाब में मुंडन संस्कार के बाद
जब मेरे बाल का मुंडन किया गया
था। मेरी माँ शहर के एक स्टूडियो में
फोटो खिंचवाने के लिए ले गई थीं।
तस्वीर में उन्होंने जो साड़ी पहनी हुई
है वह आज भी मेरे पास है

उसी दिन मुंडन संस्कार के बाद की तस्वीर।
यह चित्र मेरे लिए बहुत ख़ास है

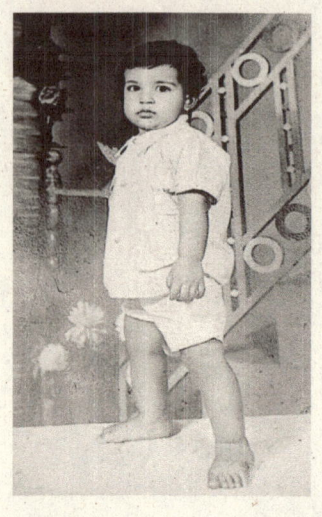

मोगा के एक स्टूडियो में

अपनी बड़ी बहन मोना के
साथ। उस समय मेरी उम्र
तीन साल और मेरी बहन
की साढ़े चार साल थी

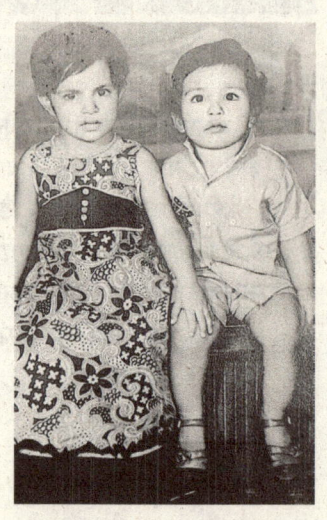

मालविका(मेरी छोटी बहन), डैड,
मोना और मैं मोगा के अपने घर में

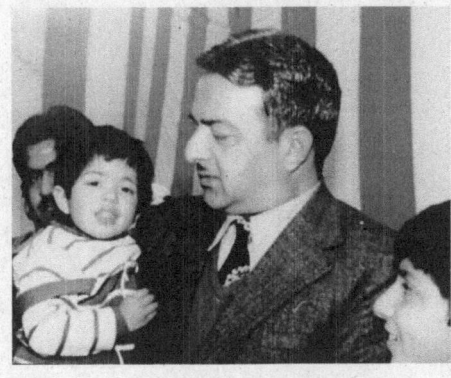

मालविका, मेरे डैड और मैं मोगा में मालविका का जन्मदिन मनाते हुए

मेरे सबसे अच्छे दोस्त संजीव और मुझे सेक्रेड हार्ट स्कूल, मोगा में सैक रेस में भाग लेने के बाद पहला पुरस्कार मिला था

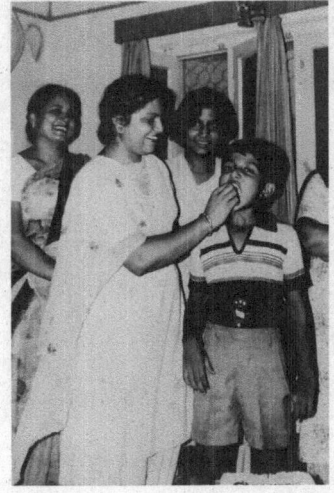

मेरे नौवें जन्मदिन के दिन मोगा में हमारे घर में माँ मुझे केक खिलाती हुई

बहन मोना के साथ
मोगा में अपने घर में

मालविका के साथ
मोगा के अपने घर में

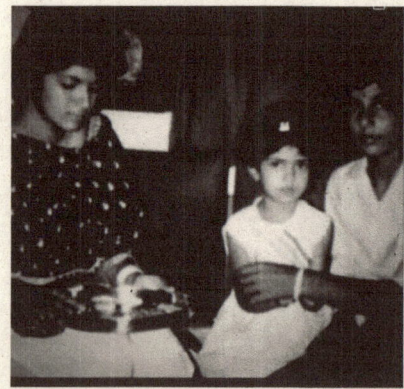

बहनों मोना और मालविका
के साथ राखी के दिन

मोगा में जब हम लोगों ने लोहड़ी के दिन
छोटा सा आयोजन किया था

जब मालविका हैप्पी न्यू ईयर के
सेट पर मिलने आई थी

सोनाली और मैं 28 दिसम्बर 2000 को, जिस दिन हमारी शादी हुई

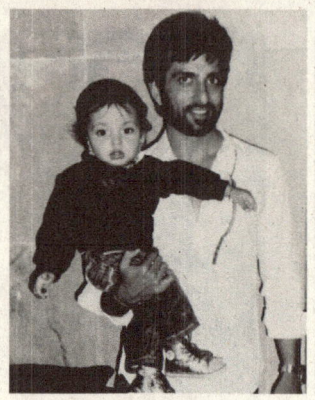

अयान के साथ

इशान के साथ

अपनी बहनों के साथ। जब हम मोना से मिलने मैरीलैंड, अमेरिका गए थे

बैंकाक में मालविका के साथ

एक पारिवारिक यात्रा पर बैंकाक में। इस तस्वीर में सोनाली, गौतम, गुन्नू, इशान, अयान और मैं दिख रहा हूँ

साली सुमिता, साढ़ू प्रतीक और सिद्धार्थ और जाह्नवी के साथ

सोनाली के साथ

दो साल पहले किन्हीं छुट्टियों में
बैंकाक में। मालविका, गौतम और
मेरी भांजी न्यारा के साथ

सोनाली और मैं उसके
जन्मदिन पर डिनर के दौरान

मेरी भांजी अनुष्का, मेरे
बहनोई राजेश शर्मा और
सोनाली के साथ अमेरिका में

सोनाली, इशान और अयान के साथ लंदन में छुट्टियाँ मनाते हुए

माँ के साथ। जब माँ ने यह ध्यान दिलाया कि हम दोनों की एक साथ तस्वीरें बहुत कम हैं तो हम लोगों ने यह फोटो मुंबई के एक फोटो स्टूडियो में खिंचवाई थी। काश मैं उनके साथ फिर से स्मृतियाँ साझा कर पाता

सूद परिवार

इशान, सोनाली, मेरे ससुरजी श्री पी विजय कुमार और सासू माँ श्रीमती पी अरुणा के साथ

की परीक्षाओं को टाला नहीं जा सकता। 4 सितम्बर 2020 को उच्चतम न्यायालय ने उनकी याचिका को ख़ारिज कर दिया। वैसे भी जेईई के कुछ बैचों की परीक्षा हो चुकी थी।

उस कठिन घड़ी में जो सम्भव हो सकता था, सरकार ने किया। एनटीए ने दावा किया कि प्रवेश परीक्षा आयोजित करने को लेकर सभी उपाय किए गए थे और सुरक्षा के उपायों का भी पूरा ध्यान रखा गया। संस्था का यह भी कहना था कि निन्यानवे प्रतिशत से अधिक उम्मीदवारों को उनकी पसंद के पहले शहर में परीक्षा देने का मौका दिया गया।

सामाजिक दूरी को सुनिश्चित करने के लिए एनटीए ने कहा कि उसने 2020 में केन्द्रों की संख्या में बढ़ोतरी कर दी है। जेईई के परीक्षा केन्द्रों की संख्या बढ़ाकर 570 से 660 कर दी गई थी, एनईईटी के केन्द्रों की संख्या 2546 से बढ़ाकर 3843 कर दी गई। एनटीए द्वारा विकसित की गई एसओपी(मानक संचालन मसविदा) के अनुसार परीक्षा देने के लिए कक्ष में कम विद्यार्थियों को बिठाया गया ताकि सामाजिक दूरी का पालन किया जा सके। नीट के मामले में एक कमरे में पहले चौबीस छात्र बिठाए जाते थे, अब उनकी संख्या कम करके बारह कर दी गई। छात्रों से कहा गया कि वे हर समय दस्ताने तथा मास्क का उपयोग करें और केन्द्रों से कहा गया कि वे अतिरिक्त संख्या में दस्ताने तथा मास्क का इंतजाम रखें ताकि ज़रूरत पड़ने पर विद्यार्थियों या कर्मचारियों को इसे दिया जा सके।

प्रवेश और निकास बिंदुओं पर हैंड सैनिटाइज़र्स रखे गए। विद्यार्थियों को बारी-बारी से जाने दिया गया जिससे कि बहुत अधिक भीड़ न हो। सभी कर्मचारियों एवं विद्यार्थियों के शरीर के तापमान को थर्मो गन से जाँचा जाने वाला था। परीक्षा से जुड़ा अगर कोई व्यक्ति आत्म घोषित मापदंड या थर्मल स्कैनर जाँच में असफल पाया जाता तो उसको तत्काल परीक्षा केंद्र छोड़ देने के लिए कहा जाता।

एनटीए ने यह वादा किया, 'किसी को भी उस हाल में परीक्षा देने से मना नहीं किया जाएगा, अगर वह परीक्षा के दिन के लिए सरकार(केंद्र/राज्य) द्वारा जारी निर्देशों/सलाहों तथा ऐडमिट कार्ड में उल्लिखित निर्देशों का पालन

करता है।' इसको लागू करने के लिए 98.6 डिग्री फारेनहाइट से अधिक तापमान वाले विद्यार्थियों के लिए अलग कक्ष की व्यवस्था की जाने वाली थी।

आदर्श तो यह होता कि इन परीक्षाओं की तिथि को बढ़ा दिया जाता। लेकिन, मैंने उच्चतम न्यायालय के निर्णय का सम्मान किया। चूँकि परीक्षाओं को टाला नहीं जा सकता था, इसलिए मैंने इसके बाद जो सबसे अच्छा काम हो सकता था वह करने का फैसला किया। मैंने अपना मन बना लिया कि उन विद्यार्थियों की परीक्षा केंद्र तक पहुँचने में मदद की जाए जो दूर-दूर रहते थे।

यहाँ मैं अख़बार की एक रपट को उद्धृत कर रहा हूँ, 'सब जानते हैं कि अभिनेता सूद ने महामारी के दौरान एक-एक आदमी तक मदद पहुँचाई। प्रवासियों के लिए बसों के इंतजाम से लेकर जरूरतमंदों को घर भेजने के लिए उन्होंने हवाई जहाज़ के टिकट भी ख़रीदे, सोनू सूद इस संकट की घड़ी में लोगों के साथ चट्टान की तरह खड़े हुए हैं। अब अभिनेता ने उन विद्यार्थियों की मदद के लिए हाथ बढ़ाया है जो सितम्बर में आयोजित होने वाली जेईई और नीट की परीक्षा में भाग लेने वाले हैं'।

ट्विटर पर मैंने 28 अगस्त 2020 को एक बेशर्त और खुला प्रस्ताव लोगों के सामने रखा और कहा, 'अगर जेईई, नीट की परीक्षाएँ होती हैं: तो वे सभी विद्यार्थी जो इन परीक्षाओं में भाग लेने वाले हैं तथा बिहार, असम और गुजरात के बाढ़ग्रस्त इलाकों में फँसे हुए हैं, अपनी यात्रा के बारे में मुझे बताएँ। मैं कोशिश कर रहा हूँ कि आप लोगों की यात्रा का इंतजाम कर सकूँ ताकि आप परीक्षा केंद्रों पर पहुँच सकें। संसाधनों की कमी के कारण किसी की परीक्षा नहीं छूटनी चाहिए'।

2020 की यह परिस्थिति कुछ ख़ास थी: महत्वपूर्ण परीक्षा केंद्रों पर परीक्षा देने वाले विद्यार्थियों के लिए महामारी से जुड़ी समस्या थी। हालाँकि, मेरे दिमाग में यह चल रहा था कि कुछ अधिक स्थायी तरीके की मदद मुझे इन विद्यार्थियों की करनी चाहिए।

लेखक, धर्मादा दान देने वाले और संगीतकार मिश अल्बम ने कहा है, 'आपकी सभी कहानियों के पीछे हमेशा आपकी माँ की कहानियाँ होती हैं,

क्योंकि उन्हीं की कहानियों से आपकी शुरुआत हुई थी'। मेरी माँ की कहानी मेरी कहानी से बहुत गहरे जुड़ी हुई है।

एक बार जब विद्यार्थियों की दुर्दशा मेरी नज़र में आई तब मैंने सामाजिक संस्था सूद चैरिटी फाउंडेशन का गठन किया और इसके माध्यम से मैंने 'प्रोफेसर सरोज सूद स्कॉलरशिप' शुरू की। इससे अच्छी श्रद्धांजलि मैं अपनी माँ को क्या दे सकता था कि साधनहीन विद्यार्थियों की मदद की जाए जो उनके जीवन का सबसे बड़ा मकसद था? मेरी माँ को सबसे अधिक प्यार शिक्षा से था। साधनहीन लोगों को शिक्षा देना उनके जीवन का जुनून था। वह जीवन भर लोगों को शिक्षा देने में लगी रहीं और वह एक ऐसी प्रोफेसर थीं जिनका जीवन में एक ही मकसद था—लोगों को शिक्षा देना और मरते दम तक वह इसी मकसद में लगी रहीं। वह यह चाहती थीं कि मैं अपने जीवन में शिक्षा की मशाल को थामे रखूँ। ऐसे में उनके नाम पर एक स्कॉलरशिप शुरू करना सबसे अच्छी बात हो सकती थी जो मैं कर सकता था।

बहुत से ऐसे मामले मेरे सामने आए जिनमें परिवारों के सामने सबसे बड़ी रुकावट यह आ गई थी कि किस तरह अपने बच्चों की पढ़ाई के लिए आवश्यक धन जुटाया जाए। मुझे ऐसे अभिभावकों के बारे में पता चला जो चाहते तो थे, लेकिन अपने बच्चों की शिक्षा के लिए फीस की राशि नहीं जुटा पा रहे थे।

जितनी बड़ी तादाद में विद्यार्थी थे उनके हिसाब से 500 रुपए बूँद के समान था। लेकिन मुझे कहीं से शुरुआत तो करनी ही थी और मैंने 500 रुपए से शुरुआत की। हालाँकि यह राशि छोटी थी लेकिन मायने रखती थी क्योंकि इससे कुछ हद तक ही सही, लेकिन मेरी माँ का सपना पूरा हो रहा था।

हर साल मेरी सामाजिक संस्था प्रोफेसर सरोज सूद स्कॉलरशिप अलग-अलग क्षेत्रों जैसे चिकित्सा, इंजीनियरिंग और बिज़नेस मैनेजमेंट के 500 छात्रों को छात्रवृति देगी। उनके नामांकन से लेकर उनेक ग्रेजुएट होने तक उनकी फीस का ध्यान हम रखेंगे। भारत के अलग-अलग हिस्सों में कई विश्वविद्यालयों के साथ हमारी बातचीत हो गई है कि वे उन विद्यार्थियों को प्रोफेसर सरोज सूद स्कॉलरशिप देंगे जिनके माता-पिता फीस दे पाने में असमर्थ हों।

टाइम्स ऑफ़ इंडिया ने मुझे उद्धृत करते हुए 12 सितम्बर 2020 को लिखा 'पिछले कुछ महीनों में मैंने यह देखा है कि किस तरह से सुविधाहीन लोगों को अपने-अपने बच्चों की फीस देने में मुश्किलें आई हैं। कुछ के पास तो ऑनलाइन क्लास करने के लिए फोन भी नहीं थे, कई के पास फीस देने के पैसे नहीं थे। इसलिए मैंने देश के अलग-अलग विश्वविद्यालयों के साथ इस बात का करार किया है कि वे मेरी माँ प्रोफेसर सरोज सूद के नाम पर पर स्कॉलरशिप देंगे'।

मेरे लिए यह एक उल्लेखनीय साल था जिसने मेरे जीवन की दिशा बदल दी। 13 अक्टूबर 2020 को मेरी माँ की तेरहवीं बरसी थी और मैंने उनकी स्मृति का सम्मान इस रूप में किया जिस तरह से मुझे पहले कभी ऐसा नहीं सूझा था। इस बात पर अच्छी तरह शोध करने के बाद कि समाज के लिए हमें क्या करना चाहिए; उन क्षेत्रों में मदद करनी चाहिए जिस क्षेत्र में मदद की दरकार हो, मैंने यह घोषणा की कि 250-300 तेज-तर्रार आईएएस अभ्यर्थियों के लिए सहायता राशि प्रदान करूंगा। हमारे देश को बेहतर प्रशिक्षित लोगों की ज़रूरत है जो इसको प्रशासनिक रूप से आगे ले जाएँ। लेकिन आईएएस की परीक्षा इतनी कठिन होती है कि इसमें सफल होने के लिए तेज से तेज उम्मीदवारों को कोचिंग की ज़रूरत पड़ती है। इस तरह से मुझे महसूस हुआ कि मैं तेज विद्यार्थियों की मदद कर सकता हूँ जिनको आईएएस अफसर बनने के लिए कोचिंग की ज़रूरत हो। मुझे अपनी माँ की पुण्यतिथि के दिन इस योजना की शुरुआत करना सबसे उचित लगा।

ओपरा विनफ्रे ने कहा है, 'जैविकता वह न्यूनतम चीज़ है जो किसी को माँ बना सकती है'। प्रोफेसर सरोज सूद का रिश्ता मुझसे जैवीय रिश्ते से बहुत अधिक था। जीवन में वह जिन चीज़ों के लिए खड़ी रहीं, वह ख़ून के रिश्ते से बहुत बढ़कर था। जिस तरह से उनका जीवन शिक्षा के लिए धड़कता था, वह मेरे जीवन का भी अटूट हिस्सा बन गया। इसलिए यह आपके लिए हैं माँ।

अध्याय 2

एक हस्ताक्षर जो ऑटोग्राफ बन गया

नाकु चाला तृप्तिगा वंदी।

तेलुगू के इस वाक्य का अर्थ है, 'मुझे संतोष का अनुभव हो रहा है'।

यह वह भाषा है जिसमें मैं लॉकडाउन हटने के बाद काम पर लौट आया और अभिनय जगत के लोगों ने सात महीने के लम्बे अंतराल के बाद अपने कामों पर लौटना शुरू कर दिया। दुनिया के अधिकतर हिस्से के लिए एक बार फिर वहीं से काम शुरू करना था जहाँ मध्य मार्च में उन्होंने छोड़ रखा था। लेकिन मेरे लिए एक नया सोनू सूद महामारी की खोल से निकल कर बाहर आया था। यह सिर्फ ऐसा नहीं था कि एक इंसान के रूप में आत्मा को राहत पहुँचाने वाला रूपांतरण मेरे अंदर घटित हुआ था। जब मैं वापस इस दुनिया में आया तो ऐसा लग रहा था जैसे दुनिया मुझे नई आँखों से देख रही थी।

नाकू येंथो संतो समगा वुंडी। मैं गर्व के भाव से भरा हुआ हूँ; न कि केवल ख़ुश।

तेलुगु फिल्म *कांडिरीगा* 2 की शूटिंग के लिए मैं हैदराबाद के स्टूडियो में आ गया, यह फिल्म 2011 की ऐक्शन कॉमडी फिल्म *कांडिरीगा* का सीक्वल है। *कांडिरीगा*(हिंदी में 'ततैया') में राम, हंसिका मोटवानी और मैंने काम

किया था और बाद में इस फिल्म को हिंदी में *मैं तेरा हीरो* के नाम से दुबारा बनाया गया था, जिसमें वरुण धवन, इलेना डिक्रूज़ और नरगिस फ़ाख़री ने काम किया था और यह फिल्म 2014 में आई थी।

नाकू येंथो संतो समगा वुंडी मूल फिल्म के रीलीज़ हुए नौ साल हो गए थे।

लेकिन जब मैं अक्टूबर 2020 दुबारा काम पर गया तो यह महज़ नया दशक नहीं था, बल्कि मैं पूरी तरह से एक नई व्यवस्था में प्रवेश कर रहा था। शुरुआत फ्लाइट से ही हुई थी। एक नामालूम सी आशंका थी, उसी तरह से जिस तरह से कोई अपनी ज़िंदगी में पहली बार हवाई जहाज़ पकड़ने वाला होता है। करीब 200 दिनों बाद मैं दुबारा कैमरे के सामने होने जा रहा था, तब कोविड के कारण सभी तरह की फिल्म शूटिंग थम गई थी, बीस से अधिक सालों तक लगातार काम करते रहने के बाद ऐसी स्थिति में आने के बाद अपने आप में भी अजनबी का एहसास हो रहा था। अप्रत्याशित लॉकडाउन के बाद शहर से बाहर हवाई जहाज़ से जाने के बारे में सोचकर एक अजीब सी बेचैनी महसूस हो रही थी। एयरपोर्ट पर, हवाई जहाज़ में एसओपी(मानक संचालन प्रक्रिया) के अनुसार क्या करें, क्या न करें की सूची को पढ़कर बेचैनी भरा रोमांच महसूस हो रहा था।

मेरे लिए राहत की बात थी कि मेरी पत्नी सोनाली भी इस सफ़र में मेरे साथ थी क्योंकि उसके होने से मुझे सुकून महसूस होता था। उसके होने से मेरे चारों तरफ अदृश्य सुरक्षा का भाव बना रहता था। वह मेरा ध्यान रखती थी और मैंने अपने जीवन का ध्येय यह बना लिया था कि मुझे दूसरों की मदद करनी है।

लेकिन जिस नई तरह की भावना के साथ मैंने उड़ान भरी थी, वह उसके मुक़ाबले बहुत छोटा सा बदलाव थी जो स्टूडियो में मेरा इंतज़ार कर रही थी। मैं स्टूडियो का माहौल समझना चाह रहा था, फिल्टर कॉफी की ख़ुशबू और अपने सहकर्मियों के साथ एक बार फिर से काम करने का इंतज़ार कर रहा था। मुझे बहुत अच्छा महसूस हो रहा था। लेकिन असली बदलाव तब महसूस हुआ जब मैं स्टूडियो में पहुँचा, जब मैंने कार से बाहर कदम रखा तो मेरा स्वागत किसी नायक की तरह किया गया।

तब जाकर मुझे समझ में आया कि यह काम का कोई आम दिन नहीं है। पूरी यूनिट मेरे आगमन का इंतज़ार कर रही थी। एकदम दक्षिण भारतीय शैली में, शाल ओढ़ाकर मेरा अभिवादन किया गया, फूलों का गुलदस्ता दिया गया और मेरे ऊपर रंगीन झालरों की बारिश की गई। वहाँ ऐसा उल्लास था मानो कॉफी के घूँट भर लिए हों। मेरे प्रिय सह-अभिनेता प्रकाश राज ने खुलकर मेरी तारीफ की और बताया कि उनको मेरे ऊपर कितना गर्व महसूस हो रहा था।

दक्षिण भारत में कोविड के बाद की अपनी पारी की शुरुआत करके मुझे बहुत अच्छा महसूस हो रहा था। यहाँ के लोगों से मेरा ख़ास जुड़ाव है, शायद इसलिए भी क्योंकि मेरे अभिनय की शुरुआत दक्षिण में ही हुई थी। लेकिन प्रशंसा की ऐसी लहर, ऐसा सम्मान असामान्य रूप से अतुलनीय था। इसका स्टार के रूप में सफलता से कोई लेना-देना नहीं था, बल्कि इसका एकमात्र कारण महामारी काल में मेरे द्वारा किए गए कार्य थे।

'प्रार्थना के लिए मंदिर में जाकर घुटने टिकाने की ज़रूरत नहीं है, पहले नीचे झुककर किसी ऐसे आदमी को उठाओ जो हाशिए पर है।'

मैं नोबेल पुरस्कार विजेता कवि रबींद्रनाथ टैगोर के इस दूरंदेशी वक्तव्य के सामने सिर झुकाता हूँ। सौजन्यता से प्यार हो सकता है, कार्य के क्षेत्र में सफलता से शाबाशी मिलती है, लेकिन श्रद्धा जैसा निःस्वार्थ भाव आपके जीवन में तब आता है जब आप एकाग्रचित्त से मानवता की सेवा करते हैं। हैदराबाद की इस यात्रा के दौरान मुझे और भी महसूस हुआ कि समाज की बेहतरी के लिए मुझे अपनी कोशिशों को तेज कर देना चाहिए।

मेरी नई-नई सुपरमैन, वाली छवि का असर मेरे करियर पर भी होने लगा था और यह वास्तविकता के रूप में तब सामने आया जब निर्देशक संतोष को वास्तव में मेरे साथ बैठकर *कांडिरीगा 2* में मेरे किरदार को नए सिरे से गढ़ना पड़ा। लॉकडाउन के पहले जो पटकथा लिखी गई थी उसमें मेरे रोल में कुछ स्याह पक्ष भी थे। लेकिन बीच के सात महीनों के दौरान मैंने अपने निजी जीवन की राह बदल दी, मानवता के लिए किए गए मेरे काम अब इस बात की ज़रा सी भी इजाज़त नहीं देते थे कि कहीं दूर से भी मैं

खलनायक लगूँ और जिसके कारण मेरा नाम ख़राब हो जाए। एक सीन में प्रकाश राज को गुस्से में मेरा कॉलर थामना था। इसके बावजूद कि हम सब यह जानते थे कि हम एक काल्पनिक दुनिया में यह सब कर रहे हैं, लेकिन उन्होंने यह कहते हुए ऐसा करने से साफ मना कर दिया कि वे जिस सोनू को अब जानते हैं उसके साथ इस तरह से अशिष्ट बर्ताव नहीं कर सकते। उन्होंने इसका कारण यह बताया कि उस समय मेरा सम्मान जिस तरह का था, वैसे में मेरे साथ मारपीट नहीं की जा सकती।

प्रकाश राज अकेले ऐसे नहीं थे जिनको ऐसा लगता था कि मेरी छवि निश्चित रूप से माहमानव जैसी हो गई थी। इस तरह की संवेदना को बेचना अजीब था लेकिन आम लोगों में मेरी छवि इस तेज़ी से बढ़ती जा रही थी कि सब लोगों का यही मानना था कि मुझे स्याह रोल में दिखाने पर लोग उसको स्वीकार नहीं करेंगे। उनको मेरे पूरे किरदार को लेकर गम्भीरता से सोचने की ज़रूरत थी और जिन-जिन दृश्यों में मैं था, उनके स्क्रीन प्ले को नए सिरे से लिखे जाने की ज़रूरत थी। इसलिए हम लोगों को बीस दिन के शूटिंग शेड्यूल को नए सिरे से बनाना पड़ा।

अपने दुर्ग में बैठकर राय ज़ाहिर करने से नज़रिया नहीं बदलता। कुछ कर दिखाने के बाद मिसाल पेश करने से उसमें पूरी तरह से बदलाव आता है। मैंने उस बदलाव को तब महसूस किया, जब स्टूडियो में मौजूद सभी लोग– टॉयलेट कर्मचारी से लेकर रसोई से जुड़े कर्मचारी तक–गर्मजोशी के साथ मुस्कुराकर सम्मान के साथ मुझे नमस्ते कर रहे थे। वे पहले भी ऐसा करते थे। लेकिन अब, जब वे मेरी तरफ देखते थे तो मैं उम्मीद की उस किरण को महसूस कर सकता था जो उनकी आँखों में झलकता दिखाई दे रहा था।

एक दिन अचानक स्टूडियो में एक दयनीय स्थिति आन खड़ी हुई। छह साल का एक लड़का हर्षवर्धन देशाबोईना, जिसको लम्बे समय से लीवर का कैंसर था और अपने अंतिम चरण में था, अपने माता-पिता लक्ष्मी और नागाराजू के साथ आया। उसको तत्काल इलाज की ज़रूरत थी और उसके पिता नागाराजू तेलंगाना स्टेट ट्रांसपोर्ट कॉर्परेशन में कंडक्टर थे और वे हर्षवर्धन के ऑपरेशन का ख़र्च वहन करने में असमर्थ थे।

जब उसके माता-पिता अपने बच्चे को बचाने के लिए स्टूडियो में मुझसे मिलने के लिए आए तो वहाँ मौजूद लोगों में से कोई अपने आँसू नहीं रोक पाया। उसका पेट आगे की तरफ निकला हुआ था और चमड़ी सूजी हुई थी। मैं इतना द्रवित हो गया कि मैंने तत्काल कार्रवाई शुरू कर दी। हर्षवर्धन को जिस ऑपरेशन की तत्काल ज़रूरत थी वह महंगी थी और उस धनराशि को जुटाने के लिए मुझे कई लोगों से मदद लेने की ज़रूरत थी। लेकिन ईश्वर की कृपा से हम लोगों ने यह कर लिया। अक्टूबर के मध्य में हर्षवर्धन को ऑपरेशन थिएटर में ले जाया गया और उसका जीवन रक्षक ऑपरेशन किया गया। अब उसका स्वास्थ्य बेहतर हो रहा है। उसको जिस दुखदायी अवस्था में हम लोगों ने देखा था, उसकी वह छवि बार-बार कौंधती थी और यहाँ तक कैमरा क्रू ने भी बताया कि वे कई दिनों तक परेशान रहे। इसकी वजह से सभी लोगों के लिए यह बात ज़ाहिर हो गई कि मैंने इस बच्चे की ज़िंदगी बचाने में महत्वपूर्ण भूमिका निभाई।

पिछले कुछ महीनों के दौरान हर्षवर्धन तथा अन्य लोगों के ऑपरेशनों की कहानी के बारे में यहाँ लिखने का मकसद यह है कि इस बात के ऊपर प्रकाश डाला जा सके कि इसके प्रति जागरूकता की कितनी अधिक ज़रूरत है। गरीब लोगों में स्वास्थ्य की समस्या इतनी अधिक है और इतना अधिक नीचे तक फैला है कि जो दिखाई देता है वह कुछ भी नहीं है। बहुत सारे बच्चे जन्मजात रोगों से ग्रस्त हैं, गरीबी उनकी तकलीफ़ों को और बढ़ा रही है, ऐसे में गिने चुने लोगों की नहीं, बल्कि हज़ारों सोनू सूद की ज़रूरत है जो आगे बढ़कर मदद करे।

जॉन एफ केनेडी ने कहा था, 'एक आदमी बदलाव ला सकता है। लेकिन सभी लोगों को कोशिश करनी चाहिए'। ऐसा इंसान बनना चाहिए जो ज़िंदगी बचाने वाला हो, जहाँ दुःख हो वहाँ ख़ुशी लेकर आए और जहाँ अंधेरा है वहाँ प्रकाश लेकर आए। यह महज़ संयोग नहीं है कि हाइवे पर मेरी मुलाक़ात प्रवासी मज़दूरों से हुई, क्या पता इसके पीछे ईश्वर की ही कोई योजना रही हो। वह महत्वपूर्ण पहला कदम जो आपके जीवन की दिशा बदलकर रख सकता हो, उसको उठा लेना चाहिए। उसकी शुरुआत कीजिए,

यह कभी बहुत छोटा नहीं होता। जैसा कि कलाकार एंडी वारहोल ने कहा, 'वे हमेशा कहते हैं कि समय के साथ चीज़ें बदल जाती हैं, जबकि वास्तव में आप चीजों को ख़ुद बदलते हैं'।

इस बात का इंतज़ार मत कीजिए कि कभी अच्छा समय आएगा, बल्कि हर समय सही शुरुआत की जा सकती है, और वह समय अभी है।

नाकु चाला बागा अनिपिस्थुंनदी।

मुझे अच्छा महसूस होता है। मुझे वह माध्यम बनने में अच्छा लगा जिससे हर्षवर्धन को समय रहते मदद मिल गई और मैं चाहूँगा कि उस जैसे अन्य बच्चों के लिए भी वैसा ही कर पाऊँ।

मानवता की सेवा से जो आनंद मिलता है उसी के कारण आप मानवता की और अधिक सेवा की दिशा में आप प्रेरित होते हैं। आप इसलिए नहीं करते हैं कि लोग आपकी तारीफ करें, और वह इसका लक्ष्य होना भी नहीं चाहिए। लेकिन जब आपकी समाज सेवा के बदले हाशिए के लोग आपकी तारीफ करते हैं तो उसकी रोशनी में आपका दिल रोशन हो जाता है।

स्टूडियो में किसी हस्ती की तरह से वापसी करने के बाद मुंबई में भी कुछ वैसा ही क्षण मेरा इंतज़ार कर रहा था। यशराज स्टूडियो के सेट पर जब मैंने 210 से अधिक दिनों बाद अक्षय कुमार के साथ *पृथ्वीराज* फिल्म की शूटिंग शुरू की तो जब मैं शूटिंग के लिए आ रहा था तो रास्ते में लोग तालियाँ बजा रहे थे। लेकिन मैं जानता था कि ये शाबाशी की तालियाँ सोनू सूद के लिए नहीं बज रही थीं, बल्कि उस काम के लिए बज रही थीं जो मैंने समर्पित भाव से किए थे।

यह जीवन ऐसे पुरस्कारों से भरा पड़ा है, इसकी कीमत उन ट्रॉफियों से अधिक थी जो हम मेज़ पर सजा कर रखते हैं। ये पुरस्कार मुझे ज़िम्मेदारी उठाने के लिए प्रेरित करते हैं। आपको पता होता है यह सही मार्ग है और आपको उसके ऊपर चलते ही चले जाने का मन करता है, कभी वापस लौटने का मन नहीं करता।

मेरे पास कहने को यही शब्द हैं: मुझ से जुड़िए।

अध्याय 3

समय पर ट्रैक्टर देने से किसान बच जाता है

नाम: *नागेश्वर राय एवं परिवार*
स्थान: *चित्तूर, आंध्र प्रदेश*
कारण: *महामारी के दौरान बढ़ी गरीबी के कारण बेटियों को अपने कंधे पर रखकर हल चलाना पड़ रहा था।*
मदद: *परिवार के लिए ट्रैक्टर एवं बच्चियों के लिए शिक्षा*

यह उन लोगों के लिए समर्पित है जो एकड़ में काम करते हैं, घंटों में नहीं। ये मेरी अपनी पंक्तियाँ नहीं हैं; मुझे याद आ रहा है कि मैंने कहीं पढ़ी थीं।

ये पंक्तियाँ उधार की हैं, लेकिन उस मौके के लिए एकदम सही हैं जब मैं अपने दिमाग के पन्नों को पलटते हुए उस दिन के दृश्य को याद करता हूँ जो मैंने 25 जुलाई 2020 को देखा था।

मैं पत्रकार कृष्णमूर्ति का ऋणी हूँ कि उन्होंने मुझे इससे अवगत करवाया, उन्होंने एक वीडियो क्लिप ट्वीट किया था जो चित्तूर में मदनपल्ले के एक टमाटर उगाने वाले किसान की थी जिनकी बेटियों ने हल में बैल की जगह खड़े होकर खेत की जुताई की थी। यह बहुत परेशान कर देने वाली तस्वीर थी; यह ऐसी तस्वीर नहीं थी जिसे आप देखना चाहें। उन लड़कियों

को स्कूल में होना चाहिए था, न कि खेत की जुताई करनी चाहिए थी। यह महामारी के दारुण नतीजों से पैदा हुई एक अन्य तस्वीर थी। हालाँकि, मैं इससे हतोत्साहित होने के लिए तैयार नहीं था।

यह छवि मेरे दिमाग में जैसे स्कैन होकर टँग गई- एक गरीब बाप अपनी बेटियों को पीछे से बैल की तरह जोत रहा है और माँ खेत में खाद का छिड़काव कर रही है। जब मैं परेशान होता हूँ तो अपने आप से मेरा संवाद चलता रहता है। मैंने अपने आप से कहा कि एक तरफ हम यह दावा करते हैं कि हमारी बेटियाँ हमारा गर्व हैं। दूसरी तरफ भारत की दो बेटियाँ बैल की तरह खेत जोत रही हैं।

लेखक और चिंतक जोएल बारकर ने कहा है, 'दृष्टि बिना क्रिया के स्वप्न बनकर रह जाता है'। मैं बैठकर यह सोचता नहीं रह सकता था कि मेरी सहानुभूति की वजह से मीलों दूर बैठी दो जवान लड़कियों के भाग्य में अपने आप बदलाव आ जाएगा। मैं यह जानता था कि मुझे ही कुछ करने की ज़रूरत थी।

एक बार फिर आंध्र प्रदेश में सालों तक काम करना मेरे काम आया और मैंने दक्षिण भारत में अपने संपर्कों के माध्यम से उस किसान एवं उसके परिवार के बारे में और अधिक पता करवाया। कुछ ही घंटों के अंदर मुझे सारी जानकारी मिल गई। मुझे यह पता चला कि उस किसान का नाम नागेश्वर राव था और नाउम्मीदी भरा वह वीडियो जो सोशल मीडिया पर दिखाई दिया था, चित्तूर के पास के एक गाँव का था। वैसे तो मैंने आंध्र प्रदेश में काफी सारी जगहों पर शूटिंग की है लेकिन कभी चित्तूर नहीं गया था। अब, मेरे लिए यह स्थान उन स्थानों में बन गया है जहाँ मुझे ज़रूर जाना है।

उसी शनिवार 9:30 बजे तक आंध्र प्रदेश के मेरे दोस्तों ने मुझे इस बारे में और जानकारी दी। उन लोगों ने मुझे उस किसान का फोन नंबर भी दिया और मैंने नागेश्वर राव से ख़ुद बात की। उन्होंने मुझे बताया कि वह अपने गाँव मदनपल्ले में चाय की दुकान चलाते थे। लेकिन महामारी के कारण उनका यह छोटा सा व्यवसाय बंद हो गया, जिसके कारण वह भुखमरी की

कगार पर आ गए। आंध्र में मौजूद मेरे दोस्तों ने पहले ही मुझे यह बता दिया था कि नागेश्वर राव के परिवार की अवस्था कितनी ख़राब थी।

मैंने उसी पल नागेश्वर राव से यह वादा किया कि मैं तत्काल उनके लिए दो बैलों का इंतजाम करता हूँ जिससे उनकी बेटियों को हल अपने कंधों पर नहीं चलाना होगा। वह मेरे इस प्रस्ताव से इतना उत्साहित हो गए कि उन्होंने मुझे वापस फोन करके बताया कि तिरुपति में बैल मिल रहे थे और अगर उनके पास पैसे आ जाएँ तो वह दौड़कर उन्हें ख़रीद लेंगे।

मैंने नागेश्वर राव को इस बात का दिलासा दिया कि उनको बैल ख़रीदने के लिए पैसे मिल जाएँगे और इस बारे में उनको ज़्यादा सोचने की ज़रूरत नहीं है। मैं मानो ट्यूबलाइट की तरह हो गया था क्योंकि कुछ देर के बाद मेरे दिमाग की बत्ती जली और उसने मुझसे कहा कि इस परिवार के लिए सबसे आदर्श समाधान तो ट्रैक्टर होगा, न कि बैल। अगर बैलों को खेत में लगाया गया तो साथ में हल चलाने के लिए एक आदमी की ज़रूरत तब भी रहेगी, जबकि ट्रैक्टर आ जाने से उनके जीवन में कुछ सुविधा हो जाएगी। इसलिए मैंने नागेश्वर राव को यह सूचित किया कि मैं उसको बैल के लिए पैसे नहीं भेजूँगा बल्कि कल तक उसको एक ट्रैक्टर भिजवा दूँगा। लेकिन बदले में उनको मुझसे यह वादा करना होगा—वह इस बात का ध्यान रखेगा कि उसकी बेटियों की पढ़ाई शुरू हो।

मेरे अंदर के ख़ुशदिल पंजाबी ने झोंक में आकर कह तो दिया था, लेकिन उस बातचीत के बाद मुझे असलियत का एहसास हुआ। मैं नींद में करवटें बदलने लगा। अगला दिन इतवार था और लॉकडाउन भी जारी था। भला मैं किस तरह से नागेश्वर राव से किया गया अपना वादा पूरा कर सकता था और अगले दिन उसके खेत में ट्रैक्टर पहुँचा सकता था? लेकिन मैं ज़ुबान दे चुका था और *पंजाबियाँ दा वादा* वाली बात थी।

यहाँ मैं आपको यह बताना चाहता हूँ कि पंजाबियों को खेती से बहुत प्यार होता है। किसान समुदाय के साथ हमारा जुड़ाव एक से अधिक तरह से होता है। एक और पहलू यह है कि ट्रैक्टर ऐसी चीज़ है जिसके ऊपर पंजाब का हर लड़का या तो बैठ चुका होता है या उसको चला चुका होता है।

मेरे लिए सौभाग्य की बात यह थी कि अब मेरी ख्याति मुझसे आगे-आगे चल रही थी। हर जगह लोग यह चाहते थे कि वे किसी तरह इस सामाजिक आंदोलन से जुड़ें, इसकी मदद करें। इतवार की सुबह, मैंने अपने दोस्त करण गिलहोत्रा को फोन किया जो चंडीगढ़ में रहते हैं और उनसे यह कहा कि वे आंध्र प्रदेश की किसी एजेंसी से संपर्क करने की कोशिश करें, क्योंकि मुझे एक किसान को जल्दी से जल्दी ट्रैक्टर भिजवाना था। मैंने उनको ज़ोर देकर कहा कि मैं चाहता था कि उसी दिन नागेशवर राव को ट्रैक्टर मिल जाए। इसके बाद करण ने आंध्र प्रदेश में सोनालिका ट्रैक्टर के एजेंट को फोन किया, यह भारत की सबसे बड़ी ट्रैक्टर कम्पनियों में एक है। हालाँकि उस दिन उनकी साप्ताहिक बंदी थी, लेकिन जब उन लोगों को यह पता चला कि ट्रैक्टर के लिए आग्रह मेरी तरफ से था और बहुत ज़रूरी था तो उन लोगों ने मेरे अनुरोध को ध्यान में रखते हुए तेज़ी से काम करना शुरू किया। और उसी दिन शाम को करीब पाँच बजे नागेश्वर राव के खेत में एकदम नया ट्रैक्टर खड़ा था।

कुछ ही देर बाद वह किसान और उसका परिवार मेरे साथ फोन पर था, सभी की आँखों में आंसू थे लेकिन सब ख़ुश थे। उनको विश्वास नहीं हो रहा था और वे इस अप्रत्याशित उपहार से बहुत ख़ुश थे जो उनके जीवन में आ गया था। बल्कि पूरे गाँव के लिए यह ख़ुशी का मौका था क्योंकि ट्रैक्टर का आगमन उस इलाके में चर्चा का विषय बन चुका था। इस बात को समझते हुए कि गाँव वालों के लिए ट्रैक्टर कितना मायने रखता था, मैं यह चाहता था कि नागेश्वर राव मुझे यह वादा करें कि वह समय-समय पर गाँव वालों को भी ट्रैक्टर का इस्तेमाल करने देंगे। वह ख़ुशी-ख़ुशी इस बात के लिए तैयार हो गए।

कहा जाता है जब आप किसी पर कोई उपकार करते हैं तो आपके बाएँ हाथ को भी यह पता नहीं चलना चाहिए कि आपके दाएँ हाथ ने क्या किया है। लेकिन घर *भेजो* आंदोलन एक ऐसे आंदोलन के रूप में विकसित होता गया जिसमें किसी को सार्वजनिक रूप से शर्मिंदा होने की कोई ज़रूरत नहीं थी। बल्कि इसने दुनिया को यह जानने में मदद की कि कितने लोगों को

इसने उत्साहित किया क्योंकि यह देखना वाकई सुखद था कि कितने लोगों को इसने प्रेरित किया और कितने ही लोग इससे जुड़ने के लिए इच्छुक थे।

नागेश्वर राव के साथ मेरी जो बातचीत हुई थी वह सब सोशल मीडिया पर मौजूद थी और उसकी तरफ एन. चंद्राबाबू नायडू का ध्यान गया, जो आंध्र प्रदेश के मुख्यमंत्री रह चुके थे। जिन दिनों मैं हैदराबाद में तेलुगू फिल्में कर रहा था, उन दिनों मैं उनका बहुत बड़ा प्रशंसक था। उनके शासन काल में राज्य में जिस तरह की प्रगति हुई थी, उससे एक बार मैंने यह टिप्पणी की थी कि हर राज्य में उनके जैसा मुख्यमंत्री होना चाहिए। इसलिए यह मेरे लिए बहुत गौरव की बात थी कि चंद्राबाबू गारू ने नागेशवर राव के कल्याण में मेरी दिलचस्पी के ऊपर ध्यान दिया और उसके प्रशंसकों में शामिल हो गए। इतवार की रात मिस्टर नायडू ने मुझसे बात की और बोले, 'सोनू-गारू, तुमने आंध्र प्रदेश के लिए जो किया है उसको मैं शब्दों में व्यक्त नहीं कर सकता।'

नायडू सर ने आगे कहा, 'सोनू हम राजनेताओं और स्थानीय स्तर पर काम करने वालों को तुमसे सीखना चाहिए कि काम कैसे किया जाता है। महामारी जैसे संवेदनशील वक्त में तुमने आंध्र प्रदेश के लिए जो किया, वह सच में बहुत बड़ी बात है'।

फोन कॉल के बाद उन्होंने ट्वीट किया और लिखा कि वे मेरे 'प्रेरक काम' से प्रभावित हुए थे और उन्होंने यह वादा किया कि वे उस किसान की बेटियों की शिक्षा का इंतजाम करेंगे। उन्होंने कहा कि वे सरकार से कहेंगे कि वह उन लड़कियों की देखभाल करे।

उनके लिखे शब्द को मैं ज्यों-का-त्यों यहाँ साझा कर रहा हूँ: 'मैंने सोनू सूद जी से बात की और चित्तूर जिले के किसान नागेश्वर राव को ट्रैक्टर भेजने के लिए उनकी प्रशंसा की। उस परिवार की तकलीफ़ से द्रवित होकर मैंने यह तय किया कि मैं उनकी दोनों बेटियों की शिक्षा का इंतजाम करूँगा और उनको अपने सपने पूरे करने में मदद करूँगा'।

मैंने तत्काल उनके प्रति आभार का ट्वीट किया: 'उत्साह बढ़ाने का शुक्रिया सर। आपकी करुणा लोगों को इसके लिए प्रेरित करेगी कि वे आगे आएँ और जरूरतमंदों की मदद करें। आपके नेतृत्व में लाखों लोगों को

अपने सपने पूरे करने का ज़रिया मिलेगा। इसी तरह प्रेरित करते रहिए सर। आप से जल्दी मिलने की प्रतीक्षा में।'

'एक आदमी बदलाव ला सकता है। और इसके लिए सभी को कोशिश करनी चाहिए।' हाँ, मैं जॉन एफ केनेडी की इस बात से सहमत हूँ।

ट्रैक्टर वाली कहानी एक ऐसा प्रसंग है जो मेरे दिमाग में घूमता रहता है। कहा जाता है एक तस्वीर हज़ार शब्दों के बराबर होती है। उस तस्वीर ने यही काम किया, खेत में लड़कियों के पीछे उनके पिता की वह तस्वीर मेरे दिमाग में ठहरी रह गई और उसने मुझे उस दिशा में काम करने के लिए मजबूर कर दिया।

सही समय पर सही काम करने की भी बात होती है। अगर मैंने वह तस्वीर वाली ट्वीट नहीं देखी होती तो आंध्र प्रदेश के उस परिवार के जीवन में इतना बड़ा बदलाव नहीं आया होता।

बचाव के काम तथा चार महीने से अधिक समय तक मेरी टीम द्वारा सही समय पर हस्तक्षेप करते रहने के कारण मैं कुछ दार्शनिक सा हो गया था। वैश्विक महामारी के बारे में कुछ भी अच्छा नहीं कहा जा सकता है जो लोगों की जान ले रहा है और जिसने अर्थव्यवस्था को अस्त-व्यस्त कर दिया। लेकिन जान के लिए ख़तरा बन चुका कोविड 19 के कारण मैं लोगों की गरीबी के स्तरों और उनकी अवस्था के बारे में जान सका। और इसने मेरी ज़िंदगी को सदा के लिए बदल कर रख दिया। आज, जब आप मेज़ पर बैठे हैं, तो आप इस बारे में सोचने से अपने आपको मुक्त नहीं कर सकते कि समाज में हाशिए के लोग किस तरह जीवन जीते हैं।

मेरे सामने आया हर मामला व्यथा की एक अनकही दास्तान की तरह था। तेलंगाना की एक विधवा स्त्री ने एक साल पहले अपने पति को खो दिया था और अब अपने तीन बच्चों को अकेले पाल रही थीं। वह बहुत साहस के साथ अपने तीन बच्चों को पाल रही थीं, जिनमें एक लड़के का नाम मनोहर था और दो लड़कियाँ थीं। तभी कोविड का प्रकोप आ गया। वह इसका शिकार हो गई और उनके तीनों बच्चे अनाथ हो गए, जो गाँव वालों की दया पर निर्भर थे, जिन्होंने शुरू में उन बच्चों का ध्यान रखा था। लेकिन वे स्वयं

भी महामारी के शिकार थे, इस वजह से उनके लिए यह असम्भव था कि वे तीन और महीने तक उन बच्चों को नियमित रूप से खिला सकें। तभी किसी ने मुझे ट्विटर पर टैग करते हुए लिखा कि मुझे उन बच्चों की मदद करनी चाहिए।

यह सूचना पाकर मेरी टीम हरकत में आ गई और उन बच्चों को तेलंगाना से शिरडी लेकर आ गई। हम लोगों ने तीनों बच्चों को शिरडी के एक संस्थान में रखा जहाँ उनका ध्यान रखा जाएगा और उनको स्कूली शिक्षा भी दी जाएगी। मनोहर बहुत उत्साहित है और वह ख़ूब पढ़कर डॉक्टर बनना चाहता है। वह अपनी बहनों को लेकर भी महत्वाकांक्षी है और चाहता है कि दोनों में से एक बहन पुलिस में भर्ती हो जाए। मैं यह जानता हूँ कि उनके भविष्य के बारे में कोई भविष्यवाणी करना बहुत जल्दबाज़ी होगी, लेकिन कम-से-कम उन छोटे बच्चों में जोश तो है। फ़िलहाल, मुझे इस बात से सुकून मिलता है कि हम लोग इन बच्चों को शिरडी के एक सुरक्षित संस्थान में रख पाए और हम लोगों ने उनके कल्याण और उनकी शिक्षा का इंतजाम किया।

सहायता की यह मांग सभी राज्यों और सभी दिशाओं से आ रही है। पंजाब में एक रिक्शे वाला 125 अन्य लोगों के साथ ज़हरीली शराब का शिकार हो गया। दुःख की बात यह थी कि उसको समय पर चिकित्सा नहीं मिल पाई। परिवार के लिए और बुरी बात यह हुई कि जब उसके शव को उसकी पत्नी के पास भेजा गया तो वह सदमे में आ गई और उसका भी वहीं देहांत हो गया। यह एक तरह से तेलंगाना की उसी कहानी की तरह लग रही है जब माता-पिता के देहांत के कारण तीन बच्चे अनाथ हो गए। उन बच्चों की उम्र नौ, छह और तीन साल थी। वे इतने छोटे थे कि उनको यह समझ भी नहीं आ सकता था कि उनके ऊपर क्या गुज़री थी। एक बार फिर, गाँव वाले तीनों बच्चों को पालने की ज़िम्मेदारी उठाने में असमर्थ थे।

इनमें से हर मामले के बारे में जानकर मेरे दिल को चोट पहुँचती थी। मेरी टीम और मैंने उन लोगों के लिए एक घर का इंतजाम किया और इस बात को सुनिश्चित किया कि उनका स्कूल में दाख़िला हो जाए। हम लोगों ने

कुछ राशि उन बच्चों के लालन-पालन के लिए रख दिया और उनके ऊपर नज़र बनाए रखी, हम लगातार उनकी प्रगति के बारे में जानकारी लेते रहे।

हम लोगों को तेलंगाना और पंजाब के इन छह बच्चों के बारे में पता चला और हम लोगों ने उनके जीवन के लिए काम किया। लेकिन उन हज़ारों लोगों का क्या किया जाए जो मुझ तक या किसी और तक पहुँच नहीं पाते? हम लोगों के लिए ज़रूरी यह है कि बहुत से अन्य लोग अपने दिल को खोलें और मुश्किल में पड़े लोगों की मदद के लिए आगे आएँ।

अमेरिकी राजनीतिज्ञ टॉम बैरेट ने कहा है, 'दुनिया की उथल-पुथल बेचैनी पैदा करती है, लेकिन यह रचनात्मकता और विकास के अवसर भी पैदा करती है'। मैं इसको इस तरह से कहना चाहता हूँ कि उथल-पुथल और बेचैनी इस बात के अवसर देती है कि हम बदलाव के लिए काम करें और अपने दिल को उदार बनाएँ।

एक चीनी कहावत है कि 'पेड़ को लगाने का सबसे अच्छा समय बीस साल पहले था। दूसर सबसे अच्छा समय अब है'। मैंने अपना पेड़ लगा दिया है।

आंध्र से रिश्ते को और मज़बूती

आंध्र प्रदेश और मेरे बीच एक ख़ास तरह का रिश्ता है जिसको मैं तरह-तरह से पालता पोसता रहता हूँ। उसी कृष्णमूर्ति ने बाद में ट्वीट किया, 'सोनू सूद से प्रेरित होकर आंध्र प्रदेश के विजयनागरम के दो गाँवों ने अपने पैरों पर खड़े होने का फैसला किया है। पहाड़ी पर बसे अपने गाँव के लिए सन् 1947 से स्थानीय प्रशासन से सड़क की माँग करने के बाद हर परिवार ने दो-दो हज़ार रुपए जमा किए और अपने आप सड़क बना ली।

कृष्णमूर्ति ने यह भी बताया कि सालुर मंडल के चिंतमाला और कोदामा गाँव के करीब 250 परिवारों के लिए आवागमन का एक ही साधन था—डोली। गर्भवती महिलाओं को आपातकाल में इसी के ऊपर निर्भर रहना पड़ता था। कुल मिलाकर, बीस लाख रुपए जमा किए गए, जो दो ऋणों तथा

प्रत्येक परिवार द्वारा दिए गए दो-दो हज़ार रुपए से जमा हुआ था। गाँव वालों ने इसके बाद पड़ोस के उड़ीसा से जेसीबी मशीनें मँगवाई और चार किलोमीटर घाट रोड का निर्माण करवाया। गाँव वाले सोनू सूद के कारनामों से प्रेरित थे और उनको लगने लगा कि अपनी ज़रूरतों को पूरा करने के लिए दूसरों का इंतज़ार करने का कोई मतलब नहीं था। इसका प्रमाण कलिसेट्टी अप्पला नायडू ने दिया, जो पब्लिक अवेयरनेस फोरम के अध्यक्ष हैं, जो गाँव वालों के साथ समन्वय का काम कर रहे थे।

मेरा हमेशा से यह मानना रहा है कि जीवन में किसी को पुल बनाने की कोशिश ज़रूर करनी चाहिए, दीवार नहीं। यह सभी के लिए जीवन का सबक है। चाहे हमारा घर हो, समाज हो या सार्वजनिक जीवन, पुल रिश्तों को मज़बूत बनाने के काम आता है। दीवारें अलग करती हैं। हम लोगों को चयन ज़िम्मेदारी के साथ करना चाहिए।

अध्याय 4

एयरलिफ़्ट से राहत कार्य

नाम: सूची के लिए बहुत अधिक हैं, कुल 177
लोगों का विवरण: मज़दूर
जहाँ से निकाला गया: कोच्चि, केरल
पहुँचने का स्थान: भुवनेश्वर, उड़ीसा में उनके घर
कारण: बिना काम या आसरे के फँसे हुए थे

मैंने अनेक फिल्मों में काम किया है और अनेक तरह के किरदार निभाए हैं। लेकिन मैं फिल्म की काल्पनिक दुनिया से मोटे तौर पर अप्रभावित ही रहा जिसमें मैं काम के दौरान डूबा रहता था। कुछ किरदारों को छोड़कर, जिनको मैं उँगलियों पर गिन सकता हूँ, मैं कभी कुछ घर लेकर नहीं आया। कारण यह रहा कि वे किरदार मेरे अंदर रच बस गए। उदाहरण के लिए, *शहीद-ए-आज़म*(2002) में स्वतंत्रता सेनानी भगत सिंह का किरदार या फिर मेरी फिल्म *अरुंधति*(2009) का किरदार पशुपति, जिसके लिए मुझे प्रतिष्ठित नंदी सम्मान मिला था। नहीं तो कैमरे के सामने या पर्दे पर जो कुछ भी हुआ, उसका मेरे निजी जीवन पर कोई असर नहीं पड़ा। निश्चित रूप से मुझे ऐसा अहसास कभी नहीं हुआ कि पर्दे से कुछ उतरकर बाहर आ गया

हो और मेरे जीवन का हिस्सा बन गया हो। लेकिन महामारी के बाद वह भी बदल गया जब दुनिया भर में अफ़रा-तफ़री मच गई। मैं बड़े पैमाने पर लोगों को घर भेजने में लगा हुआ था कि मुझे एक बार और रोंगटे खड़े कर देने वाला अनुभव हुआ।

एक फिल्म है जिसमें मेरा कोई रोल नहीं था, लेकिन जिसने मुझे बहुत प्रभावित किया वह है *एयरलिफ़्ट*(2016), राजा कृष्ण मेनन की फिल्म जिसमें अक्षय कुमार ने कुवैत में रहने वाले भारतीय व्यापारी रणजीत कात्याल का रोल किया था। जिसने उस समय कुवैत से 1,70,000 भारतीय नागरिकों को वहाँ से बाहर निकाला था, जब सद्दाम हुसैन ने कुवैत पर आक्रमण किया था। उस समय मेर गला भर आया था जब अंत में विजयी हवाई उड़ान के बाद अक्षय कुमार ने तिरंगा हवा में लहराया था। देशभक्ति की फिल्मों का मेरे ऊपर प्रभाव पड़ता है। और किसी कारण से *एयरलिफ़्ट* फिल्म मेरे साथ बनी रही, इसका मेरे ऊपर गहरा प्रभाव पड़ा। इस फिल्म का मेरे ऊपर कैसा असर था, वो 29 मई 2020 को प्रकट हुआ। मुझे ऐसा लग रहा था मानो यह सब पहले से तय रहा हो कि मैंने अनेक राज्यों से बहुत से फँसे हुए लोगों को निकाला और ज़रूरत पड़ने पर हवाई जहाज़ से भी निकाला। केरल के कोच्चि से 177 महिला-पुरुषों को हवाई जहाज़ से उठाया गया और उड़ीसा के भुवनेश्वर पहुँचाया गया। इस योजना में इतना कुछ विस्तृत था और लोगों को उठाने में इतनी बातों का ध्यान रखना था कि मुझे लग रहा था मानो मैं *एयरलिफ़्ट* फिल्म देख रहा था।

मेरा अपना *एयरलिफ़्ट* थ्रिलर तब शुरू हुआ जब मुझे ट्विटर के टाइमलाइन पर एक मैसेज मिला, यह कहानी भी अक्षय की फिल्म की तरह ही है। मुझे यह बताया गया कि कोच्चि के पास एर्नाकुलम में 167 महिलाएँ फँसी हुई थीं, जिनको वहाँ से निकालकर उड़ीसा पहुँचाना था। लड़कियाँ वहाँ एक एमब्रायडरी के वर्कशॉप में काम करती थीं। वहाँ दस लड़के भी थे जो प्लंबर, बिजली का काम करने वाले और इसी तरह के छिटपुट काम करने वाले थे और फैक्ट्री के आसपास ही रहते थे।

केरल में लॉकडाउन लागू होते ही फैक्ट्री बंद हो गई, जिसके कारण सभी उड़िया मज़दूर निस्सहाय लग रहे थे। लड़कियों के पास रहने की जगह तो नहीं ही थी, खाने को भी कुछ नहीं था। उनको मलयालम भाषा भी टूटी-फूटी ही आती थी, जो वहाँ बोली जाती थी। कहने का मतलब है कि उन लोगों के पास पैसे नहीं थे और वे असहाय थे। लेकिन उन्हें सबसे अप्रत्याशित क्षेत्र से मदद मिली। किसी ने इन लड़कियों को यह बताया कि वे मुझसे संपर्क करें और तब मुझे ट्विटर पर उनका मैसेज मिला।

मेरी टीम के लिए यह बहुत बड़ा और दिमाग को सुन्न कर देने वाला अभियान था। उनको फ़ैक्ट्री से लाने के लिए स्थानीय तौर पर कोई गाड़ी नहीं मिल रही थी। उनकी बस एक ही इच्छा थी: 'चाहे जो हो जाए, हम लोगों को घर जाना है'। मुझे यह पता चला कि वे सब उड़ीसा में केंद्रपाड़ा ज़िले की रहने वाली थीं।

स्थानीय तौर पर गाड़ी उपलब्ध नहीं थी और देश के सभी एयरपोर्ट बंद थे, कई स्तरों पर अनुमति लेने की ज़रूरत थी, तालमेल बनाया जाना था। एक बार फिर एक इंजीनियर की तरह पूरी कार्रवाई का काग़जी खाका बनाया गया।

उसके बाद, मैंने पहले एयर एशिया के कुछ अधिकारियों से संपर्क किया। जब उनको यह विश्वास हो गया कि मेरा अनुरोध कितना सच्चा था और उसके ऊपर किस तरह तत्काल कार्रवाई की ज़रूरत थी तो वे इसके लिए तैयार हो गए कि वे बेंगलुरु से कोच्चि एक जहाज़ भेज देंगे और उन लड़कियों को हवाई जहाज़ से भुबनेश्वर पहुँचा देंगे। उधर केरल में हम लोगों को कम-से-कम सात बसों का इंतजाम करना था ताकि 167 लड़कियों को एर्नाकुलम से निकालकर समय से कोच्चि एयरपोर्ट पहुँचा दिया जाए ताकि वे हवाई जहाज़ पकड़ कर भुबनेश्वर जा सकें। लेकिन यह सब शायद ही कभी इतनी आसानी से होने वाला काम था।

जब बसों में सवारियों को बिठाया जाने लगा तो एक मुश्किल और आ पड़ी। वहाँ मौजूद पलंबर तथा अन्य कामकाजी भी, जिनकी संख्या दस थी, उन लड़कियों के साथ घर जाना चाहते थे। लेकिन फैक्ट्री के

सुरक्षा गार्डों ने उनको बस पर सवार नहीं होने दिया। जब उनमें से एक ने मुझे फोन मिलाया और मदद की माँग की तो एक बार फिर बातचीत शुरू हुई, इस बार बातचीत फैक्ट्री के सुरक्षा गार्डों से हुई और वे मान गए और उन्होंने उन लोगों को बस में सवार होने की अनुमति दे दी। जैसा कि हर अभियान में होता था कि मुझे हर वक्त फोन पर उपलब्ध होता पड़ता था कि कहीं आख़िरी पल कुछ गड़बड़ न हो जाए, कहीं से कोई और अनुमति न लेनी पड़ जाए। मेरे लिए यह संभव नहीं था कि मैं किसी और को ज़िम्मेदारी सौंप दूँ और अपने एयरकंडीशन कमरे में सोने के लिए चला जाऊँ। समाधान के रास्ते मेरी आवाज़ से खुलते थे, इसलिए मुझे फोन पर बने रहना होता था।

मुझे यह याद नहीं कि दो-दो एयरपोर्ट को खुलवाने की चुनौती से निपटने के लिए मुझे कितने फोन करने पड़े थे। जब तक दोनों शहरों के एयरपोर्ट के अधिकारी इस बात को लेकर निश्चिंत नहीं हो गए कि यह आकस्मिक अवस्था थी, उन स्त्री-पुरुषों को अपने-अपने घर जाना था, तब तक मुझे लोगों से बातें करते रहना पड़ा। मैंने तब जाकर राहत की साँस ली जब दोनों एयरपोर्ट हवाई जहाज़ को उड़ने देने और उतरने देने के लिए तैयार हो गए।

फैक्ट्री के कर्मचारियों का सफ़र तीन बजे सुबह शुरू हुआ। कोच्चि में सुबह करीब पाँच बजे वे हवाई जहाज़ में सवार हुए और भुबनेश्वर क़रीब 10:30 बजे उतरे। इससे पहले जब तक वे जहाज़ में सवार नहीं हो गए तब तक उन 177 लोगों में डर का भाव बैठा हुआ था, उनको कुछ समझ नहीं आ रहा था कि आगे उनके साथ क्या होने वाला था। उधर मुंबई में हम लोग भी दाँतों तले ऊँगली दबाए हुए थे, हम अलग ही तनाव में थे। हर मोड़ पर हमारे लिए बेचैनी थी, हम इस बात को अच्छी तरह से समझ रहे थे कि एक गड़बड़ी हुई नहीं कि यह पूरा ऑपरेशन गड़बड़ हो जाएगा।

उस दिन करीब बीस घंटे तक मैं सोया नहीं। जब तक कि एयर एशिया का जहाज़ भुबनेश्वर में उतरा नहीं, तब तक मेरी सांसें थमी रही। जब वे केंद्रपाड़ा पहुँच नहीं गए, तब तक मेरी पलक नहीं झपकी।

आपने मिशन एयरलिफ़्ट के बाद मुझे यह समझ में आया कि व्यवसायी रणजीत कात्याल को अपने ऑपरेशन के लिए कितनी परेशानी उठानी पड़ी होगी, कितना बड़ा वह ऑपरेशन रहा होगा और उनको कितना संतोष मिला होगा जब कुवैत में फँसे सभी भारतीयों को वह सुरक्षित भारत पहुँचा पाए होंगे। ऐसा कम होता है कि जीवन कला की नकल करे और वह कला जो ख़ुद जीवन की घटनाओं से प्रेरित रही हो, यानी वास्तविक जीवन में एयरलिफ़्ट का जो काम मैंने किया था वह अक्षय कुमार की फिल्म जैसी लग रही थी जो अपने आप में सच्ची घटनाओं पर आधारित थी।

177 लोगों के लिए ज़ाहिर है कि यह दोहरी ख़ुशी जैसी रही होगी। प्रवासी मज़दूरों को मैंने बस या ट्रेन से उनके घर भिजवाया। लेकिन केरल से उड़ीसा जाने वाले यात्रियों के लिए यह एक तरह से घुमक्कड़ी जैसी हो गई, क्योंकि उनकी तकलीफ़ आनंद में बदल गई; उनमें से अधिकतर यात्री ऐसे थे जिन्होंने जीवन में पहली बार हवाई यात्रा की थी, जिससे वे ख़ुश थे और एक साँस में इसको अपने घर वालों को सुना रहे थे। इस तरह, अनजाने में मैंने उनको केवल घर वापस नहीं पहुँचाया, बल्कि एक तोहफ़ा भी दे दिया। जहाँ तक मेरी बात है, तो मैंने उनको दोहरी ख़ुशी का अहसास करवाया, मैंने उनको उत्साह से भर दिया और यात्रा की शुरुआत से पहले वे जिस तनाव में थे, उसकी जगह उनके अंदर उत्साह भर गया।

मैं यह मानता हूँ कि आनंदित हृदय से कोई शुक्रिया नहीं कहता बल्कि यह कृतज्ञता से भरा दिल होता है जो ख़ुशी से भर उठता है। मेरे उड़िया साथियों ने कई तरह से मेरा आभार व्यक्त किया।

जिस दिन वे घर पहुँचे तो उन लोगों ने मुझे बहुत सारे टेक्स्ट मैसेज किए और अगले दो महीने तक उनमें से कई लोग मुझसे लगातार संपर्क में बने रहे। मुझे हर सुबह मैसेज मिलते थे और वे सोने से पहले मुझे गुड नाइट का मैसेज भेजते थे। वे इतना अधिक कृतज्ञ महसूस करने लगते थे कि उनमें से कई भावुक होकर इस तरह की शपथ लेने लगते, 'सोनू भाई, हम आपके लिए जान भी दे सकते हैं'। यह सब सुनकर दिल भर आता था क्योंकि वे

केवल कहने के लिए नहीं कह रहे थे, बल्कि यह बात उनके दिल के अंदर से निकल रही थी।

उन 177 यात्रियों में से एक यात्री इस बात से इतना आभारी महसूस कर रहा था कि उसने मेरा एक आदमकद कट आउट बनवाया और भुबनेश्वर में चौक पर उसको लगवा दिया और उसके बाद अन्य लोगों के साथ उसको माला भी पहनाया।

एक दिन अचानक सुबह जागने पर अगर आप पाएँ कि आपका कार्टून बना हुआ है जिसका शीर्षक था, 'जहाँ भी उम्मीद है वहाँ सोनू सूद है'? इसके साथ मेरी एक तस्वीर लगी हुई थी, जिसमें मेरी गर्दन के पास 'मानवता' लिखा हुआ था, मेरे बदन पर 'वैक्सीन' लिखा था और नीचे लिखा था वैक्सीन के आने तक हमें बचाने वाला इकलौता आदमी। ट्विटर पर मेरी प्रतिक्रिया यही थी कि मैंने दो ईमोजी भेज दिए—एक जुड़े हुए हाथ और दूसरा शर्माता हुआ चेहरा।

चूँकि मैं इसी तरह से महसूस करता हूँ। जब मेरे लिए तालियाँ बजाई जाती हैं, मेरी तारीफ की जाती है तो मैं कृतज्ञता से भर जाता हूँ और यह मेरे हौसले को इतना बढ़ा देता है कि मुझे उसी दिशा में आगे बढ़ने के लिए प्रेरित करने का काम करता है। इसी तरह, जब मैं यह देखता हूँ कि मुझे सुपरमैन आदि बताया जा रहा है तो मैं अंदर से शरमा जाता हूँ। मैं भी एक इंसान हूँ और ख़ुशक़िस्मत हूँ कि मुझे ऐसे अभियान के नेतृत्व के लिए चुना गया। एक अभिनेता को तरह-तरह की प्रशंसा मिलती है, लोग उसे नायकों की तरह पूजते हैं। लेकिन यहाँ तो इसलिए प्रशंसा मिल रही थी, क्योंकि मैं लोगों को मुश्किल दौर में बचा रहा था, यह उससे बहुत अलग था जब आपको फिल्मी सितारे के रूप में पूजा जाता है और यह सब बहुत दुर से होता है। आप जानते हैं कि जब कोई प्रवासी आपके नाम पर दुकान का नाम रखता है या अपने बच्चे का नाम आपके नाम पर रखता है तो यह अलग तरह की पूजा होती है। यह इस बात की पुष्टि होती है कि मैंने कोई अच्छा काम किया है। इस पुष्टि ने मेरी सुई को आगे और कुछ करने के लिए प्रेरित कर दिया।

अवसर एक बार फिर मेरी खिड़की को खटखटाता हुआ आया। जिस तरह से जो लोग बसों और ट्रेनों से घर गए तो लोग जत्थों में आने लगे, जब कोच्चि से भुबनेश्वर हवाई यात्रा की ख़बर दूर देश किर्गिस्तान पहुँची, तो यह मेरे लिए सीखने का एक और मौका था। दो राज्यों से यह दो देशों और दो महादेशों की बात हो गई, जिनके साथ बातचीत करके उनको तैयार करना था। जैसे किर्गिस्तान में भारत के राजदूत से बात करना। जिस हवाई जहाज़ से विद्यार्थियों को किर्गिस्तान से लाया जा रहा था उसमें छात्र मेरे पोस्टर लहरा रहे थे और इसकी तस्वीरें चारों तरफ फैल गई।

आप ऐसी बातों की योजना नहीं बना सकते। यह ग़ज़ब था। मैं कभी किर्गिस्तान नहीं गया लेकिन आज मुझे उससे एक गहरा जुड़ाव महसूस है। मैं उस देश को देखना चाहता हूँ। मैं गोरखपुर जाना चाहता हूँ और वहाँ जाकर वेल्डिंग शॉप देखना चाहता हूँ। मैं दरभंगा जाकर उस छोटे से बच्चे को देखना चाहता हूँ। मोगा बॉय से मैं ग्लोबल मैन बन चुका हूँ।

किर्गिस्तान में फँसे चार हज़ार विद्यार्थियों को सफलतापूर्वक भारत लाने का इंतजाम करने के बाद, अलग-अलग महादेशों से मुझसे अनुरोध किए जाने लगे कि और कनाडा, उज़बेकिस्तान और फिलिपींस जैसे देशों से भी फँसे हुए लोग मुझसे मदद माँगने लगे। ईमानदारी से बताऊँ तो एक भी आदमी जो मुझ तक पहुँचता है और मेरे ऊपर विश्वास जताता है उससे मेरा उत्साह बढ़ता है।

'साहसी आदमी विश्वास से भी भरपूर होता है', रोमन दार्शनिक मारकस सिसेरो ने कहा है।

मेरे अंदर कूदने का साहस है और यह विश्वास है कि मैं किनारे से लग जाऊँगा।

'मैं उन वेल्डर्स में से एक हूँ जिनको सोनू सूद सर ने केरल से केंद्रपाड़ा पहुँचाया था। मेरे बूढ़े माता-पिता हैं, पत्नी और दो बेटियाँ हैं और सब मेरे घर वापसी के लिए बेचैन थीं। अब मुझे लौटे हुए कई माह हो चुके हैं और मैंने यहाँ वेल्डिंग शॉप खोला है जिसका नाम सोनू सूद सर के नाम पर रखा

है। धंधा मंदा है क्योंकि गाँव के आसपास महामारी के कारण हालात ठीक नहीं हैं। लेकिन मैं यहीं रहूँगा। अब ऐसा लग रहा है, जैसे यह मेरे जीवन की दूसरी पारी हो क्योंकि जब कोरोना अपने पूरे ज़ोर पर था तो आगे अँधेरा दिखाई दे रहा था। हम लोग किस तरह सोनू सूद सर का आभार व्यक्त करें? मेरे ख़याल से, हम लोगों को कड़ी मेहनत करनी है और प्रेरित बने रहना है'।

-प्रशांत कुमार प्रधान

अध्याय 5

एक त्रासदी
तीन नौजवान

दिनांक: जून 2020 का कोई दिन
नाम: सिंहती सुधीर, संतोष मनी एवं अमन काठेड़
स्रोत: ऑस्ट्रेलिया में मेलबोर्न, सिडनी तथा डार्विन
गंतव्य: उड़ीसा, मध्य प्रदेश
कारण: पिता की मृत्यु

'संयोग तीसरी बार घटित नहीं होता।'

जिसने भी यह ज्ञान की बात कभी कही हो उसको महामारी के कारण हुए लॉकडाउन के दौरान हमारे आंदोलन में होना चाहिए था।

यह बहुत अधिक डरावना था लेकिन तीन अलग-अलग घटनाओं की भयानक समानता ने एक दारुण संयोग को जन्म दिया।

मुझे आस्ट्रेलिया से तत्काल मदद के तीन फोन आए, तीनों अलग-अलग जगह से थे लेकिन तीनों का मकसद एक था: फोन की दूसरी तरफ तीनों लड़के थे और तीनों को भारत इसलिए आना था क्योंकि

उनको अपने-अपने पिताओं के अंतिम संस्कार करने थे। जब वे दूसरे महादेश में फँसे हुए थे, तभी उनके साथ यह त्रासदी घटी। अलग-अलग पृष्ठभूमियों के ये लड़के अपने शहर नहीं पहुँच सकते थे, क्योंकि हवाई यात्रा पर पाबंदी थी और भारत में आने के बाद क्वारंटीन का पालन भी करना पड़ता।

उन लड़कों के साथ मेरी पूरी सहानुभूति थी क्योंकि अपने पिता को खोने के तीन साल बाद भी मैं अभी तक सहज नहीं हो पाया हूँ। मैं समझ सकता हूँ कि पिता और बेटे का रिश्ता कितना ख़ास होता है। 'अपने पिता को खोना उस आदमी को खोना होता है जिससे आप सलाह लेते हैं, मदद लेते हैं, जो आपको उसी तरह सहारा देते हैं जिस तरह पेड़ का तना अपनी शाखाओं को सहारा देता है'। *लाइफ़ ऑफ़ पाई* के कनाडाई लेखक और मैन बुकर प्राइज़ के विजेता यान मार्टेल की यह बात सही है। अपने पिता को खोना उसी तरह होता है जैसे पेड़ अपना तना खो दे, हम लोग उसकी शाखाएँ हैं।

जैसा कि मैंने पहले ही कहा कि अपने पिता को मैंने 7 फरवरी 2016 को अचानक खो दिया, और आज भी उसकी उदासी मेरे ऊपर छाई रहती है। आस्ट्रेलिया के जिन तीन लड़कों के दुःख के साथ मुझे भावनात्मक जुड़ाव महसूस हो रहा था, उनके विपरीत मैं किस्मत वाला था कि जिस दिन मेरे पिता का देहांत हुआ, उस दिन मैं मोगा में था। मैं बता नहीं सकता कि मैंने यूँ ही उस दिन सारा दिन पिता के साथ बिताया और जब हम गुड नाइट कह कर सोने के लिए गए तो हमें क्या पता था कि वे सदा के लिए विदा कह रहे थे।

जब मैं ख़ुशी-ख़ुशी सोने के लिए गया, क्योंकि मैंने सारा दिन अपने पिता के साथ बिताया था, तो मुझे इस बारे में ज़रा भी इल्म नहीं था कि मैं अब उनको कभी जीवित नहीं देख पाऊँगा।

लेकिन ऐसा ही हुआ। ज़िंदगी ने मुझे क्रूर झटका दिया जब आधी रात को उनको दिल का दौरा पड़ा और इससे पहले कि मेरी छोटी बहन और मैं उनको लेकर अस्पताल जाते, उन्होंने अंतिम साँस ले ली। मेरे दुख का

पारावार न था। मुझे अभी भी वह दुःस्वप्न जैसा लगता है कि जिससे जब मैं जागूँगा तो पाऊँगा कि मेरे पिता मेरी बगल में हैं।

हाई स्कूल ग्रेजुएट्स को संबोधित करते हुए मिशेल ओबामा ने अपने पिता की मृत्यु के बारे में कहा, 'मैं आप लोगों से यह बताना चाहती हूँ कि वे मेरे दिल के छिद्र थे। उनका जाना मेरे लिए ज़ख़्म जैसा है'।

मैं उन तीन लड़कों के दिल के दर्द को समझ सकता था जिन्होंने मुझे आस्ट्रेलिया से फोन करके बताया कि उनको अपने-अपने पिता की अंतिम क्रिया के लिए जाना था। मैं अच्छी तरह से इस बात को समझता था कि उन लोगों को उस समय कैसा ख़ालीपन महसूस हो रहा होगा। मैं बेचैन हो गया और मैंने तीनों से ख़ुद बात की। मैं कुछ समय के लिए ही सही, उनके दर्द पर मलहम लगाना चाहता था।

जब उनके पिता की मृत्यु हुई तो सिंहती सुधीर मेलबोर्न में थे और वह अपने पिता की अंतिम क्रिया के लिए उड़ीसा जाना चाहते थे और ऐसी त्रासदी के वक़्त में अपने परिवार के साथ रहना चाहते थे। संतोष मनी सिडनी में पढ़ते थे और उनको अपने पिता के अंतिम संस्कार के लिए दिल्ली होते हुए भुबनेश्वर जाना था। वे दोनों एक दूसरे को जानते नहीं थे, लेकिन आश्चर्य की बात यह थी कि उनके हालात एक समान थे। इसी तरह का दुःख पच्चीस साल के अमन काठेड़ का भी था। वह डार्विन में काम करता था और मध्य प्रदेश में नागदा पहुँचना चाहता था।

किसी ने कहा है, 'संयोग एक ज़रिया है जिसके माध्यम से ईश्वर गुमनाम बना रहता है'। उन लड़कों को ईश्वर ने ही मुझ तक पहुँचाया था।

मध्य जून में राकेश नाम के एक व्यक्ति ने घर *भेजो* के मेरे एक सहयोगी और नीति गोयल के पास इंस्टाग्राम पर संपर्क किया। उसने उनसे बताया कि उसके दोस्त अमन के पिता का देहांत हो गया है और उसको भारत आना है। जब नीति के पास सभी ज़रूरी जानकारी आ गई तो नीति ने मुझे बताया कि मध्य प्रदेश में प्रदीप काठेड़ का देहांत हो गया था और उनका बेटा आस्ट्रेलिया में परेशान था। यह सुनकर तत्काल मैंने अपनी मशीनरी को काम में लगाया, जितनी जान पहचान थी सबको आज़माया

ताकि अमन सिडनी से दिल्ली की फ्लाइट में आ जाएँ।

मैंने दिल्ली में एक आईएएस सुमन सिंह से बात की, जिन्होंने हवाई जहाज़ से उतरते ही अमन को एयरपोर्ट से बाहर निकलने में मदद की और उनको नागदा पहुँचाया। उनके पिता की उम्र 50 साल से कुछ ही अधिक थी और वे स्वस्थ थे कि उनको दिल का दौरा पड़ा। अमन की माँ और छोटे भाई को कुछ समझ में नहीं आ रहा था कि दुःख की उस घड़ी में क्या किया जाए। दोनों को अमन के साथ की ज़रूरत थी, उनके होने से उनको बल मिलता।

मैंने अमन से कई बार बात की ताकि इस बात को सुनिश्चित किया जा सके कि तत्काल भारत लौटने के लिए सारे ज़रूरी इंतजाम हो जाएँ और दुःख की ऐसी घड़ी में वह अपनी भावनाओं को वश में रखे। उसके व्यवहार से मैं बहुत प्रभावित हुआ। अमन चार्ल्स डार्विन युनिवर्सिटी में रेज़िडेंट एँगेजमेंट ऑफिसर हैं और विश्वविद्यालय में बाहर से जो छात्र पढ़ने आते हैं, उनके कल्याण का काम देखते हैं। अपने पद के कारण वह अनुभवी लग रहे थे, समझदार और समर्थ। अपने पिता की अचानक मृत्यु के कारण वह बिलकुल नहीं बिखरे थे और उन्होंने अपने आपको बहुत अच्छी तरह सम्भाल रखा था।

आरमेनियन-अमेरिकी कवि डायना डेर-होवानेस्सियन ने अपनी कविता *शिफ़्टिंग इन द सन* में लिखा है, 'जब आपके पिता की मृत्यु होती है, ऐसा आर्मेनियाई में कहते हैं, कि आपका सूरज सदा के डूब गया, और अब आपको उनकी रोशनी में चलना है'। मेरी तरह, मुझे पक्का यकीन है कि ये लड़के भी अपने पिता की दिखाई रोशनी में अपने लिए रास्ता निकाल पाएँगे।

मैं उन तीनों लड़कों से अपने आपको जोड़ पा रहा था, क्योंकि मैं उस भावना को समझता था जो हमें हमारे परिवार से गहराई से जोड़ कर रखता है। माता-पिता में किसी एक की मृत्यु की कोई भरपाई नहीं की जा सकती। मैं यह भी समझ सकता था कि ऐसी हृदय विदारक त्रासदी में अंतिम क्रिया के लिए उन लोगों को अपने-अपने शहर पहुँचना था।

हालाँकि, महामारी काल में कहीं से भी आने जाने वालों को चौदह दिन क्वारंटीन में रहना था। इसलिए जब वे नई दिल्ली हवाई अड्डे पर उतरते तो उनको भारत सरकार के कायदों का पालन करना पड़ता। लेकिन हालात ऐसे थे कि उन लड़कों को बिना देरी किए हवाई अड्डे से निकलना था। मैंने उनकी तरफ से हस्तक्षेप किया, हवाई अड्डे पर स्वास्थ्य सेवा से जुड़े लोगों से बात की और उनको यह समझाया कि इन तीनों लड़कों के लिए कितना ज़रूरी था कि तीनों सीधे अपने-अपने घर पहुँचे ताकि अपने-अपने पिताओं की अंतिम क्रिया में शामिल हो सकें। मैंने निजी और विशेष रूप से अनुरोध किया जिसके कारण उन लड़कों को हवाई अड्डे से अपने घर जाने की अनुमति मिल गई। लेकिन मैंने उन लड़कों से यह कहा कि पिता की अंतिम क्रिया के बाद तत्काल वे अपने आपको क्वारंटीन कर लें।

अपने पिता की अंतिम क्रिया के बहुत बाद में अमन ने मुझसे लम्बी बात की। असल में, उसके अपने युनिवर्सिटी वापस जाने के पहले हम लोगों के बीच कई बार बात हुई। जाने के पहले उसने मुझे फोन करके नीति, सुमन सिंह और हम लोगों का बहुत आभार जताया कि समय पर हम लोगों ने उसकी ऐसी मदद की। उसने मुझसे कहा, 'सोनू सर, इस अनुभव से मैंने यह सीखा कि यह ज़रूरी नहीं है कि आप जिसको जानते हों उसी की मदद करें। कई बार एकदम अजनबी भी आपकी मदद करते हैं। जैसे मैं आपके लिए एक अजनबी था, लेकिन आपने मेरी उससे कहीं आगे बढ़कर मेरी मदद की जितनी कि किसी दोस्त या रिश्तेदार ने की होती। मैंने इससे सीखा है और हमेशा इस बात को याद रखूँगा। आपकी तरह मैं भी इस बात का पक्का ख़याल रखूँगा कि मैं जीवन भर अजनबियों की मदद को भी तत्पर रहूँगा। मैं आगे बढ़कर लोगों की मदद करूँगा, क्योंकि मैंने बहुत ध्यान से इस बात को देखा है कि आप स्वयं किस तरह चट्टान की तरह खड़े होकर लोगों की मदद कर रहे थे और संकट की उस घड़ी में आपने किस तरह मेरी मदद की'।

जर्मन वायुयान चालक और धार्मिक नेता डीटर एफ उह्डोरफ ने कहा है, 'जब हम अपने आपको दूसरों की सेवा में लगा देते हैं तो हम अपने जीवन

और अपनी ख़ुशी को खोज पाते हैं ।

मैं अप्रैल 2020 से अपनी ख़ुशी की खोज की इस यात्रा में में लगा हुआ हूँ। अमन के वादे से ऐसा लगता है कि मैंने कुछ सकारात्मक प्रभाव ज़रूर पैदा किया है।

अध्याय 6

स्वास्थ्य ही धन है :
अनेक बीमारियों का एक इलाज

यह सच है कि चाँदी के टुकड़े नहीं बल्कि स्वास्थ्य ही सच्चा धन होता है। इस कहावत के अनुसार अगर देखा जाए तो गरीबी रेखा से नीचे की गणना इस तरह की जानी चाहिए कि स्वास्थ्य सेवा तक उनकी पहुँच कैसी है। स्वास्थ्य सुविधाओं तक पहुँच इस बात के ऊपर निर्भर नहीं रहना चाहिए कि आप कहाँ रहते हैं या आपकी जेब में कितने पैसे हैं।

बहुत पहले 1966 में मार्टिन लूथर किंग जूनियर ने अफ़सोस जताते हुए कहा था, 'सभी प्रकार की असमानताओं में, स्वास्थ्य सेवाओं में अन्याय सबसे तकलीफ़देह और अमानवीय है'। यह भेदभाव अक्षम्य कहा जाएगा कि पाँच दशक से भी अधिक समय के बाद भी स्वास्थ्य सेवा की पहुँच आज भी हमारे देश में बहुत बड़ी आबादी तक नहीं है।

ज़ाहिर है, सरकार की आलोचना आसान है और इस तरह के उद्धरण लिखना भी कि, 'हमारी स्वास्थ्य व्यवस्था न तो स्वस्थ है, न ही यह किसी का ध्यान रखती है बल्कि यह अपने आप में कोई व्यवस्था ही नहीं है'।

सवाल यह है कि हम और आप इस बारे में कुछ क्यों नहीं करते हैं?

हॉलीवुड अभिनेता ब्रैड पिट ने कहा था, 'आइए हम स्वीकार करें कि

हम इस बात को नहीं मानते हैं कि हर तीन सेकेंड में एक बच्चा महज़ इसलिए मर जाता है क्योंकि उसके पास वह दवाइयाँ नहीं होती हैं जो आपके और हमारे पास उपलब्ध हैं। हम स्वीकार करें कि हम इस बात से संतुष्ट नहीं है कि आपके जीने का अधिकार इस बात से निर्धारित होता है कि आपका जन्म कहाँ हुआ है। विरोध जताएँ, खुलकर बोलें'।

मैं यह कहना चाहूँगा कि भाई अगर आप सच में साहसी हैं तो इस विषय में सच में कुछ करना चाहिए। केवल खुलकर बोलना ही काफी नहीं होता, कुछ कर दिखाना अधिक प्रभावी होता है। और जब मेरा और मेरी टीम का सामना ऐसे लोगों की भीड़ से हुआ जिनको गंभीर बीमारियाँ थीं, लेकिन इलाज की सुविधा नहीं थी तो हम लोगों ने वही करने का निश्चय किया।

किसी को यह समझने के लिए डॉक्टर होने की ज़रूरत नहीं है कि कहीं भी स्वास्थ्य का मुद्दा दबाव के कारण बिगड़ा है। और इससे बड़ा दबाव और क्या हो सकता है कि जब बीमारी के अलावा परिवार को गंभीर आर्थिक संकट से भी गुज़रना पड़ रहा हो ?

स्वास्थ्य तक पहुँच अच्छे इरादे के साथ की जानी चाहिए। लेकिन हम यह जानते थे कि हम डॉक्टर नहीं थे जो अपनी सेवाएँ दे सकें। आत्म-चिंतन के बाद हमें यह समझ आया कि हम यह कर सकते थे कि हम लोगों के जीवन से इस दबाव को दूर करने की कोशिश करें कि जिनके पास साधन नहीं हैं और उनकी स्वास्थ्य सेवाओं तक पहुँच नहीं है।

इस तरह, इलाज इंडिया नामका ऐप जिसका अर्थ 'रोगमुक्त भारत बनाओ' भी है, सितम्बर 2020 में अस्तित्व में आया।

जब हम लोगों ने मानवता के अपने इस मिशन की शुरुआत की तो हमारे पास असंख्य लोग मदद की गुहार लगाने लगे और वे अलग-अलग रूपों में मदद की गुहार लगा रहे थे। जब हमारे मिशन को कुछ सप्ताह हो गए तो हम लोगों ने यह पाया कि जिस तरह से चिंताजनक ढंग से मदद की गुहार बढ़ती जा रही थी वह स्वास्थ्य से जुड़े मामलों को लेकर था। आर्थिक मदद की माँग इसका एक हिस्सा था। एक और मसला था मरीज़ों के लिए स्वस्थ्यकर्मियों की माँग। उनको दवा की ज़रूरत होती थी, उनको

डॉक्टर से दिखाने की ज़रूरत होती थी, और उनको इसके लिए इंतजाम की ज़रूरत होती थी। इसकी शुरुआत एक घबराहट भरे फोन कॉल से हुई जो किसी ने ऑपरेशन करवाने के लिए किया था और धीरे-धीरे इनकी संख्या बढ़ती चली गई और फिर धीरे-धीरे परम्परागत तरीके से उनसे निपट पाना असंभव हो गया।

शुरू में, हम लोगों ने इन सभी को छिटपुट मामलों के रूप में देखा और बिना किसी व्यवस्थित योजना के लोगों की मदद कर रहे थे। हम यह आकलन करने के लिए नहीं रुके कि किसी इंसान को चिकित्सा सुविधा पहुँचाने के लिए कितना समय लग जाता है। हम लोगों को अस्पतालों को बिस्तर के लिए फोन करना पड़ा और दूसरी तरफ हमने सर्जन को फोन किया कि हमें उनका समय और उनकी विशेषज्ञता की ज़रूरत है। हम लोगों को अस्पतालों के बाहर दवा की दुकानों में अपना खाता खोलना पड़ा ताकि हर मरीज़ को चिकित्सा की सुविधा मिल सके।

और फिर इसे पारंपरिक तरीके से करना बिल्कुल असंभव हो गया। जब आप मदद करते हैं और लोगों को उम्मीद दिखाई देती है तो बात फैल जाती है। आख़िरकार, स्वास्थ्य उम्मीद पैदा करता है और उम्मीद से ही दुनिया चलती है।

लेकिन हम लोग तैयार नहीं थे। मदद की गुहार बड़े पैमाने पर आने लगी। शुरू में एक या दो अनुरोध आए, उसके बाद रोजाना बीस-बीस आग्रह आने लगे और इससे पहले कि हमें यह पता चलता तब तक तो तूफ़ान आ गया। जब तेज़ी से आग्रह बढ़ने लगे तो हम यह समझ गए कि हम एक-एक करके सभी मामलों को नहीं देख सकते। स्वास्थ्य बहुत बड़ी चिंता है जो हर व्यक्ति से संबंधित है और इसके लिए स्थायी और पेशेवर ढाँचे की ज़रूरत है। हम लोगों को सोच-समझ कर आगे बढ़ना था और तत्काल समाधान के बारे में सोचना था।

क्या हमारी छोटी सी टीम जिसके पीछे प्रेरणा यह थी कि गरीब लोगों के दुःख दर्द को कम करने के लिए कुछ किया जाए, बदलाव में कुछ मदद कर सकती थी?

लेखक और नृविज्ञानशास्त्री मार्ग्रेट मीड ने कहा है, 'यह कभी नहीं मानना चाहिए कि कुछ परवाह करने वाले लोग दुनिया को बदल नहीं सकते। क्योंकि वास्तव में, क्योंकि सब शुरू में ऐसे ही होते हैं'।

हमारा यह मानना था कि हम कम-से-कम यह तो कर ही सकते थे कि एक ठोस कदम उठाएँ। ऐसे में हम सब लोगों ने मिलकर इलाज इंडिया ऐप बनाया जिसके माध्यम से इलाज चाहने वालों और इलाज करने वालों के बीच संपर्क बनाया जाए।

मेरे छह महीने के 'भारत की खोज' में मैंने यह पाया कि सैकड़ों लोग ऐसे हैं जो बुनियादी स्वास्थ्य सुविधाओं तक भी नहीं पहुँच सकते। ऐसे हालात में, अधिक उन्नत चिकित्सा व्यवस्था तक पहुँच उनके दायरे में थी ही नहीं। मेरे दरवाज़े पर आंध्र प्रदेश, तेलंगाना, चेन्नई, कर्नाटक, उत्तर प्रदेश तथा अन्य राज्यों और नगरों से लोग आने लगे, सभी को इलाज की ज़रूरत थी। मेरी टीम के पास अपने बच्चों को कंधे पर उठाए हुए माता-पिता आते थे और मदद की गुहार लगाते।

जब हम लोगों ने अचानक लोगों की मदद के लिए कदम बढ़ाया, तो हमने अनेक लोगों का इलाज उनके घर या घर के सबसे नज़दीक स्थानों पर करवाया। मेरे और मेरी टीम के द्वारा अनेक लोगों के ऑपरेशन करवाए गए, लेकिन जब यह तादाद बढ़ने लगी तो हम लोगों ने बैठकर इसके दीर्घकालीन समाधान पर विचार किया।

इसके लिए एक ऐसे मंच की ज़रूरत थी जिसके माध्यम से मरीज़ों को डॉक्टरों और अस्पतालों से जोड़ा जा सके। हम लोगों ने इलाज इंडिया पर अंधाधुंध तरीके से काम किया। इस काम में मैं ख़ुद लग गया और मैंने अलग-अलग तरह की विशेषज्ञता वाले डॉक्टरों से बात की और उन लोगों से यह वादा किया कि वे अपने शेष जीवन में हर महीने कम-से-कम एक मरीज का ऑपरेशन मुफ़्त में करेंगे। विंस्टन चर्चिल ने कहा था, 'जो हमें मिलता है उससे हम जीवन यापन कर सकते हैं, लेकिन जो हम देते हैं उससे हम एक जीवन बना सकते हैं'। डॉक्टर और सर्जन अपने कौशल से एक जीवन बनाते हैं। अब वे इसके लिए तैयार हो गए थे कि वे अपने

हुनर से महीने में एक बार एक जीवन बचाएँगे, जिसके लिए वे पैसे भी नहीं लेंगे।

अगर इसमें लगने वाले घंटों की गणना की जाए तो कुछ सप्ताह के अंदर ही मैंने देश भर के करीब 50 हज़ार डॉक्टरों को जुटा लिया। डॉक्टरों और सर्जनों ने यह वादा किया कि वे इलाज इंडिया के साथ हाथ मिलाएँगे और उनसे जब तक संभव हो सकेगा तब तक वे हर महीने एक ऑपरेशन मुफ़्त में करेंगे।

यह जानना सुखद था कि इतने सारे डॉक्टर इसके लिए तैयार हो गए कि वे ऐसे लोगों के लिए भी अपनी सेवाएँ मुफ़्त में देंगे जिनसे वे कभी मिले ही न हों। एक बार फिर, मैं ऊपर वाले का शुक्रगुज़ार हूँ कि उन्होंने मुझे ऐसी पहचान दी जो कई दरवाज़ों के लिए चाबी का काम कर रही है।

सौभाग्य से, इलाज इंडिया इसलिए चल पड़ा क्योंकि डिजिटल इंडिया का तेज़ी से विस्तार हुआ है, जिसके कारण देश के दूर-दराज के इलाक़ों में भी ऐप का उपयोग कर पाना सहज सरल हो गया है।

जब एक बार यह चल निकला तो यह आसान हो गया। उदाहरण के लिए, गोरखपुर में कोई मरीज़ अगर किसी तरह की चिकित्सा सहायता चाहता है तो वह इलाज इंडिया ऐप में अपने केस के बारे में जो भी काग़ज़ है, उसको अपलोड कर सकता है। हम अपनी तरफ से उसका अध्ययन करके उपयुक्त डॉक्टर की तलाश करते हैं जो उसका इलाज कर सकता हो। सही डॉक्टर से संपर्क होते ही, अस्पताल में बेड आदि का इंतजाम कर दिया जाता है और उसके बाद हम इंतज़ार करने लगते हैं कि गोरखपुर वाले उस मरीज को जल्दी से जल्दी इलाज मिल जाए।

इलाज इंडिया का लक्ष्य है मरीज़ को कम-से-कम समय में नज़दीक से नज़दीक स्थान पर सबसे अच्छी और संभव मदद दी जाए। हमारी कोशिश यह होती है कि हम उसका ऑपरेशन या इलाज ऐसी जगह पर करवाने में मदद करें जो उसकी पहुँच से बहुत दूर न हो। लेकिन हम दिल्ली या मुंबई जैसे महानगरों में भी उसके इलाज का इंतजाम करवा सकते हैं, यह इस बात पर निर्भर करता है कि इलाज की ज़रूरत कितनी जल्दी है और मरीज़ के पास समय कितना है।

24 सितम्बर 2020 को *रिपब्लिकवर्ल्ड.कॉम* ने लिखा, 'बॉलीवुड अभिनेता और समाजसेवी सोनू सूद ने *इलाज इंडिया* पहल की शुरुआत की है। यह अभियान बच्चों को चिकित्सा सेवा और इलाज को समर्पित है। *इलाज इंडिया* एक हेल्पलाइन नम्बर है जिसका लक्ष्य है अभाव की दूरी को पाटना और सभी लोगों को स्वास्थ्य सुविधा मुहैया करवाने में मदद करना। किसी भी मरीज़ को इलाज की ज़रूरत है तो वह हेल्पलाइन को कॉल कर सकता है और संस्था उस मरीज़ के इलाज के लिए या किसी गम्भीर ऑपरेशन के लिए धन का इंतजाम करेगी'।

इलाज इंडिया का अब बच्चों से आगे भी विस्तार हो चुका है; अब यह सभी उम्र के मरीज़ों के लिए उपलब्ध है।

मेरे लिए *इलाज इंडिया* का जन्म तब हुआ जब मुझे यह पता चला कि हज़ारों भारतीय किस बुरी तरह से चिकित्सा सुविधाओं की कमी से जूझ रहे हैं। आँकड़े देखकर मैं हिल गया: 2019 में अविश्वसनीय रूप से भारी तादाद में बच्चे इलाज के अभाव में मर गए। यह संख्या किसी भी विकासशील देश की ऐसी संख्या से अधिक है। यह समस्या तब और भी गम्भीर हो गई जब मुझे यह पता चला कि मरीज़ों की बढ़ती तादाद तुलना में सरकारी अस्पतालों की संख्या कम है। अस्पतालों और मरीज़ों दोनों के ऊपर जो दबाव है वह परेशान करने वाला है और इसको ठीक किए जाने की ज़रूरत है।

इसके अलावा, अच्छे नर्सिंग होम और मेडिकल सेंटर की भी कमी है, स्वास्थ्य बीमा के दायरे में सीमित लोग ही हैं, इसलिए जिनके पास यह सुविधा नहीं है उनको निजी अस्पतालों की सुविधा लेने के लिए अपनी जेब से धन देना पड़ता है। यह ऐसा बोझ है जिसे हज़ारों लोग अपने जीवन काल में उठा नहीं सकते।

इलाज इंडिया हेल्पलाइन नम्बर की स्थापना इसी बोझ को कम करने के लिए की गई है ताकि मरीज़ों को इलाज और ऑपरेशन के लिए धन मुहैया करवाया जा सके।

इसका नंबर है: 020–67083686.

इस नंबर पर मिस्ड कॉल करने से *इलाज इंडिया* टीम सक्रिय हो जाती है और मरीज़ के पास पहुँचकर उसको वहाँ से ले जाती है। यह ऐप मरीज़ों के इलाज में मदद करता है, जिसमें ट्रान्सप्लांट या किसी ज़रूरी ऑपरेशन भी शामिल है।

मेरा सपना है अधिक से अधिक ज़रूरतमंद मरीज़ों तक इलाज की सुविधा को पहुँचाना और यह बहुत बड़ी नेमत है कि मीडिया के माध्यम से *इलाज इंडिया* को प्रचार मिल रहा है। *गोवा क्रानिकल* ने छापा, '*इलाज इंडिया* एक हेल्पलाइन नम्बर है जो उन लोगों तक इलाज की सुविधा पहुँचाने का उपक्रम है जो धन के अभाव में इलाज नहीं करवा पाते हैं और इसका मकसद है सभी लोगों तक बेहतर चिकित्सा सुविधा का लाभ पहुँचाना'।

इलाज इंडिया को 'सभी के लिए' कहना बिलकुल सही है क्योंकि यह पहले ही समाजसेवा का वैश्विक अभियान बन चुका है जिसका मकसद है भारत और पूरी दुनिया में जरूरतमंदों को इलाज की सुविधा मुफ़्त या न्यूनतम कीमत पर पहुँचाना। यह दुनिया भर के डॉक्टरों, सर्जनों और चिकित्सकों का ध्यान उन ज़रूरतमंद लोगों की तरफ खींचेगा जिन्हें उन डॉक्टरों के अनुभवी हाथों से चिकित्सा की ज़रूरत है। और इस बात को पक्का करने के लिए कि केवल वही लोग डॉक्टर तक पहुँच पाएँ जिनके केस ज़रूरी हों, इसलिए सूद चैरिटी फाउंडेशन द्वारा ही जरूरतमंदों को उस दिशा में भेजा जाता है।

जब तक मरीज़ के साथ पैनल के डॉक्टर को जोड़ा जाता है, सोनू सूद चैरिटी फाउंडेशन हर मरीज़ से जुड़े मामलों की हर पहलू से जाँच कर यह देखता है कि वह कितना विश्वसनीय है। इसलिए जितने भी मामले आते हैं उनको फाउंडेशन द्वारा अच्छी तरह परखने के बाद ही उन मामलों को उपयुक्त डॉक्टर के पास भेजा जाता है।

मैं जिस काम में शामिल हुआ हूँ, उसने मेरे जीवन में भी कुछ वैकल्पिकता प्रदान की है। मैं यहाँ स्वास्थ्य परामर्शदाता टोनी शेपार्ड को उद्धृत करना चाहता हूँ: 'स्वस्थ नज़रिया संक्रामक होता है लेकिन इस बात का इंतज़ार नहीं कीजिए कि यह आपमें दूसरों से आए। आप ही इसका वाहक

बनिए'। हल्के-फुल्के ढंग से कहूँ तो एक यही वो चीज़ है जिसका वाहक आदमी को आजीवन रहना चाहिए।

मैंने यह तय किया है कि मैं वाहक बनूँगा और हर तरह से अपने 'नज़रिए' का प्रसार करूँगा। एक तरीका यह भी है कि मैं अपने सीमित समय का सदुपयोग करूँ और सहयोगियों के साथ केवल ऐसे मंचों और ब्रांडस के साथ जुड़ूँ जो दुनिया की बेहतरी के लिए हो।

मैं लोगों से साफ कहता हूँ, 'मैं आपके वेबिनार में आकर उसी शर्त पर बोलूँगा जब आप अपने मंच का इस्तेमाल किसी तरह की भलाई के लिए करेंगे'। इस तरह से 200 ऑपरेशन इसके बदले में किए गए। इसलिए यह मेरा नया रुख़ है: 'मैं आपके लिए आऊँगा अगर आप दुनिया के लिए बदले में कुछ भलाई का काम करेंगे'।

मैंने यह पाया है कि आपको सेवा के 'संक्रमण' का प्रसार करना होता है जो लोगों में फैले। आपको मुखर होकर यह कहना होता है कि आप क्या कर रहे हैं और आप दूसरों से क्या चाहते हैं। यह व्यावहारिक है कि आप अपनी शक्ति को ऐसे कामों में लगाएँ जिससे समाज का भला हो। मैं यह संदेश स्पष्ट तौर पर देता हूँ। मैं बहुत साफ तरीके से कहता हूँ, 'कृपया अपने संसाधनों, अपने ब्रांड की प्रसिद्धि और आपके साथ मेरे जुड़ाव का उपयोग बड़ी भलाई के लिए करें'।

जिस तरह से श्रेष्ठ उद्देश्य को अमली जामा पहनाना होता है ताकि समाज का रूपांतरण हो, उसी तरह बैठकर यह उम्मीद करना कि लोगों का जादुई रूप से हृदय परिवर्तन होगा और वे आगे बढ़कर सेवा का काम करने लगेंगे, तो यह ख़याली पुलाव ही होगा। आपको पहल करनी होती है, फोन उठाना पड़ता है और ज़रूरी फोन करने पड़ते हैं। हम में सभी लोग अगर पहाड़ नहीं तो पत्थर हिलाने की क्षमता तो रखते ही हैं। रास्ते से पत्थरों को हटाइए, बाधाओं को दूर कीजिए और सामाजिक लक्ष्य को हासिल करने की दिशा में काम कीजिए। मैं, 2020 का सोनू सूद इसका उदाहरण हूँ।

इलाज इंडिया के माध्यम से मैंने भारत को स्वस्थ बनाने का प्रयास किया है, मेरा प्रयास भारत को चिकित्सकीय और भावनात्मक रूप से जोड़ने

का है। हम आप अपनी सुरक्षा के लिए बीमा करवाते हैं तथा चिकित्सा सुविधा लेते हैं जो हम ऊँगली से एक बार बटन दबाकर हासिल कर सकते हैं। लेकिन जब देश के स्वास्थ्य की बात आती है तो हम बोलते अधिक हैं, काम कम करते हैं। किसी समस्या के बारे में महज़ सोचना, कुछ करने का विकल्प नहीं हो सकता। *इलाज इंडिया* मेरी कोशिश है रोज़-रोज़ पहले से भी कुछ ज़्यादा करने की।

महात्मा गांधी ने कहा था, 'अपने आपको पाने का सबसे अच्छा तरीक़ा यह है कि स्वयं को दूसरों की सेवा में लगा दिया जाए'। इलाज इंडिया के माध्यम से मैंने अपने आपको कुछ और हासिल कर लिया है।

अध्याय 7

संयुक्त राष्ट्र द्वारा ब्रांड को बढ़ावा

मेरा हमेशा से मानना रहा है कि सम्मान कोई उपहार नहीं होता, आपको उसे हासिल करना होता है।

29 सितम्बर 2020 की शाम मेरे लिए ख़ास थी क्योंकि अचानक मैं एंजेलिना जोली, डेविड बेकहम, लियोनार्दो डि केप्रियो, एम्मा वाटसन और लियाम नीसोन की असाधारण दुनिया में शामिल हो गया। इन जाने पहचाने बड़े नामों के साथ मेरा ऐसा क्या सामान्य है सिवाय इसके कि हम सभी अभिनेता हैं?

8:55

SDG ACTION AWARDS 2020

Found in Inbox

Dear Mr. Sonu Sood,

Greetings from UNDP!

Sustainable Development Goals – SDGs, were adopted by United Nations and all member countries on 25th September 2015. And to commemorate the same we have instituted the SDG ACTION AWARDS in partnership with Government of Punjab.

We at UNITED NATIONS DEVELOPMENT PROGRAMME - UNDP are very happy to share with you the news, that the Jury has decided to recognize your special contributions towards extending a helping hand to the needy in the wake of the pandemic.

As part of the inaugural edition of SDG ACTION AWARDS, you will be awarded with SDG SPECIAL HUMANITARIAN ACTION AWARD in a virtual ceremony to be held on 29th September 2020. Congratulations to you and your team!

Only 10 years are left for SDGs to be achieved and much needs to be done. We look forward to continuing to engage with you on SDGs in the coming Decade of Action for SDGs.

Regards

UN DP

REGIONAL HEAD, NORTH REGION

United Nations Development Programme

जब मुझे यह ईमेल मिला तो मुझे जैसे यकीन ही नहीं हुआ।

मैंने दस तक की गिनती की और कुछ सेकेंड के लिए मैं स्वयं को पहले से कुछ बड़ा समझने लगा, क्योंकि अब मैं उन मशहूर हस्तियों की सूची का हिस्सा बन गया था जिनको संयुक्त राष्ट्र की उस संस्था द्वारा सम्मानित किया जाना था।

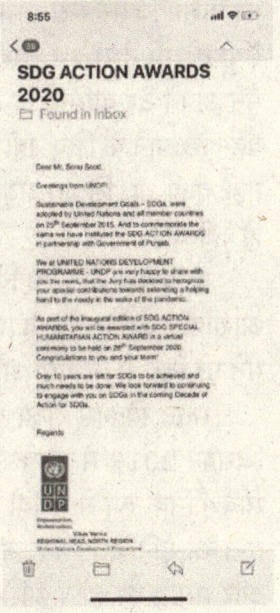

लेकिन जल्दी ही अभिमान की जगह विनम्रता का भाव मेरे ऊपर हावी हो गया। अमेरिका के तीसवें राष्ट्रपति कॉल्विन कूलिज के शब्द मेरे दिमाग में गूंजने लगे- 'किसी आदमी को कभी इस बात के लिए सम्मानित नहीं किया गया कि उसने क्या हासिल किया। उसको दिया गया सम्मान उसी का ईनाम होता है जो उसने समाज को या संस्थान को दिया हुआ होता है'।

संयुक्त राष्ट्र से जो मानपत्र मिला वह अपने आप में उसी वाक्य का विस्तार लग रहा था जिसमें लिखा था: निस्वार्थ भाव से मदद का हाथ बढ़ाते हुए लाखों प्रवासियों को घर पहुँचाने का काम, दुनिया भर में फँसे हज़ारों विद्यार्थियों की मदद का काम, बच्चों के लिए मुफ़्त शिक्षा तथा चिकित्सा सुविधा तथा कोविड 19 महामारी के काल में जरूरतमंदों के लिए रोज़गार का इंतजाम करने के लिए सोनू सूद को यूएनडीपी द्वारा प्रतिष्ठित सतत विकास लक्ष्य के लिए विशेष मानवीय गतिविधि सम्मान दिया गया है'।

29 सितम्बर को आभासी समारोह में यह उत्साहवर्धक प्रशंसा सुनने को मिली, जिसने मेरी साधारण टोपी में आश्चर्य का एक फुदना लगा दिया। संयुक्त राष्ट्र द्वारा इस तरह का सम्मान दिया जाना अतुलनीय था क्योंकि मैंने अपने देशवासियों के लिए अपने विनम्र तरीके से जो कुछ भी किया, वह कुछ पाने के लिए नहीं था। इसके बदले में मैंने कोई ईनाम या पुरस्कार नहीं चाहा था, सिवाय संतुष्टि की उस भावना के जो मुझे अंदर से महसूस हो रही थी।

हालाँकि, अंतरराष्ट्रीय स्तर पर पहचान और सम्मान एक ख़ास आशीर्वाद जैसा लगता है। सतत विकास लक्ष्य एक वैश्विक शपथ है जिसको मैंने पूरे दिल से निभाया और गर्व के साथ जीवनपर्यंत निभाता रहूँगा।

सतत विकास लक्ष्य को वैश्विक लक्ष्य के रूप में भी जाना जाता है, जिसको 2015 में इसके सदस्य राष्ट्रों द्वारा इसलिए अपनाया गया ताकि सार्वभौमिक रूप से गरीबी उन्मूलन हो सके, धरती का संरक्षण हो और इस बात को सुनिश्चित किया जा सके कि 2030 तक सभी लोगों के लिए शांति और समृद्धि का लक्ष्य हासिल हो।

जब मैंने यह शपथ ली कि 'कोई पीछे न रहे' तो मेरी अंतरात्मा प्रभावित हुई, यह संकल्प संयुक्त राष्ट्र के सदस्य देशों द्वारा लिया गया ताकि जो कतार में सबसे पीछे हैं उनके जीवन में तेज़ी से विकास हो सके।

मुझे यह वाकया दिल को छूने वाला लगा कि 'सबसे पीछे वाले सबसे आगे' होने चाहिए। यह बहुत अधिक सार्थक और उपयुक्त है, मुझे यह मुहावरा बहुत पसंद आया।

सतत विकास लक्ष्य को इसलिए निर्धारित किया गया है ताकि दुनिया में जीवन में बदलाव लाने वाले बहुत से शून्यों को हासिल किया जा सके, जिसमें गरीबी उन्मूलन, भूख, एड्स तथा स्त्रियों एवं बच्चों से भेदभाव के मामले शामिल हैं और जिनका ख़ात्मा ज़रूरी है। पूरी दुनिया की प्रगति के लिए यूएनडीपी बहुत अच्छा काम कर रही है, इन लक्ष्यों को हासिल कर लेने से धरती और मानवता को बहुत लाभ होगा, और मैं सौभाग्यशाली हूँ कि मैंने इस दिशा में आधिकारिक रूप से कुछ अच्छा योगदान किया है।

हालाँकि, मैंने इसकी चाह नहीं की थी लेकिन संयुक्त राष्ट्र से मिला यह पुरस्कार उन सारे सम्मानों-पुरस्कारों से बहुत आगे है जो मुझे अपने अभिनय के लिए मिलते रहे हैं। फिल्मी दुनिया दिखाने और विराट के रूप में दिखने की दुनिया है, इस पेशे से मुझे सदा प्यार रहेगा; इस दुनिया ने मुझे वह नाम और प्रसिद्धि दी जिसके कारण मैं कुछ कर पाता हूँ। लेकिन मानवता का काम इस इंद्रधनुष का दूसरा सिरा है, जीवन का सहज ज़मीन से जुड़ा पक्ष जहाँ मेरे जीवन का असली और मूल्यवान काम मेरा इंतज़ार कर रहा।

जब आपको जीवन में राष्ट्रीय और अंतरराष्ट्रीय स्तर पर सराहना मिलती है, जब आप ऐसी दुनिया में आ जाते हैं जहाँ आपके क्षेत्र के बहुत कम लोग पहुँच पाए, जब आप एक ऐसे मुकाम पर पहुँच गए हैं जहाँ आप सतत विकास लक्ष्य को हासिल करने के संदेश को पहुँचाने में यूएनडीपी की मदद करेंगे, तो यह आपको उसी तरह से विनम्र बना देता है जिस तरह से फलों से लदा पेड़ झुक जाता है। यह मैं सीधे दिल से कह रहा हूँ।

इसका एक स्वाभाविक और अनपेक्षित लाभ यह हुआ कि इन उपलब्धियों के कारण मेरे ब्रांड को बहुत फायदा हुआ। मैं इस संदर्भ में यहाँ

29 सितंबर को *इकनॉमिक टाइम्स* में केरोल गोयल के लिखे विचार लेख को अपनी तरफ से प्रस्तुत करना चाहूँगा: 'यूएनडीपी अवॉर्ड के साथ ब्रांड सोनू सूद का कद बढ़ा'।

'सेलिब्रिटी की दुनिया आजकल मादक द्रव्यों, भाई-भतीजावाद, आत्महत्या, हत्या, एक्टिविज़्म, राजनीति तथा अन्य तरह के आरोपों से प्रभावित है। 2020 में सोनू सूद निस्वार्थ सेवा तथा मानवता के प्रतीक के रूप में उभर कर आए हैं जिनके कामों ने सार्थक तरीके से दुनिया भर के लाखों नहीं तो हज़ारों प्रवासियों के जीवन को ज़रूर प्रभावित किया है। कल रात उनको अपने करियर का सबसे बड़ा सम्मान हासिल हुआ है: यूएनडीपी की ओर से मानवता के कामों के विशेष सम्मान। केवल सोनू सूद को ही नहीं, बल्कि हम सभी देशवासियों को इस सम्मान का जश्न मनाना चाहिए, क्योंकि यह अच्छे काम के बदले एक दुर्लभ मानवीय सम्मान है।

'गौरतलब है कि ऐश्वर्या राय बच्चन, शबाना आज़मी, मनीषा कोईराला, दीया मिर्ज़ा एवं लारा दत्ता भी संयुक्त राष्ट्र से जुड़ी रही हैं, लेकिन वे केवल गुडविल ऐंबेसेडर रही हैं। प्रियंका चोपड़ा ने भी इसी तरह देश में और अंतरराष्ट्रीय स्तर पर ऐंबेसेडर की भूमिका का निर्वाह किया है। कहने का मतलब यह है कि सोनू सूद बॉलीवुड के अकेले पुरुष अभिनेता हैं जिनको यूएनडीपी का सम्मान हासिल हुआ है। अतीत में, अमिताभ बच्चन, आमिर ख़ान और आयुष्मान खुराना ने यूनिसेफ के लिए काम किया है, लेकिन उनको भी संयुक्त राष्ट्र का कोई बड़ा सम्मान नहीं मिला है।'

यह सवाल करते हुए कि 'इस पुरस्कार से सोनू सूद के ब्रांड पर क्या असर पड़ेगा?' उन्होंने इसका विश्लेषण किया है, 'पिछले कुछ सप्ताह से सोनू ने कई कम्पनियों के साथ करार किया है जैसे एमफ़ाइन, स्पाइसजेट, एसर, पेप्सी, एडेलवीस इंश्योरेंस, आईजी इंटरनेशनल, इसके अलावा बहुत सी कम्पनियाँ "प्रवासियों के इस महात्मा" के साथ करार करने के लिए इंतज़ार में हैं। बॉलीवुड में अभी उथल-पुथल मची है, और प्रसिद्ध हस्तियों के साथ कम्पनियाँ करार करने को लेकर संशय में हैं, ऐसे में सोनू सूद का उदय ग़रीबों और जरूरतमंदों के मसीहा के रूप में हुआ है और इस कारण

वे ऐसे तमाम ब्रांडस उनके साथ करार करने के लिए सामने आ रहे हैं जो कमाई और मुनाफे से अधिक उपभोक्ता और उसके कल्याण को तरजीह देते आए हैं। हाल ही में मैंने एक क्लाइंट से बात की तो उसने इस बात को बहुत अच्छी तरह से सामने रखा, "सोनू सूद को देखकर सकारात्मकता का भाव पैदा होता है। वे मकसद से भरे, ईमानदार आदमी के रूप में दिखाई देते हैं। मैं उनके ऊपर भरोसा करना चाहता हूँ और उनमें यकीन करना चाहता हूँ। किसी मशहूर चेहरे के साथ करार करते समय यह भाव सबसे ज़रूरी होता है'"।

अपने बारे में यह पढ़कर तो मैं बहुत ख़ुश हो गया, 'सोनू सूद अन्य फिल्मी लोगों से मूल रूप से काफी भिन्न हैं', मैं यह स्वीकार करना चाहता हूँ कि जो मैं देख रहा हूँ वह यह कि धीरे-धीरे हमारा मिशन बड़े पैमाने पर स्वीकृत होता गया है, इसके बारे में बातें होने लगी हैं। ज़रा इस अकथनीय घटनाक्रम को देखिए: मैं एक मशहूर व्यक्ति बन गया हूँ। मैं इस चेहरे का उपयोग करते हुए प्रभावशाली लोगों तक पहुँच बनाता हूँ और उसके माध्यम से अपने समाज के भाई-बहनों के दुखों को दूर करने का प्रयास करता हूँ। इससे जिस तरह के संतोष का अनुभव मुझे होता है, उसको शब्दों में बयान नहीं किया जा सकता जो अंदरूनी तौर पर इससे होने वाला लाभ है। और बाहरी दुनिया में इस परोपकारपूर्ण कार्य से, जिसको मैं इंसान के रूप में अपना कर्तव्य समझता हूँ, मुझे लोगों का बेशुमार प्यार मिलता है, दुनिया भर में मेरी सराहना होने लगती है और अंतरराष्ट्रीय सम्मान मिलता है जिसके कारण अनचाहे ही मेरे ब्रांड का महत्व बढ़ जाता है। ब्रांड सोनू सूद में बढ़ोत्तरी से व्यावसायिक बाजार में मुझे एक अलग जगह मिलती है जहाँ कई सारे करार और अभियान साथ-साथ आते हैं। मैं उसका उपयोग समाज की भलाई के लिए ही करता हूँ, क्योंकि मैं जिससे भी करार करता हूँ उसके साथ मैं यह करार करता हूँ कि वे सभी किसी-न-किसी रूप में साधनहीनों के उत्थान के लिए काम करेंगे।

2020 वह साल था जब मैंने प्रस्तावों के अम्बार में से छांटकर अलग-अलग ब्रांडों के साथ साझेदारी की, ताकि वे शिक्षा में धन लगाएँ, ऑपरेशन

करवाएँ, जिनके पास घर नहीं हैं उनके लिए छत का इंतजाम करें, उनके घरों में रंग-रोगन करवाएँ तथा असंख्य लोगों के जीवन में सम्मान का भाव पैदा करें। उदाहरण के लिए, जब मैं श्याम स्टील के साथ ऐसे ही एक करार में शामिल हुआ, जो मेटल का एक प्रमुख ब्रांड है जो टीएमटी बार बनाने का का करता है, तो हम लोगों ने घर बनाने तथा ऐसे स्कूलों में 200 कक्षाओं के निर्माण की शुरुआत की जिनको आर्थिक मदद की ज़रूरत थी।

इसी तरह, मैंने विनम्रता के साथ पुरस्कारों के लिए मना करना शुरू कर दिया और आयोजकों से कहने लगा कि आप बदले में मुझे कुछ और पारितोषिक दीजिए। वह पारितोषिक इस रूप में कि आप आगे बढ़कर किसी ज़रूरतमंद व्यक्ति का ऑपरेशन करवा दीजिए। इलाज इंडिया ऐप इसका अन्य उदाहरण है। चूँकि चिकित्सा जगत के लोग हमारे साथ हैं और देश भर के अनेक अस्पतालों ने हमारे साथ शपथ ले रखी है कि वे हमें रियायती दरों पर प्राथमिकता के आधार पर अस्पतालों में बिस्तर तथा चिकित्सा सुविधाएँ प्रदान करेंगे, तो हम उनके लिए कड़ी का काम करते हैं, हम उसको मदद करेंगे जो दूसरों की मदद की स्थिति में होंगे।

मैंने तय कर लिया है कि मेरे वार्डरोब में एक और शाल नहीं चाहिए, मेरे टेबल पर एक और ट्रॉफी नहीं चाहिए। लेकिन मेरे दिल में इतनी जगह है कि एक और जान बचाई जा सके। इसलिए मेरी मदद इसमें कीजिए कि किसी घर के एक कमाऊ व्यक्ति को बचाया जा सके, इसमें मेरी मदद कीजिए कि वह अपने पैरों पर खड़े होकर अपने परिवार की देखभाल कर सके।

हम लोगों ने चार ऑपरेशन के साथ शुरुआत की, फिर यह आँकड़ा दोगुना हो गया और फिर हम एक दिन में चौदह से सोलह तक ऑपरेशन करने लगे। अक्टूबर के अंत तक हम लोगों ने देश भर में 600 से अधिक ऑपरेशन करवाए। यह कोई चौंका देने वाला आँकड़ा नहीं है, लेकिन इस गणित को समझिए। अगर किसी व्यक्ति के प्रयास से की गई शुरुआत में रोज़-रोज़ संख्या बढ़ने लगे, और इसमें उन सारे ब्रांड और आयोजकों के आँकड़े को जोड़ दीजिए तो आप पाएँगे कि यह संख्या बहुत तेज़ी से बढ़ने लगेगी।

यह बहुत ही आनंददायक और सुकून देने वाला काम है। आज मशहूर हस्तियों के साथ कम्पनियों के करार और विज्ञापन अभियान आम बात हैं और मैं भी उनका हिस्सा हूँ। लेकिन बाज़ार भाव से आगे बढ़कर ब्रांड से यह कहना कि वे समाज के लिए समर्पित भाव से कुछ करें, अपने आप में बहुत संतोष देने वाला होता है।

इन तारीफों से जो भी हासिल होता है, मैं उसको फिर से दुनिया की सेवा के लिए लगा दूँगा। उदाहरण के लिए, मुझे पता है कि मैं जो काम कर रहा हूँ उसके लिए मुझे मीडिया कवरेज़ बहुत अधिक मिला है, जिस दिन मैंने 15 अप्रैल 2020 को पहली बस को झंडी दिखाई थी उसी दिन से ऐसा हो रहा है। लेकिन मेरे अहम को संतुष्ट करने से अधिक इसने उन सारे सामाजिक कार्यों को प्रोत्साहित किया है, जो मैं करता रहा हूँ। अगर देश भर में मेरे अभियान को लेकर बात नहीं फैली होती तो जिन अधिकारियों से मैंने मदद माँगी उन्होंने आगे बढ़कर मदद नहीं की होती। अगर प्रवासी रोज़गार योजना को जनसमर्थन नहीं मिला होता तो इसके कारण लगभग पाँच लाख लोगों को अलग-अलग स्तरों पर काम नहीं मिला होता। मेरे *इलाज इंडिया* अभियान को इतने सारे डॉक्टर का समर्थन नहीं मिला होता, जिन्होंने आगे बढ़कर मुफ़्त परामर्श, इलाज और ऑपरेशन किए।

लोकप्रियता को परोपकार में बदलना सभी के लिए लाभ की स्थिति है।

इस ख़ुशहाली के सफ़र में मुझसे यह पूछा जाता है कि मानवीयता के जिस रास्ते पर मैं तेज़ी से बढ़ता जा रहा हूँ, क्या उसके कारण मैं पर्दे पर सकारात्मक भूमिका करने की सोचूँगा? मैं अमेरिकी लेखक वाल्टर लिपमैन की इस उक्ति में यकीन रखता हूँ: 'उसको सम्मान मिलता है जो अपने आचरण को आदर्श रखता है'। आपका प्रयोजन और आचरण सबसे ऊपर दिखाई देता है और वह आपके लिए सम्मान का भाव पैदा करता है।

मैं यह मानता हूँ कि दर्शक बड़ी होशियारी के साथ एक अभिनेता के व्यक्तित्व के दोनों हिस्सों को अलग-अलग करके देखता है- अगर सुनील दत्त ने पर्दे पर डकैत की भूमिका निभाई तो यह पर्दे के बाहर शांति और

भाईचारे के उनके कामों के राह में नहीं आई। साथ ही, मैं सैंतालीस साल का हो चुका हूँ, मेरे पास रास्ता बदलने का पूरा समय है, अगर ईश्वर की इच्छा हुई तो। हमेशा की तरह मैं यह सब उसी के ऊपर छोड़ देता हूँ जो सबसे बड़ा खिलाड़ी है, कठपुतली का खेल दिखाने वाला खिलाड़ी।

अध्याय 8

चेन्नई में रसोईये की मदद

नाम: *भोनु लाल*
उम्र: *28 साल*
पेशा: *घरेलू रसोईया*
बाहर लाया गया: *चेन्नई से*
गंतव्य: *मिर्ज़ापुर, उत्तर प्रदेश*
कारण: *दुर्घटना में पिता का घायल हो जाना*

15 अप्रैल 2020 पहला दिन था। मैंने मुंबई में फँसे 350 प्रवासी मज़दूरों को सहजता से घर पहुँचवाने के इंतजाम के साथ शुरुआत की। महामारी के चार महीने के दौरान घर भेजो अभियान ने दुनिया भर में फैले नब्बे हज़ार लोगों के जीवन को बदल कर रख दिया।

मैं अक्सर जब सोचने के लिए बैठता हूँ तो मुझे विश्वास ही नहीं होता कि मैंने क्या क्या किया। मैंने शुरुआत एक प्रसिद्ध व्यक्ति की आवाज़ के रूप में की थी जिसके पास साधन थे और इस बात की कुंजी थी वह पूरी तरह से असहाय लोगों के जीवन में कुछ उजाला ला सके। लेकिन कई बार रात को मैं इस बात को समझने की कोशिश में जगा रहता हूँ कि किस तरह

एक दृढ़ संकल्प देशव्यापी अभियान में बदल गया और देखते-देखते देश के बाहर तक यह पहुँच गया। जब मैं यह लिख रहा हूँ तो 'लॉकडाउन खोलने' की प्रक्रिया शुरू हो चुकी है, तब भी दुनिया के अलग-अलग हिस्सों से घर पहुँचाने के लिए अनुरोध आ रहे हैं।

मैं महज़ एक नेक इरादे वाला इंसान हूँ। आख़िर मैं किस तरह से एक ऐसे इंसान में तब्दील हो गया जिसके ऊपर ऐसे आदमी भी पूरी तरह भरोसा जताते हैं जो मुझसे पहले कभी मिले भी नहीं? आख़िर किस कारण से अच्छे उद्देश्य के साथ उठाया गया कदम बहुत बड़े जन अभियान में बदल गया? मैं यह सब सोचता रहता हूँ और इनके साथ असंख्य स्मृतियाँ जुड़ी हुई हैं जो पिछले महीनों की हैं। मेरे पास असंख्य तस्वीरें हैं, वीडियो हैं, असली ज़िंदगी की तस्वीरें हैं और घटनास्थल की बातचीत की तस्वीरें हैं, मैसेज़ हैं, ईमेल हैं, संवाद के हरसंभव माध्यमों से मैं बड़ी तादाद में लोगों के परिवारों का हिस्सा बन गया जो कल तक मेरे लिए पूरी तरह से अजनबी थे। टीम घर भेजो और मुझे इतने आभार संदेश मिले हैं जिनकी मैं गिनती भी नहीं कर सकता।

इतने सारे इंसानों की कहानियों के अलावा कुछ कहानियाँ ऐसी भी हैं जो असाधारण रूप से संवेदनशील होने के कारण अलग तरह से याद हैं। जिनके कारण डिनर टेबल पर खाते-खाते रुककर आप सोचने लगते हैं कि गरीबी को उस तरह से पोंछकर क्यों नहीं मिटाया जा सकता जिस तरह डस्टर से ब्लैकबोर्ड साफ किया जाता है। काश मेरे पास ऐसा कोई डस्टर होता। कुछ प्रसंग जो मुझे याद रह गए उनमें सबसे पहले मुझे याद आ रही है मिर्ज़ापुर के भोनु लाल की कहानी।

भोनु अट्ठाइस साल का घरेलू रसोईया है। वह अपने बहुत बड़े परिवार में वह अकेला रोटी कमाने वाला आदमी है। बूढ़े माता-पिता के अलावा उसके दो भाई और चार बहनें हैं, इस तरह उनका परिवार नौ लोगों का है।

वह मिर्ज़ापुर से बहुत दूर चेन्नई में एक मारवाड़ी परिवार के लिए काम करता था। उसको महीने के करीब 7500 रुपए मिल जाते थे, वह उस परिवार के साथ काम करके ख़ुश था। वह उस परिवार में कई साल से काम कर रहा था और चूँकि उसका परिवार उसी की कमाई के ऊपर निर्भर था,

इसलिए वह अपनी ज़्यादातर कमाई अपने घर ही भेज देता था। इस तरह की अवस्था में जो नौजवान होते हैं, उनके पास किसी तरह की कोई बचत नहीं होती। जब तक किसी को अपने अगले भोजन की चिंता न हो, तब तक किसी को कोई शिकायत नहीं होती है।

यह बात हृदय विदारक है कि बहुत सारे लोग इसी बात से कृतज्ञ महसूस करते हैं कि उनके पास खाने के लिए बहुत है और वे भविष्य के बारे में सोचते भी नहीं हैं। भोनु ऐसे ही लाखों युवाओं में एक है।

जब देश में सभी राज्यों की सीमाओं को लॉकडाउन की शुरुआत में बंद कर दिया गया और आना-जाना लगभग असम्भव हो गया था कि भोनु को घर से एक समाचार मिला जिससे वह टूट गया। उसके पिता सालिक राम, जो बचपन में मिट्टी के घड़े बेचकर अपनी जीविका चलाते थे, दुर्घटनाग्रस्त हो गए। दुबले-पतले, गंजे वह बुजुर्ग अक्सर सफ़ेद रंग का कुर्ता और पायजामा पहनते थे, उस दिन वे रोज़ाना की तरह टहलने के लिए गए थे। लेकिन जिस दिन दुर्घटना हुई उस दिन वे रेलवे लाइन पार करने की कोशिश कर रहे थे, लेकिन वे अपनी तरफ आती ट्रेन की आवाज़ नहीं सुन पाए। इससे पहले कि वे अपने आपको बचाने के लिए कूद पाते कि उनका एक पैर पटरी पर ही रह गया और ट्रेन आ गई। पलक झपकते ही उनका एक पैर कट गया।

जब इस दुर्भाग्यपूर्ण घटना की खबर भोनु के पास पहुँची तो वह स्वाभाविक ही घर जाने के लिए छटपटा उठा। लेकिन चेन्नई के लॉकडाउन में घर जाने का सपना देखना भी उस नौजवान के लिए असम्भव था। भोनु का दिल और सारा ध्यान मिर्ज़ापुर में था और वह शारीरिक रूप से चेन्नई में मौजूद था, इस कारण से भोनु बहुत दुखी था।

मुझे भोनु के पिता की एक तस्वीर मिली जिसमें उनका पैर कटा हुआ था और भोनु का अनुरोध था कि तमिलनाडु से यूपी जाने में उसकी मदद की जाए। यह एक ऐसे आदमी की पुकार थी, जिसे एक सुने जाने की ज़रूरत थी और उसको तत्काल राहत की ज़रूरत थी।

मैंने उससे निजी रूप से बात की और वह फोन पर मुझे अपनी तकलीफ़ बताते बताते रोने लगा। मैंने उसको भरोसा दिया कि मैं उसके

लिए कुछ करूँगा। इसका मतलब यह था कि उसको चेन्नई से बाहर जा रही किसी फ्लाइट में बिठाना और उसके घर पहुँचने का इंतजाम करना।

सौभाग्य से, बड़े महानगरों के बीच कुछ फ्लाइट उड़ने लगी थी और मैंने यह सुनिश्चित किया कि भोनु चेन्नई से दिल्ली जाने वाली फ्लाइट उसी शाम पकड़ ले। मेरी सहानुभूति उसके साथ थी क्योंकि मुझे यह पता था कि जब आप मीलों दूर हों और आपके माता-पिता के साथ कुछ हो जाए तो दिल पर क्या गुजरती है।

जब भोनु उसी दिन रात ढलने से पहले अपने घर पहुँच गया और कटे पैर में अपने पिता को देखा, तो फूट-फूट कर रोने लगा। वह इस बात के लिए भी बहुत आभारी था कि ऐसे वक्त में वह अपने परिवार के पास पहुँच गया, इसके लिए उसने "शुक्रिया" के साथ अपनी और अपने पिता की साथ वाली एक तस्वीर भेजी थी।

भोनु की यह दुखद कहानी मैं कभी नहीं भूल सकता। उसके साथ बाद में भी कई बार बात हुई। जब मैंने उससे कुछ दिन के बाद बात की तो वह अपने पिता के साथ डिस्पेंसरी गया था। यह बात मेरे लिए भी संतोषजनक थी कि एक बेटा अपने पिता के पास मिर्ज़ापुर पहुँच गया था, जब उसके परिवार को उसके साथ की बेहद ज़रूरत थी। जैसा कि मैं हमेशा कहता हूँ, मैं तो बस माध्यम हूँ।

कोई यह सवाल कर सकता है कि भोनु को चेन्नई में अपनी नौकरी भी तो छोड़नी पड़ी जबकि उसकी कमाई से उसके परिवार को अधिक सुविधा होती, न कि उसके वहाँ होने से। लेकिन वहाँ की हालत बहुत ख़राब थी।

भोनु के बड़े भाई को मिर्गी की बीमारी थी और उसको इलाज की ज़रूरत थी। वह अपने पिता को लेकर इलाज करवाने नहीं जा सकता था। उसका छोटा भाई अभी स्कूल में ही पढ़ रहा था और परिवार की ज़िम्मेदारी उठाने के लिहाज़ से उसकी उम्र बहुत कम थी। उम्मीद की किरण यह थी कि उसकी चारों बहनों की शादी हो चुकी थी और परिवार के उस संकट काल में उनके पतियों ने जितना हो सकता था, परिवार की मदद की। लेकिन भोनु

के बहनोइयों की भी अपनी चिन्ताएँ थीं और कोरोना काल में उनके लिए भी रोटी कमाना मुश्किल हो रहा था।

चारो तरफ से विपदा ने परिवार को घेर लिया था। भोनु ने चेन्नई में अपनी नौकरी छोड़ दी तो उसकी माँ, भाइयों और उसके पास जीवन-यापन के लिए कुछ भी नहीं था। अपनी उस छोटी उम्र का एक बड़ा हिस्सा उसने एक परिवार के लिए गरमागरम खाना पकाकर खिलाने में बिताया था, लेकिन अब वह अपने परिवार का पेट भरने की स्थिति में ही नहीं था। दो वक्त की रोटी जुटा पाना भी उन लोगों के लिए कठिन होता जा रहा था।

रोटी जुटाने के अलावा उसके पिता के इलाज का ख़र्च भी उनके जेब में छेद कर रहा था। इस बात से तो मुझे संतोष तो हो रहा था कि अट्ठाइस साल के उस नौजवान को मैं उस हाल में उसके घर पहुँचा पाने में कामयाब रहा जब उसके पिता को तत्काल इलाज की ज़रूरत थी, लेकिन उसकी आर्थिक स्थिति मेरी चिंता का कारण बन गई।

लेकिन इंसान के कुछ कर पाने की एक सीमा होती है। इसके अलावा, एक विचार यह था कि उन सभी लोगों को एक स्रोत के ऊपर ही निर्भर न रहने दिया जाए। दीर्घ अवधि की योजना यह है कि उसको और उसके जैसी अवस्था में रह रहे अन्य लोगों को आजीविका का निरंतर स्रोत दिया जाए जिससे कि वह अपने परिवार के साथ रहकर उसकी देखभाल भी कर सके। यह एक ऐसी बात है जिसकी पूर्ति कर पाना मेरे और मेरी टीम के लिए संभव नहीं है कि प्रवासियों को न केवल उनके घर पहुँचाया जाए, बल्कि उनकी आर्थिक चिंताओं को भी दूर कर दिया जाए।

जब तक महामारी पर पूरी तरह क़ाबू नहीं पा लिया जाता, तब तक हमारा मुख्य ध्यान लोगों को उनके घर पहुँचाने पर है। उनको अपने पैरों पर खड़े होने के लिए, 'नौकरी दिलाओ अभियान' घर भेजो अभियान के बाद का अगला चरण होगा।

जैसा कि पिछले महीनों के दौरान मैं यह कहता रहा हूँ कि हम लोगों ने जो कुछ भी किया, हम उसके लिए तैयार नहीं थे। लेकिन जब भी कोई नई चुनौती आती है, तो टीम घर भेजो योजना बनाने के लिए बैठ जाती है, रातों

की नींद ख़राब करती है, गहन मंथन करती है और किसी तरह से समाधान तक पहुँचने की कोशिश करती है ।

भोनु के मामले में भी हम लोगों को पूरा भरोसा था कि कोई न कोई समाधान मिल जाएगा ।

'सोनू सूद मेरी बेरंग ज़िंदगी में उम्मीद की रोशनी जैसे आए । जब मेरे पिताजी का पैर कट गया था, तब उन्होंने न केवल मुझे मेरे परिवार के पास पहुँचाया बल्कि पिछले कुछ महीने के दौरान उन्होंने लगातार हमारा हालचाल पूछा है । आज भी, कई बार मैं उनको मैसेज़ और वीडियो भेजता हूँ, क्योंकि बहुत कठिन समय में उन्होंने हमें जीवन दिया था । रोज़मर्रा के कामों में लगा रहता हूँ, लेकिन मैं यह सोचता रहता हूँ क्या कभी मैं मुंबई जा पाऊँगा और सोनू सर को आमने सामने देख पाऊँगा? यह विचार मुझे प्रेरित रखता है ।'

-भोनू लाल

अध्याय 9

एक ऑफ कैमरा शॉट

नाम: सुरेन्द्र राजन
उम्र: 80 से ऊपर
काम: फिल्म कलाकार
समस्या: बेरोज़गारी और अवसाद, अकेलापान
कहाँ से निकालना था: मुंबई के सुदूर उपनगर से
गंतव्य: पन्ना, मध्य प्रदेश

आपको *मुन्ना भाई एमबीबीएस* के मक़सूद भाई याद हैं, जो अस्पताल में काम करते थे और जिनको संजय दत्त से जादू की झप्पी मिलती है? वही सुरेन्द्र राजन हैं।

क्या आपने किसी सीनियर के साथ अच्छे माहौल में काम किया है लेकिन कभी उनके करीब नहीं रहे? और फिर एक दिन, वह दिल को छू लेने वाले अन्दाज़ में आपके जीवन में आ जाता है? मुझे यह अनुभव अपने सेवा-पथ पर मिला जिसका मैंने बीड़ा उठाया था।

आर...राजकुमार(2013) फिल्म की शूटिंग बिना किसी शोरशराबे के सामान्य तरीके से हुई थी। मेरे साथ सह-अभिनेता के रूप में सुरेन्द्र राजन जी थे, जो अस्सी साल से अधिक उम्र के कलाकार थे और उन्होंने बहुत सी फिल्में की हैं। *मुन्ना भाई एमबीबीएस* के अलावा उन्होंने *वीर सावरकर*(2001), द *लीजेंड ऑफ़ भगत सिंह* (2002) तथा *बोस: द फ़ोरगोटन हीरो*(2004) जैसी फिल्मों के अलावा विदेशी भाषा की भी अनेक फिल्मों में काम किया था।

'कई बार ज़िंदगी आपके सिर में ईंट मार देती है। लेकिन हिम्मत नहीं हारनी चाहिए'। हालाँकि ऐसा कहना, करने की तुलना में आसान है और मैं यही बात स्टीव जॉब्स से कहता। लेकिन सुरेन्द्र राजन के साथ जो घटित हुआ उसको देखते हुए यह कहा जा सकता है कि स्टीव जाब्स ने सही कहा था।

उनका घर मध्य प्रदेश में था और जब भी उनको कोई काम मिलता था तो वे यहाँ आते और मुंबई के सुदूर उपनगर में किराए के अपने छोटे से फ्लैट में रहते थे। 2020 के आरम्भ में वह मुंबई एक वेब सीरिज़ के लिए आए थे कि महामारी और उसके कारण हुए लॉकडाउन ने उनको तोड़ कर रख दिया। ज़िंदगी ने वास्तव में उनके सिर में ईंट मार दी।

बुजुर्ग सुरेन्द्र जी अपने उस छोटे से फ्लैट में अकेले थे। उनके परिवार के लोग और दोस्त साथी सब मध्य प्रदेश में थे, और यहाँ वे निपट अकेले पड़ गये थे। दो महीने का लॉकडाउन उनके लिए ऐसा था मानो किसी को एकांतवास दे दिया गया हो। अस्सी साल के एक बुज़ुर्ग के लिए यह वाकई असहनीय था।

काम धंधे बंद थे और उनके पास जो पैसे थे ख़त्म होते जा रहे थे और सबसे बुरी बात यह कि कोई साथ देने के लिए उनके पास भी नहीं था। ऐसा भी नहीं था कि उन्होंने मध्य प्रदेश वापस जाने की कोशिश नहीं की थी। उन्होंने बस या ट्रेन से मुंबई से बाहर जाने की अनेक कोशिशें की थीं। लेकिन उनको उनके शहर पन्ना ले जाने के लिए कोई गाड़ी नहीं मिली।

दो महीने तक लॉकडाउन में अकेले रहने के कारण चूँकि बाहर आना-जाना भी बंद था तो ऐसे में सुरेन्द्र जी को लगने लगा कि वे पागल हो जाएँगे। उनको घुटन महसूस होने लगी और उम्र के इस पड़ाव में अकेलापन उनको बेहद सता रहा था। अस्सी साल की उम्र में लॉकडाउन में फँसे आदमी के लिए यह दर्दनाक था।

पैसे भी ख़त्म होते जा रहे थे और उनको इस बात की भी चिंता हो रही थी कि वे अपना मासिक किराया किस तरह से चुकाएँगे। उन्होंने मुझे बताया कि उनका मकान-मालिक अच्छा आदमी था और वह कुछ महीने की छूट देने के लिए मान गया था। लेकिन सभी लोग अपने आत्मसम्मान का ध्यान रखते हैं। हम एक हद से अधिक दया का पात्र बनना नहीं चाहते। वे जिधर भी देखते, उनको अभेद्य दीवारें दिखाई देती थीं।

अंत में, जान-पहचान के एक आदमी के माध्यम से वे मेरे पास पहुँचे और उनका परिचय दिया गया *आर... राजकुमार* के अभिनेता के रूप में। ज़ाहिर है, यह ज़रूरी नहीं था। मैं जानता था कि वे कौन थे, वे बड़े सीनियर अभिनेता हैं।

सच में इस महामारी ने किसी को भी नहीं छोड़ा। जब मैंने सुरेन्द्र जी की कहानी सुनी, तो मैंने उनको तत्काल यह बताया कि उनको उनके घर पहुँचाने के लिए मैं जितनी कोशिश का सकता हूँ, वह करूँगा।

हम लोगों ने एक गाड़ी की व्यवस्था की जो उनको मुंबई से लेकर मध्य प्रदेश में उनके घर ले जाने वाली थी। उस यात्रा में ख़र्च होने वाली अतिरिक्त राशि का इंतजाम भी हम लोगों ने कर दिया।

सुरेन्द्र जी भावुक थे।

मुंबई में उन्होंने कई सप्ताह पड़ोसियों एवं परिचितों की दया और उनके ऊपर निर्भर रहते हुए बिताए थे। चूँकि वे अकेले रहते थे इसलिए बड़ी शिद्दत से यह चाहते थे कि वे लोगों से मिलें और उनसे बातचीत करें। बीच-बीच में उनका मन गर्मागर्म खाने के लिए भी मचलता था।

उनके लिए यह एक नई तरह की परेशानी थी क्योंकि कोरोना काल के पहले सब कुछ सामान्य था, तब वे फिल्म के सेट पर लोगों की चहल-पहल

के बीच रहते थे। उनको लोगों का साथ मिलता था, भोजन मिलता था और ख़र्च करने के लिए उनके पास पैसे होते थे। सामान्य दिनों में वे आराम से रहते थे, उनकी देखभाल ठीक तरीके से हो जाती थी।

लेकिन महामारी ने न केवल उनकी आजीविका छीन ली थी बल्कि कुछ हद तक उनकी प्रतिष्ठा भी, क्योंकि वे लोगों से कहते थे कि वे उनके आसपास रहें। कोई भी इंसान अपने परिचितों के ऊपर इस तरह से निर्भर रहना नहीं चाहता है।

लेकिन पन्ना में एक दोस्त के फार्म हाउस में पहुँचने के बाद उनको ऐसा लगा कि वे अब खुलकर साँस ले सकते थे। ऐसा लग रहा था मानो वे आज़ाद हो गए हों। वे बिना किसी बाधा के कहीं आ जा सकते थे। उन्होंने मुझे वहाँ से फोन करके यह बताया कि उनके दोस्त के फार्म हाउस के पास विशाल जंगल है जिसमें वे नियमित रूप से टहलने जाने लगे थे। वे जहाँ भी देखते उनको हरियाली दिखाई देती थी, ऐसा उन्होंने मुझे फोन पर बताया। मुझे इस बात से ख़ुशी हुई। मुझे बहुत राहत महसूस हुई क्योंकि मुझे उनके शारीरिक और मानसिक स्वास्थ्य की चिंता हो रही थी।

उन्होंने बड़े उत्साह से बताया कि वे अब कुछ स्केच बनाने लायक़ भी हो गए थे। सुरेन्द्र जी उन दुर्लभ अभिनेताओं में हैं जो चित्रकार भी हैं।

जब मैंने फोन पर उनकी आवाज़ में ख़ुशी सुनी, और मुंबई में अपने अपार्टमेंट से बाहर निकलने के बाद उनको जिस तरह की ख़ुशी महसूस हो रही थी, तब मुझे समझ आया कि किसी आदमी के लिए स्थान का कितना महत्व होता है, ख़ासकर बुजुर्ग लोगों के लिए। उनको मध्य प्रदेश की खुली फ़िज़ा बहुत पसंद थी जिसने उनका वापसी पर स्वागत किया। कहाँ तो यह लग रहा था कि वे धीरे-धीरे पागल होते जा रहे थे और पर अब सुरेन्द्र जी चहक रहे थे, वे पूरी तरह से बदले हुए इंसान लग रहे थे।

मुझे बहुत अच्छा महसूस हुआ जब मैंने यह सुना कि उन्होंने कई लोगों से यह कहा था, 'मैंने सुपरमैन, बैटमैन, स्पाइडरमैन आदि की टोपी पहने कई लोगों को देखा है। लेकिन मेरा यकीन कीजिए, सोनू वह सच्चा हीरो है जो मैंने अपने जीवन में देखा है। इस महामारी के दौरान उसने मेरे लिए

जो किया है, उसके लिए उसका जितना शुक्रिया अदा किया जाए कम है। यह एक विचित्र बात है कि वह मुझसे बहुत कम उम्र का है, लेकिन फिर भी मेरी निगाह में उसने मुझसे अधिक परिपक्वता दिखाई। मैं तो यह भी कहना चाहूँगा कि वह मेरी ज़िंदगी में देवदूत की तरह आया और उसने एक तरह से मुझे मानसिक और शारीरिक रूप से टूटने से बचा लिया। भगवान उनकी रक्षा करे।'

मैं हर दिन ख़ुद को भाग्यशाली समझता हूँ।

मैं नहीं बता सकता कि इतने वरिष्ठ सहकर्मी की मदद करके मुझे कितनी ख़ुशी महसूस हुई। हाल की बातचीत में, सुरेंद्र जी मुझे अक्सर याद दिलाते रहे कि आर... राजकुमार फिल्म की शूटिंग के दौरान हमारे बीच कितनी कम बातचीत हुई थी। और उन्होंने कई बार इस बात को दोहराया कि उन्होंने कभी इस बात की कल्पना भी नहीं की थी कि हमारे रास्ते इस तरह टकराएँगे। लेकिन यही जीवन है।

मुझे यह भी लगता है कि एक बार जब महामारी समाप्त हो जाए और जीवन पटरी पर लौट आए, जो कि निश्चय ही आएगा, तो मैं कुछ समय निकालकर सीनियर अभिनेताओं के साथ सेट पर बैठकर मिलूँगा। शायद, थोड़ी सी सौजन्यता किसी का दिन ख़ुशनुमा बना दे।

अध्याय 10

चैम्पियन की छाप

नाम: अमृतपाल कौर
उम्र: 23 साल
पेशा: जूडो-कराटे
स्थान: दिल्ली
कारण: घुटने का ऑपरेशन

'अकेले हम कितना कम कर पाते हैं, साथ मिलकर हम कितना कुछ कर सकते हैं।' हेलेन केलर के इन शब्दों से मैं सहमत हूँ क्योंकि मैं टीम के साथ काम करने वाला आदमी हूँ। जिस तरह से सभी कप्तान को करना चाहिए। शायद यह खेल के प्रति मेरे प्रेम से उपजा है। अगर मेरे अंदर फिल्मों में आने का जुनून नहीं होता तो मैं मैदान में पसीना बहाकर क्रिकेट में करियर बनाने के सपने के पीछे भाग रहा होता।

लेकिन मैंने स्टेडियम के स्थान पर स्टूडियो जाना चुना और अभिनय मेरा पेशा बन गया और क्रिकेट मेरा शौक रह गया।

क्रिकेट मेरे बचपन की पसंद था, मेरा सबसे प्रिय खेल। बड़े होने के बाद मैंने मेक अप और अभिनय को बैट और बॉल के स्थान पर अधिक तरजीह दी, लेकिन क्रिकेट से मेरा लगाव बरकरार रहा और मैं किसी न किसी तरह उससे जुड़ा रहता हूँ। चार साल पहले मुझे तब बहुत ख़ुशी हुई जब प्रो कबड्डी लीग की दिल्ली टीम ने मुझे अपना चेहरा बनाया। कबड्डी एक अन्य टीम भावना का खेल है जिसका नाम आते ही मेरे अंदर ऊर्जा का संचार होने लगता है।

अब पिता के रूप में मुझे इस बात से बहुत ख़ुशी होती है जब मेरे बेटे अयान को, जो ग्यारह साल का है, बहुत कम उम्र से विकेट, रन और कैचों के इस खेल के प्रति लगाव है। मैंने यह संकल्प लिया है कि उसके स्वाभाविक खेल को बढ़ाने का मौका दूँगा। और आगे चलकर उसको पेशेवर खिलाड़ी बनाऊँगा। हमारी बिल्डिंग के परिसर में मैंने नेट अभ्यास सत्र के लिए पिच बना रखा है, और मैं आसपास के बच्चों को प्रोत्साहित करता हूँ कि वे आएँ और अयान के साथ क्रिकेट खेलें। मैंने एक कोच भी रखा हुआ है जो हमारी बिल्डिंग के उन बच्चों को प्रशिक्षण देता है जिनकी क्रिकेट में सच में दिलचस्पी है।

मैं बिना किसी झिझक के इस बात को स्वीकार कर लेना चाहता हूँ कि यह मुझे अपने बचपन के शौक को पूरा करने का मौका भी देता है क्योंकि मुझे जब भी मौका मिलता है मैं बच्चों के साथ क्रिकेट खेलने लगता हूँ। अयान मुझे इस खेल में हरा देता है और जिसके कारण ज़ाहिर है, मुझे उसके पिता होने पर गर्व महसूस होता है।

मुझे इस बात से ख़ुशी मिलती है क्योंकि खेल का मतलब जीतना या हारना भर ही नहीं होता। यह आपको किसी भी क्षेत्र में अच्छा करने के लिए तैयार करता है। फिटनेस, एकाग्रता, इच्छा शक्ति, संकल्प, कड़ा अभ्यास, पेशेवर रुख़ और टीम भावना का विकास आपको किसी भी क्षेत्र में विजेता बनाते हैं।

'टीमभावना के द्वारा साथ मिलकर एक सामान्य लक्ष्य के लिए काम किया जाता है। यह निजी उपलब्धियों को संगठन के लक्ष्य के लिए लगाने

की क्षमता होती है। यह वह ईंधन होता है जो सामान्य लोगों को असामान्य नतीजे दे पाने में समर्थ बनाता है।' मैं इस बात में यकीन करना चाहता हूँ ऐंड्रयू कारनेगी की यह टिप्पणी मिशन घर भेजो अभियान की सफलता और इसके विकास को अच्छी तरह से परिभाषित करता है कि इसका विकास महज़ प्रवासियों को घर भेजने से बहुत आगे तक भी हुआ।

जैसे एक दिन एक लड़की ने मुझे ट्वीट करके कहा कि पटना के अस्पताल में उसको अपने माता-पिता के लिए जगह नहीं मिल पा रही थी, वे कोरोना वायरस से संक्रमित थे। और उसी दिन हम लोगों ने अधिकारियों से बात की और उनको अस्पताल में जगह दिलवा दी।

जैसा कि मैं 15 अप्रैल 2020 से कह रहा हूँ कि मैं इस काम में लम्बे समय तक रहने वाला हूँ। घर *भेजो* अभियान तो मेरे और मेरे टीम के लिए स्प्रिंग बोल्ट की तरह था जहाँ से उछाल मारते हुए हमने ख़ुद को हरसंभव दूसरों की सेवा में लगाया।

टीम भावना और खेल की इस पृष्ठभूमि में मैं एक बहुत ख़ास बात बताता हूँ कि कोविड 19 लॉकडाउन के दौरान हमें देश की एक बहुत प्रतिभाशाली महिला खिलाड़ी को बचाने का बहुत ख़ास मौका मिला।

एक सुबह मेरी नींद किसी अनिकेत गुप्ता के मैसेज से खुली। मैं उनको नहीं जानता था लेकिन उन्होंने अपना परिचय कराटे चैम्पियन अमृतपाल कौर के दोस्त के रूप में दिया था।

अमृतपाल भारतीय कराटे टीम की सदस्य हैं और कई अंतर्राष्ट्रीय प्रतियोगिताओं में वह देश का प्रतिनिधित्व भी कर चुकी हैं। उनकी उपलब्धियाँ शानदार हैं। 2015 में 8वें राष्ट्रमंडल कराटे चैम्पियनशिप में वह गोल्ड मेडल लेकर आई थीं। 2018 में एशियन फेडरेशन कराटे चैम्पियनशिप्स में उन्होंने कांस्य पदक जीता। वह दक्षिण एशियाई कराटे चैम्पियनशिप में तीन बार की गोल्ड मेडलिस्ट हैं।

मैं यह बात बेझिझक कहना चाहता हूँ कि अमृतपाल हमारे देश की गर्व हैं, क्योंकि मेरे लिए हर वह खिलाड़ी सलाम के काबिल है जो भारत को दुनिया के नक़्शे पर लेकर आता है। हम लोगों को उनकी परवाह करनी

चाहिए, उनको इज्जत देनी चाहिए और उनको प्रोत्साहित भी करना चाहिए। और आपको यह बात पहले से ही पता है कि बचपन से ही मुझे ऐसी स्त्रियों से लगाव रहा है जिन्होंने कुछ हासिल किया हो।

अमृतपाल के दोस्त के मैसेज़ से मुझे यह पता चला कि उस चैम्पियन खिलाड़ी के घुटने में ज़ख़्म आ गया था जब वह केएआई प्रेसिडेंट कप 2020 में हिस्सा लेने गई थी, जिसका आयोजन 8 जनवरी को हुआ था, यानी महामारी के ठीक पहले(केएआई का अर्थ है कराटे असोसिएशन ऑफ़ इंडिया)।

रॉकी बालबोआ फिल्म में सिलवेस्टर स्टैलोन कहते हैं, 'बात यह नहीं है कि आप कितनी ज़ोर से किक मार सकते हैं, बल्कि बात यह है कि आप कितनी ज़ोर का झटका खाकर आगे बढ़ते रह सकते हैं'। अमृतपाल इस चैम्पियन की मानसिकता का जीता-जागता उदाहरण है। घायल होने के बावजूद कभी हार न मानने के एक खिलाड़ी के भाव से अमृतपाल ने अपने अभ्यास सत्र को बरकरार रखा जिसके कारण उनके घुटनों में ज़ख़्म बढ़ गया। अब वह परेशान थीं।

जिस मेडिकल टीम ने उनका परीक्षण किया उसका कहना था कि उन्हें तत्काल ऑपरेशन की ज़रूरत थी क्योंकि उनके घुटने के एक प्रमुख लिगामेंट में गहरा ज़ख़्म आ गया था।

लेकिन आर्थिक कठिनाइयों के कारण अमृतपाल अपना मनचाहा इलाज नहीं करवा पाई। आर्थिक रूप से कमज़ोर परिवार में वह सबसे छोटी थीं और उनके माता-पिता के लिए यह मुश्किल था कि वे उनका इलाज करवा पाएँ। अमृतपाल ने खेल संघ और संबद्ध मंत्रालय से भी मदद की माँग की थी। लेकिन न जाने किस कारण से अधिकारियों ने समय पर उनको जवाब नहीं दिया और मार्च के मध्य में देश में लॉकडाउन लागू हो गया। इसके कारण उनकी परेशानी और बढ़ गई, जिससे न केवल उनके ऑपरेशन में देरी हो गई बल्कि आर्थिक परेशानियाँ भी हो गई।

वह बहुत अधिक तकलीफ़ में थीं और अपने ऑपरेशन का ख़र्च भी उठाने में असमर्थ थीं, जिसके बाद ही वह अपने पैरों पर खड़ी हो सकती थीं।

मुझे इस बात ने बहुत भावुक कर दिया। मैंने कभी इस बात की कल्पना भी नहीं की थी कि देश के एक प्रतिभाशाली खिलाड़ी को भी कोविड 19 महामारी का दंश झेलना पड़ेगा।

लेकिन अमृतपाल हार मानने वालों में नहीं थीं इसलिए उन्होंने आर्थिक मदद के लिए हरसंभव माध्यमों से गुहार लगाई। लेकिन सभी जगह उन्हें निराशा ही हाथ लगी, मानो वह दीवार से सर टकरा रही थी। उनको कहीं से मदद नहीं मिल पा रही थी, कुछ भी काम नहीं आ रहा था। जो काम आया वह उनका अथक संकल्प था। यह ऐसा था जैसे वह अपने आपको रोकने की हर कोशिश को नाकाम कर देना चाहती थीं। वह अपने सामने की हर परेशानी को कराटे की भाषा में कहें तो 'ज़ुकी' कर देना चाहती थीं यानी मार भगाना चाहती थीं।

उस हालत में भी वह महत्वाकांक्षी लड़की विश्व चैम्पियनशिप में जगह पाने की कोशिश कर रही थी(जो आख़िरकार लॉकडाउन के कारण टल गया)। वह हरसंभव मदद की कोशिश में लगी थीं, उन्होंने अपने एक दोस्त से कहा कि वह मेरे टाइमलाइन पर जाकर लिखे।

मैं 8 जुलाई 2020 को उन लोगों के संपर्क में आया और उसके बाद उनके साथ बातचीत के बाद मुझे यह पता चला कि उन्होंने एशियाई और विश्व चैम्पियनशिप में भारत का प्रतिनिधित्व करने के लिए क़र्ज़ लिया था क्योंकि हमारी सरकार ऐसे एथलीटों को कोई मदद नहीं देती। साधनहीन, एक खिलाड़ी और एक महिला जिसने कोई मुक़ाम बनाया हो – इसने मेरे भीतर भावनाओं के सभी तारों को छेड़ दिया और मैंने कुछ करने का फैसला किया।

मैंने ट्वीट किया और कहा कि वे किसी तरह की चिंता न करें। वह हमारे देश की चैम्पियन थीं और ज़िंदगी ने उनके साथ अच्छा नहीं किया था। एक बार जब मैंने मामले को अपने हाथ में लिया तो मैंने अमृत को इस बात का भरोसा दिलाया कि वह जल्दी ही मैदान में आपस आ जाएँगी और उनको चिकित्सा संबंधी ख़र्च के लिए मेरे अलावा किसी और से बात करने की ज़रूरत नहीं थी। मेरे लिए यह गर्व की बात थी कि उनके जैसी प्रतिभाशाली खिलाड़ी की मदद का मुझे मौका मिल रहा था।

मेरी टीम ने उनकी मेडिकल रिपोर्ट को मुंबई में डॉक्टरों से साझा किया। चूँकि वह दिल्ली के तिलक नगर में रहती थीं, तो हम लोगों ने वहाँ के एक डॉक्टर से भी उनके बारे में सलाह ली। 12 जुलाई 2020 को मैंने एक एम्बुलेंस का इंतजाम किया और 13 जुलाई को एम्बुलेंस उनको घर से ग्रेटर नोएडा के यथार्थ अस्पताल में भर्ती करवाने के लिए ले गई और उनको उसी दिन भर्ती कर लिया गया।

उनके घुटने के ऑपरेशन की तिथि 14 जुलाई को तय की गई। चार बजे के बाद ऑपरेशन से पहले की जाँच वगैरह हुई और साढ़े आठ बजे उनको ऑपरेशन थिएटर में ले जाया गया और नौ बजे उनका ऑपरेशन शुरू हुआ। मैं सारी प्रक्रिया को विस्तार से देख रहा था क्योंकि मैं मानसिक तौर पर उन्हीं के साथ था और उनके परिवार की तरह ही मैं भी बेचैनी के साथ इंतज़ार कर रहा था। ग्यारह बजकर बीस मिनट पर हम ख़ुशी के मारे उछल पड़े जब डॉक्टर ने बाहर आकर यह घोषणा की कि ऑपरेशन सफल रहा।

अभी उनके घाव भरने और पूरी तरह से ठीक होने में समय लगने वाला था। लेकिन अब वह जल्दी ही मैदान में अभ्यास कर पाएँगी और अंतरराष्ट्रीय चैम्पियनशिप में हिस्सा भी ले पाएँगी।

अमेरिकी जिमनास्ट सिमोन एरियान बाइल्स का यह उद्धरण मुझे बहुत पसंद है: 'मैं कोई अगला उसान बोल्ट या माइकेल फ़ेल्प्स नहीं हूँ बल्कि मैं पहली सिमोन बाइल्स हूँ'। मैं यही बात अमृत के लिए भी कहना चाहूँगा। वह कोई और नहीं हैं। वह स्वयं हैं; वह अमृतपाल कौर हैं, एक सुपर फाइटर। वह आर्थिक संकट में थीं, खेल संघ और मंत्रालय से उनको कोई मदद नहीं मिल रही थी लेकिन उन्होंने कभी हार के बारे में सोचा भी नहीं। अमृत तो मेरी लो रेटेन जैसी अमेरिकी जिमनास्ट कि तरह है जिसने कहा था, 'अपनी शब्दावली से "असफलता" शब्द को हटा दीजिए। कोई भी मामला कभी पूरी तरह बंद नहीं होता, और कोई भी चुनौती कभी खत्म नहीं होती।'

चुनौती अमृतपाल के लिए सदा रहेगी। लेकिन जैसा कि कुश्तीबाज़ डैन गैबल ने कहा है, 'स्वर्ण पदक सोने से नहीं बने होते। वे बने होते हैं पसीने,

संकल्प और बहुत मुश्किल से जो जज़्बा मिलता है उससे, यानी कभी हार न मानने के भाव से'। अमृत में वह सब मौजूद था।

यह एक दिलचस्प मामला था। और एक बार फिर मुझे लगता है कि मैं ख़ुशक़िस्मत हूँ कि मैंने चैम्पियन की कहानी में दिल से अपनी भूमिका निभाई।

'मैं अपने घर पर घुटने के ऑपरेशन के बाद स्वास्थ्य लाभ कर रही हूँ। कुछ महीनों में ही मैं अंतरराष्ट्रीय कराटे प्रतियोगिताओं में हिस्सा लेने लगूँगी। मैं वादा करती हूँ कि अगले साल की गर्मियों में मैं स्वर्ण पदक लेकर आऊँगी। यह भारत और सोनू सर के लिए होगा। मैं सदा उनकी ऋणी रहूँगी।'

　　　　　　　　　　　　　　　　　　　-अमृतपाल कौर

अध्याय 11

देसी हुआ विदेशी

नाम: *सूची बहुत बड़ी है*

वर्णन: मज़दूर/मरीज़/विद्यार्थी/वरिष्ठ नागरिक

जिन देशों से लाया गया: कनाडा, साइप्रस, जॉर्जिया, किर्गिस्तान,
कजाकिस्तान फ़िलिपींस, रूस और उज़्बेकिस्तान

गंतव्य: भारत के अलग-अलग शहर

कारण: काम/आसरा/ धन के बिना फँसे हुए थे

दिनांक: महामारी के महीनों में

मैं अकेला ही चला था जानिब-ए मंज़िल मगर
लोग साथ आते गए और कारवां बनता गया

मुझे ऐसा महसूस होता है कि शायर मजरूह सुलतानपुरी ने भविष्य को देखकर मुझे पहचान लिया था और मेरे लिए ये शब्द लिखे थे। मैंने असल में अपनी मंज़िल की दिशा में यह सफ़र अपने आप शुरू किया था, लेकिन लोग जुड़ते गए और अनजाने में यह एक कारवां बन गया।

15 अप्रैल के महत्व को मैं इसी रूप में देखता हूँ, जब एक अच्छे मकसद के साथ घर भेजो अभियान की शुरुआत हुई जो देश के अलग-

अलग राज्यों में लोगों को भेजने से शुरू हुई, और यह देखते-देखते बहुत बड़े अंतरराष्ट्रीय अभियान में बदल गया। जब मदद की गुहार सभी दिशाओं से आने लगी तो मेरा ध्यान अलग-अलग तरह की अवस्थाओं पर गया, इस लगातार बढ़ते 'कारवां' से तरह-तरह के लोग, अधिकारी और शासन वर्ग के लोग भी जुड़ते गए।

'विकास संयोग से नहीं होता है, यह अनेक शक्तियों के साथ मिलकर काम करने से होता है', जेम्स कैश पेनी जूनियर ने यह बात कही थी, जो अमेरिका में डिपार्टमेंट स्टोर की विशाल श्रृंखला जेसी पेनी के संस्थापक थे। जहाँ तक घर *भेजो* अभियान की बात है तो ऐसी असंख्य शक्तियाँ रही हैं जिनका सहयोग इसमें मिलता रहा है।

जिस तरह से प्रवासी मज़दूर प्रशांत कुमार प्रधान ने उड़ीसा में मेरे नाम से सोनू सूद वेल्डिंग वर्क्स की शुरुआत की थी, उसी तरह मैं भी एक एनजीओ आउटलेट 'सोनू सूद वन स्टाप काउंटर' के नाम से खोलना चाहता था। हमारी टीम एक्सचेंज आपरेटर्स की संगठित निजी शाखा जैसी लगने लगी थी, जो मदद का आग्रह प्राप्त करती थी, मैसेज करती, संपर्क करती, समन्वय का काम करती, ख़ुशामद करती और सांत्वना देने का काम भी करती। अलग-अलग मिज़ाज के लोगों को सम्भालने के साथ-साथ अलग-अलग तरह के अनुरोधों को मानना पड़ता था। इसलिए एक ऐसी टीम की ज़रूरत थी जो रोबोट जैसी कुशलता से परे जाकर काम करे; इंसानी ढंग तो बस एक ज़रूरत थी।

एक विद्यार्थी ने मुझसे ट्वीट करके कहा कि उसको पाठ्य पुस्तकें चाहिए, और मैंने अगले ही दिन यह उसके घर पहुँचवा दिया। किसी को ख़ून की ज़रूरत थी, किसी को इलाज की, और सब मेरे पास आते। मैं, हम सब मिलकर इन कामों को करवाते। पिछले चार महीने के दौरान हम लोगों ने इस तरह का नेटवर्क बना लिया है। 'मेरे पास आइये, मैं आपके बोझ को कम करना चाहता हूँ'।

जैसा कि मैं हमेशा आभार के साथ यह स्वीकार करता रहा हूँ कि यह इस कारण संभव हो पाया क्योंकि फिल्म स्टार के रूप में मेरी प्रसिद्धि थी और

मेरे काम को व्यापक पैमाने पर पहचान मिली। इसके कारण अनजान से अनजान लोग बिना किसी झिझक के मेरे ऊपर विश्वास जताते थे, जो दिल छू लेने वाला होता था। ऐसे में कई बार डर भी लगता था, तो कई बार बेहद ख़ुशी महसूस होती थी! यह बहुत बड़ी चुनौती थी कि उन लोगों की उम्मीदों पर खरा उतरा जाए जो मेरे पास इतने भरोसे के साथ आते थे।

यह कहानी कि मैं किस तरह किर्गिस्तान से 4000 विद्यार्थियों को घर लेकर आया था और किस तरह उज़्बेकिस्तान से एक जहाज़ में भरकर लोगों को लाया था, इतनी तेज़ी से फैल गई कि हम लोगों के पास इस बात को लेकर और अधिक अनुरोध आने लगे कि दुनिया के अन्य हिस्सों से विद्यार्थियों को लाना है। और इस तरह के अनुरोध केवल छात्रों की तरफ से ही नहीं आ रहे थे।

जुलाई 2020 में सौ से अधिक बच्चों के माता-पिताओं ने मुझसे यह आग्रह किया कि उनके बच्चों को मास्को से लाकर चेन्नई पहुँचाना था तो मेरे हाथ-पाँव फूल गए। चेन्नई में पूरी तरह से लॉकडाउन था, वहाँ न कोई फ्लाइट आ रही थी, न जा रही थी। यह बहुत बड़ी मुश्किल थी क्योंकि अगर किसी राज्य में लॉकडाउन है, तो ऐसी स्थिति में विमान लैंड करवाने की अनुमति आपको नहीं मिल सकती। लेकिन अभिभावक बेचैन थे। किर्गिस्तान का हवाला देते हुए वे मुझसे मदद की माँग कर रहे थे, उनका कहना था कि अगर मैं वह काम कर सकता था तो मैं निश्चित रूप से इन बच्चों को भी घर लेकर आ सकता था।

इनमें से अधिकतर मेडिकल के छात्र थे जो मास्को और उसके आसपास फँसे हुए थे। मुझे यह जानकर बहुत हैरानी हुई कि रूस और उसके आसपास के देशों के विश्वविद्यालयों में कितने सारे भारतीय छात्र पढ़ते थे। मैंने एक काम यह किया कि ज़ूम पर सैकड़ों छात्रों से बात की। सभी ने एक स्वर में कहा कि 'सोनू सर, प्लीज़ हमें इस जगह से निकाल लीजिए'। उनको ऐसा लग रहा था कि नामुमकिन कुछ भी नहीं था; सोनू सर सब कर देंगे। इस तरह का भरोसा तो शायद पहाड़ों को भी हिला देता है।

5 अगस्त को वे मास्को से हवाई जहाज़ से उड़कर चेन्नई पहुँचे। मैंने

आख़िरी समय में मास्को और चेन्नई में मेडिकल के छात्रों के यात्रा की अनुमति हासिल कर ली थी।

हम लोगों ने पहले भी अंतरराष्ट्रीय उड़ानों के लिए अनुमति ली थी, जब एक छात्र की कोविड 19 से किर्गिस्तान में मौत हो गई थी। उसकी मौत के कारण वहाँ के अन्य विद्यार्थियों में भय का माहौल पैदा हो गया, वे चाहते थे कि मैं उनको वहाँ से निकाल लूँ, इसके लिए वे और इंतज़ार करना नहीं चाह रहे थे। बिहार मूल के एक छात्र अभिषेक ने उनके प्रवक्ता का ज़िम्मा संभाला और सभी छात्रों की तरफ से मुझसे बात करने लगा। महामारी का ख़ौफ़ उनके अंदर बुरी तरह भर गया था, और वे किसी के सहारे उस हालात से निकलना चाहते थे। जब सभी माध्यमों और स्रोतों से किसी तरह का सकारात्मक नतीजा नहीं निकला तो अंत में उन लोगों ने मुझे फोन किया। असल में, कुछ छात्र ऐसी जगह पर फँसे थे जो किर्गिस्तान से बारह घंटे की दूरी पर था और उनको सुरक्षित तरीके से हवाई जहाज़ से लाने की ज़रूरत थी। इसी तरह, उज़्बेकिस्तान, कजाकिस्तान और मास्को से छात्रों को लाए जाने की ज़रूरत थी। अलग-अलग स्थानों से आकर उनको एक हवाई अड्डे पर जुटना था।

मुझे यह नहीं पता था कि अंतरराष्ट्रीय स्तर पर लोगों को कहीं से निकालने की व्यवस्था किस तरह की जाती है। लेकिन क्या मैं इस अनजाने क्षेत्र में कदम बढ़ाकर और आगे बढ़ना चाहता था, या वापस अपने सुरक्षित आज़माए हुए क्षेत्र में ही बने रहना चाहता था? एक बात मैं अच्छी तरह से जानता था: कि मैं एक कदम भी पीछे नहीं हटने वाला था। आगे बढ़ने के लिए मुझे वह करना था जिसके लिए मैंने अभी तक प्रयास नहीं किया था। एक बार फिर, मुझे अपने मिशन को समझने की ज़रूरत थी, अपने ड्राइंग बोर्ड पर जाकर उसकी योजना बनानी थी जो मैंने पहले कभी नहीं किया था।

'काम की योजना बनाओ। फिर योजना पर काम करना चाहिए'। अमेरिकी व्यवसायी और उद्योग जगत के प्रमुख हस्ती बॉब एंटलर ने इस बात को बहुत आसान शब्दों में कहा था। मैंने वही किया।

मेरा पहला कदम था उन सभी देशों के दूतावासों से संपर्क करना जहाँ से मदद के लिए संदेश आए थे, और ज़ाहिर है भारत में विदेश मंत्रालय से भी। उन देशों के राजदूतों और अपने देश के विदेश मंत्रालय के अधिकारियों के सहृदय व्यवहार ने मुझे जोश से भर दिया। और मुझे जो सुनने को मिला वह सभी जगहों से एक जैसा ही जवाब था: चूँकि मैंने इतने सारे छात्रों और फँसे हुए लोगों की मदद के लिए पहल की थी तो बदले में वे कोशिश करेंगे कि जितनी जल्दी हो सके इसे जुड़ी अनुमतियाँ दिला दें। एक बार जब नौकरशाही, लाल फीताशाही, अनुमतियाँ तथा प्रक्रिया संबंधी बाधाएँ दूर हो गईं तो समन्वय का काम आसान लगने लगा।

सबसे मुश्किल था छात्रों के पहले जत्थे को बाहर निकालना। जब एक बार किर्गिस्तान से 1800 छात्र भारत आ गए तो उसके बाद के छात्रों को लाना आसान हो गया क्योंकि प्रक्रिया तय हो चुकी थी। उसके बाद 2200 छात्रों का अगला जत्था आया। 4000 लोगों के आ जाने के बाद मानो इस तरह के मांगों की बाढ़ सी आ गई, कनाडा जॉर्जिया, साइप्रस, ताशकंद, कजाकिस्तान और फिलिपींस तक के छात्र मुझसे ट्विटर पर संपर्क करने लगे।

जब तक मास्को से मदद की गुहार आई थी, तब तक हम लोग एक निश्चित प्रक्रिया का अनुपालन करने के लिए तैयार हो चुके थे। लेकिन हर निकासी की अपनी अलग तरह की चुनौतियाँ होती थीं। इस मामले में, चेन्नई में पूरी तरह से लॉकडाउन हमारे लिए एक बड़ी चुनौती थी।

जब 5 अगस्त को वे चेन्नई हवाई अड्डे पर उतरे तो हम लोगों ने राहत महसूस की कि हमारी मेहनत सफल रही। उनके आने के बाद भी हम लोगों ने कुछ काम किए, जैसे हम लोगों ने उन लोगों के लिए शहर के अलग-अलग होटलों में क्वारंटीन के लिए रियायती दरों पर कमरे दिलवाए। यह साफ था कि छात्र हवाई जहाज़ से आते समय ख़ुश लग रहे थे। हम लोगों ने देखा कि उन लोगों ने जहाज़ में पीपीई किट पहनकर फोटो खिंचवाए थे; कुछ के हाथों में मेरी भी तस्वीर थी। कई बार फोटो शब्दों से अधिक कुछ कह जाते हैं।

रूस में कुरसक स्टेट मेडिकल यूनिवर्सिटी की छात्रा डॉ टीआर प्रियदर्शिनी ने मीडिया को बताया, 'हम लोग वंदे भारत मिशन फ्लाइट का इंतज़ार कर रहे थे। दुर्भाग्य से, वह जुलाई में हमारे इम्तिहान के आख़िरी दिन से एक दिन पहले ही उड़ गयी। हम लोगों को लग रहा था कि हम लोग इस मिशन के बाद के दौर में किसी जहाज़ से लौट आएँगे, लेकिन बाद में रूस से चेन्नई के लिए कोई जहाज़ नहीं था। हम लोगों ने अपने वीज़ा 15 सितम्बर तक बढ़वा लिए थे, लेकिन हम यह चाहते थे कि हम अगस्त के आख़िर में होने वाले फॉरेन मेडिकल ग्रेजुएट एक्जामिनेशन से पहले भारत पहुँच जाएँ'। तभी उन लोगों ने मुझसे संपर्क किया।

एक और छात्र डॉक्टर पेरियानन सोमसुंदरम ने इसको विस्तार से बताया, 'चेन्नई के लिए बस एक ही फ्लाइट थी, 460 सीट वाला निजी जहाज़। हम लोग उसमें सवार नहीं हुए क्योंकि हमें उस पर भरोसा नहीं था। हम करीब 180 छात्र थे जो रूस से चेन्नई जाना चाह रहे थे, क्योंकि अन्य शहरों में जाने से ख़तरा हो सकता था'।

इस युवा डॉक्टर ने कहा कि उसने कई सरकारी अधिकारियों को मेल किया था। और जब उसने यह पढ़ा कि मैंने किस तरह किर्गिस्तान से छात्रों को निकाला था तो उसने मुझे भी मेल किया। डॉक्टर सोमसुंदरम ने चेन्नई में मीडिया से बातचीत में यह साफ-साफ कह दिया कि 'सोनू सर के सिवा किसी ने हमें जवाब तक नहीं दिया। मैंने उनको 22 जुलाई को मेल किया और मुझे अगली सुबह ही हमें जवाब मिल गया। ज़रूरी अनुमतियाँ लेने में हमें कुछ दिन लग गए। आख़िरकार जब फ्लाइट तय हुई तो केवल आधे छात्र ही आ पाए थे। फिर भी, उनकी टीम ने फ्लाइट कैंसिल नहीं की। वहाँ से निकलने के कुछ दिन पहले उन्होंने हमें विडियो कॉल किया और इस बात का भरोसा दिया कि हम लोगों को जल्दी ही वापस लाया जाएगा'।

'हम लोगों को बस अपने-अपने टिकट के पैसे देने पड़े', डॉक्टर प्रियदर्शिनी ने कहा, 'बाक़ी सारा इंतजाम सोनू सर और उनकी टीम ने किया'।

डॉक्टर सोमसुंदरम ने यह भी कहा, 'उन्होंने क्वारंटीन के लिए हम लोगों के लिए कम दरों पर होटल के कमरों का भी इंतजाम किया। साथ ही, जब

दिल्ली में ईंधन के लिए जहाज़ कुछ देर के लिए रुका, तो एक छात्र को विशेष आग्रह पर उतरकर जाने भी दिया गया'।

मैं इसमें बस यह बात जोड़ देना चाहता हूँ कि मैं इस बात से बहुत ख़ुश हूँ कि मैं चेन्नई के लिए कुछ कर पाया। क्योंकि चेन्नई से ही मेरा फिल्मी सफ़र शुरू हुआ था; चेन्नई ही वह शहर था जहाँ मैं हवाई जहाज़ से पहुँचा था, मेरे साथ एक किताब थी *हाउ टु लर्न तमिल*; यहीं मैंने फ़िल्म *कालाजागर* के लिए पहली बार कैमरे का सामना किया था जिसमें मैंने सुपरस्टार विजयकांत के सामने बदमाश, गंजे विलेन का किरदार निभाया था। इस भीड़ भरे लेकिन प्यारे महानगर चेन्नई के साथ मेरे भाग्य का रिश्ता रहा है, और जब यहाँ के छात्रों ने मुझसे संपर्क किया और मदद की माँग की तो मुझे वो काम करना ही था और उन्हें सुरक्षित घर लाना ही था। इसलिए मैं यह कहूँगा कि *नादरी*, चेन्नई (शुक्रिया चेन्नई) कि तुमने मुझे अपनी सेवा का एक मौका दिया। अपने जीवन काल में अपने कर्मों का ऋण चुका देना भी किस्मत की बात होती है।

जब दुनिया के अलग-अलग हिस्सों में फँसे पड़े विद्यार्थी और पेशेवर लोगों ने सोशल मीडिया पर टैग करके मुझसे मदद माँगनी शुरू की तो मेरे दिमाग में पहला ख़याल यही आया, 'यह सब मैं किस तरह कर पाऊँगा? मुझे इसका तो कुछ पता ही नहीं'।

'जिस समय आपको उस जगह होने से संतुष्टि महसूस होने लगती है जहाँ आप होते हैं तो फिर आप वहाँ और नहीं रह पाते', बेसबॉल स्टार टोनी जिन की इस बात से मैं सहमत हूँ और मैंने भी संतोष का अनुभव नहीं किया और ज़्यादा से ज़्यादा काम किया।

जब बहुत से लोगों का आपके ऊपर भरोसा हो जाता है और आपसे उनको उम्मीदें हो जाती हैं तो ईश्वर न केवल आपको और अधिक ताकत देता है, बल्कि वह आपको रास्ता भी दिखाता है।

यह बहुत अजीब तरह का अनुभव था कि जब विद्यार्थियों को वैकल्पिक फ्लाइट का प्रस्ताव दिया गया तो उनको वह भरोसेमंद नहीं लगा और उन लोगों ने हमारे ऊपर भरोसा जताया। वे इंतज़ार करके यह देखना चाहते थे

कि मैं और मेरी टीम किस तरह का इंतजाम करती है। यह एक विश्वास का मामला था जो उन्होंने मेरे ऊपर जताया था। उनमें से अधिकतर विद्यार्थी नियमित रूप से टीम सोनू सूद के बारे में समाचार पढ़ते रहते थे कि किस तरह से हम लोगों ने कहाँ से छात्रों को निकाला और इसका इंतज़ार कर रहे थे कि हम उनकी मदद करें। ज़ाहिर है, यह बात अजीब थी कि ये युवा असल में वन्दे भारत की फ्लाइट के लिए भी इंतज़ार नहीं करना चाहते थे और सब्र के साथ इंतज़ार कर रहे थे कि मैं घर आने में उनकी मदद करूँ।

6 जुलाई के बाद वन्दे भारत की कोई फ्लाइट नहीं थी, और छात्रों को इस बात की कोई उम्मीद भी नहीं थी कि उनके लिए किसी फ्लाइट का इंतजाम किया भी जाएगा। अगस्त के आख़िर तक उनको चेन्नई वापस लौट कर आना भी था क्योंकि फॉरेन मेडिकल ग्रेजुएट एक्जाम भी होने वाला था। वे इसके लिए भी तैयार थे कि जो भी हवाई अड्डा खुला हो वे वहाँ से टिकट बुक करवा सकें, लेकिन कोई हवाई अड्डा नहीं खुला था। सभी हवाई अड्डे बंद थे इसलिए टिकट जारी करने का कोई सवाल भी नहीं उठता था। वे चार्टर फ्लाइट से भी आना चाहते थे लेकिन इसके लिए कहीं से अनुमति नहीं मिल पा रही थी।

सभी विकल्पों को आज़माने के बाद उन उद्यमी छात्रों ने पीएमओ तथा तमिलनाडु के मुख्यमंत्री कार्यालय से बातचीत की कोशिश शुरू की। उनके अंदर उम्मीद की किरण जाग गई, और वे ख़ुशी से उछल पड़े जब उनको यह सूचना मिली कि 18 जुलाई को मास्को से चेन्नई के लिए एक निजी कम्पनी चार्टर्ड फ्लाइट का इंतजाम करने वाली थी। उनके लिए यह बहुत बड़ी ख़बर थी, क्योंकि उनमें से अधिकतर छात्र दक्षिण भारत के ही थे। जब उन लोगों ने मेरी तरफ उम्मीद के साथ देखा तो इससे मेरे और मेरी टीम के ऊपर अतिरिक्त दबाव बन गया; और हम लोगों को यह पक्का करना था कि उनके लिए सही तरीके से सारे इंतजाम हो जाएँ ताकि हवाई जहाज़ चेन्नई में बिना मुश्किल के उतर जाए।

मास्को से चेन्नई की फ्लाइट हमारे लिए सब्र के इम्तहान की तरह थी। सभी औपचारिकताओं को पूरा करने के अलावा अंतिम मिनट तक लोगों की

संख्या घटती-बढ़ती जा रही थी, जिसके कारण यह लगभग असंभव हो गया
कि वह जहाज़ ज़मीन पर उतर पाए। बचाव अभियान की शुरुआत करने
के लिए यह बहुत ज़रूरी था कि सभी यात्रियों की सही गिनती उनके पक्की
जानकारी के साथ उपलब्ध हो सके। मेरी टीम ने सरकारी नियम के अनुसार
गूगल फ़ॉर्म पर एक सूची तैयार की और उसको छात्रों में वितरित कर दिया।

हम लोगों को मास्को के अलग-अलग विश्वविद्यालयों से कुल 199
छात्रों से इसकी सहमति मिली थी, और इस संख्या के साथ हम एक चार्टर्ड
फ्लाइट ले सकते थे। लगभग सभी दक्षिण भारतीय थे, और क्वारंटीन
नियम के अनुसार हम लोगों को जहाज़ चेन्नई उतरने के पहले होटल और
क्वारंटीन की सारी जानकारी देनी थी। यह एक काफी मुश्किल काम था।
हम लोग दिन रात फोन पर लगे हुए थे, दूतावास के अधिकारियों से और
राजदूत से भी हमारी बातचीत चल रही थी, साथ ही हम ज़ूम पर छात्रों से
जुड़कर उनको भी सब कुछ बताते रहते थे। वे लोग बहुत परेशान थे और
वे हम लोगों से रोज़ संपर्क में रहते थे और यात्रा के बारे में पूछते रहते थे।
हम लोगों ने उनके लिए मास्को में एक होटल का इंतजाम किया और ज़रूरी
प्रक्रिया पूरी करने में लगे रहे। सभी प्रकार की अनुमति मिलने में कुछ दिन
का समय लगा और तब जाकर ज़रूरी हरी झंडी दिखाई गई। लेकिन हम
लोगों ने 5 अगस्त की तिथि मास्को से विदाई के लिए निर्धारित की।

किसी को यह लग सकता है कि तिथि का निर्धारण करके हम लोगों
ने राहत की साँस ली होगी लेकिन हालात लगातार बदल रहे थे। उड़ान के
दो दिन पहले छात्रों की संख्या आधी हो गई और केवल बावन सीटें भरी
जा सकी थीं। इसके कारण उन बावन लोगों में घबराहट फैल गई, जो
स्वाभाविक भी था कि कहीं आधी सीटें भरने की स्थिति में हम उड़ान कैंसिल
न कर दें। रात में करीब दो बजे टीम ने मुझसे संपर्क किया, और बाकी रात
हम सब यह देखने में लगे रहे कि जो लौटना चाहते थे उनमें से और छात्र
आ जाएँ।

एक अन्य स्रोत से हमें अनेक विश्वविद्यालयों के ऐसे विद्यार्थियों की
सूची मिली जिन्होंने गूगल फॉर्म तो नहीं भरा था लेकिन जो वापस आना

चाहते थे। हम लोगों ने उन लोगों से फोन पर संपर्क करना शुरू किया और उनसे पूछना शुरू किया कि क्या वे 5 अगस्त को मास्को से चेन्नई आना चाहते हैं। इस बीच हम लोगों को उन लोगों का भरोसा भी हासिल करना था, क्योंकि इस बार हम लोग उन छात्रों को अपनी तरफ से फोन कर रहे थे और उनसे 5 अगस्त की फ्लाइट में टिकट कटाकर घर वापस जाने के लिए कह रहे थे। सोचिए क्या अफ़रा-तफ़री का माहौल रहा होगा। एक तरफ हम उन छात्रों से बात कर रहे थे जो हम लोगों को जानते नहीं थे और हम उनसे यह कह रहे थे कि हम उनको घर पहुँचा देंगे। दूसरी तरफ बावन ऐसे छात्र थे जो लगातार हम लोगों को फोन कर रहे थे और कह रहे थे, 'सर छात्रों की संख्या कम होने से फ्लाइट कैंसिल मत कीजिए। अगर आपने ऐसा किया तो हम असहाय रह जाएँगे'। तब मैंने उन लोगों से ख़ुद ज़ूम पर चैट करके कहा कि आप लोग 5 अगस्त को मास्को से उड़ान भरने वाले हैं।

हम लोगों ने अंत में यह किया कि इन छात्रों को कॉन्फ्रेंस कॉल के ज़रिए उन छात्रों के साथ जोड़ दिया जिन लोगों ने पहले से ही अपने टिकट बुक कर रखे थे, जिससे कि वे उनको सारी बातें समझा सकें। इस तरह हम लोगों ने नए छात्रों का विश्वास हासिल किया और सीटें भरने लगी। 3 अगस्त के अंत तक बानवे सीटें भरी जा चुकी थीं, जो अभी भी जहाज़ को भरने के लिहाज़ से बहुत कम थी।

इसका समाधान करने के लिए हम लोगों ने वैकल्पिक तौर पर स्पाइस जेट से बात कर ली थी और उनसे यह कहा कि दिल्ली में जहाज़ को एक बार उतार दें; ताकि वे छात्र जिनके घर अन्य राज्यों में हों वे भी जहाज़ में सवार हो सकें। एयरलाइन की तरफ से सकरात्मक जवाब आ गया लेकिन मास्को से दिल्ली की फ्लाइट में हम लोगों ने मास्को में उन लोगों को इस बारे में नहीं बताया। सौभाग्य से, फ्लाइट को दिल्ली में तेल भरने के लिए उतरना था और एक छात्र वहाँ जहाज़ से उतर गया। अंत में जब हम 5 अगस्त को मास्को से उड़े तो जहाज़ में कुल 100 लोग सवार थे, सब चेन्नई उतरने वाले थे।

इस बीच, हम लोगों को अलग-अलग समूहों के छात्र नेताओं के मैसेज आ रहे थे जिनमें लिखा होता था, 'सोनू सर, हमें पता है कि आप हम लोगों को सुरक्षित घर पहुँचा देंगे। प्लीज़ हमारे लिए जो भी हो सकता है, करिए'।

जब आपके ऊपर छात्र आँखें मूँदकर इसलिए भरोसा कर लें क्योंकि आपने एक ऐसे आदमी की छवि बना ली है जिसके ऊपर भरोसा किया जा सकता हो, एक आदमी जो करके दिखाता है, जो बोलने से अधिक काम करता है, तो आपको दोहरी क्षमता और ज़िम्मेदारी के साथ काम करना होता है। छात्र इस देश के भविष्य होते हैं। मैं ख़ुद दो बच्चों का पिता हूँ, जो तेज़ी से बड़े हो रहे हैं। मेरे घर में भी सत्रह साल का बच्चा है और मैं यह जानता हूँ कि बच्चों का दिल जीतने और उनके ध्यान रखने के क्या मायने होते हैं।

हालाँकि कोई भी इम्तिहान सामने आने पर कितना ही कठिन क्यों न दिखता हो, हमारे सिर पर ईश्वर का हाथ था और इनमें से अधिकतर निकासी का काम बिना किसी परेशानी के संपन्न हो गया। बल्कि हमारी टीम ने अधिकतर छात्रों के ऊपर यहाँ तक नज़र रखी कि न सिर्फ वे अपने शहर बल्कि अपने घर तक सुरक्षित पहुँच जाएँ।

लेकिन ऐसा नहीं था कि सब कुछ हर बार आसानी से हो जाता था। जब हम किर्गिस्तान से पहली बार बड़े पैमाने पर अंतरराष्ट्रीय निकासी का काम कर रहे थे तो हम लोगों के सामने कुछ ऐसी बाधाएँ आई जिनका हमें इल्म नहीं था। लेकिन जितनी भी बाधाएँ आईं उनके लिए उम्मीद की एक किरण भी झिलमिलाती रहती थी। मुझे किर्गिस्तान में भारत के के राजदूत आलोक अमिताभ डिमरी को "थैंक यू सर" का विशेष संदेश भेजना है। शुरू-शुरू में तो छात्रों को बाहर निकालने के सामान्य अनुरोधों को भी नहीं माना जाता था। बीमारी के डर से सभी का उत्तर शुरू में न ही होता था। हर कुछ कदम पर हम लोग इस तरह के शब्द सुनने के आदी हो चुके थे कि 'प्लीज़ लोगों को आने जाने के लिए मत प्रोत्साहित कीजिए। उनके साथ वायरस भी जा सकता है या उनको संक्रमण हो सकता है। सबसे अच्छा यही है कि वे वहीं रहें जहाँ हैं'। अलग-अलग जगहों से अलग-अलग परिस्थितियों में फँसे लोगों को निकालकर भारत लाने में मुझे हर तरह से अपनी मान-मनौव्वल

की क्षमता का प्रदर्शन लोगों के सामने करना पड़ता था। हमारे लिए बहुत
बड़ी मदद यह रही कि जो भी कठिनाई हमारे सामने आती, मिस्टर डिमरी
उसे सुलझाने में हमारी मदद करते थे।

आईएसएम एडुटेक के संस्थापक अध्यक्ष डॉक्टर फनिभूषण पोतु, जो
मेडिकल शिक्षा के सबसे बड़े केंद्रों में से एक है, और श्रीनेश वल्लभनेनी,
सीईओ, आईएसएम एडुटेक ने मेरी घर भेजो टीम की काफी मदद की और
किर्गिस्तान के दूर-दराज के इलाकों में फँसे हुए उन छात्रों को निकालने में
मदद की जो महामारी के कारण यातायात के साधन न होने की स्थिति में
वहाँ से आ नहीं पा रहे थे। वे बिशकेक, किर्गिस्तान में भारतीय दूतावास के
सदस्यों के साथ मिलकर काम कर रहे थे। मिस्टर डिमरी ने भी छात्रों के
लिए प्रक्रिया को सहज बनाया ताकि वे भारत में अपने-अपने घरों तक पहुँच
सकें। मैं इस बात को फिर से दोहराना चाहता हूँ कि अगर ये सभी महानुभाव
नहीं रहे होते, तो सब कुछ उस तरह से नहीं हुआ होता जिस तरह से हुआ।

मास्को में भी किर्गिस्तान जैसे ही हालात थे। हम लोगों ने ताशकंद
में भारतीय दूतावास में शिप्रा घोष से संपर्क किया। शुरू में चूँकि वह हमारे
काम से वाकिफ नहीं थीं, इस वजह से वह कुछ झिझक रही थीं। मैं जो चाह
रहा था वह भी किसी पागल आदमी के आग्रह जैसा ही था। यह आदमी
है कौन जो कह रहा है कि वह मास्को से सौ से अधिक लोगों को बाहर
निकालना चाहता है? लेकिन एक बार जब मिस घोष को हमारे इस काम
की विश्वसनीयता और इसकी तात्कालिकता समझ में आई, और यह बात
उन्हें समझ में आई कि इसका मकसद फँसे हुए छात्रों की मदद करना था
तो उन्होंने आगे बढ़कर हामारी मदद की। उनके बिना वह हासिल कर पाना
संभव नहीं था जो हम हासिल कर पाए।

इस शानदार नई यात्रा के दौरान मुझे इतने सारे लोगों से मिलने का
मौका मिला जिनके साथ मेरा नया और दोस्ती का संबंध कायम हुआ।
फिलिपींस में मैंने राजदूत मिश्रा से बात की। मैंने डोंडों बगतसिंग से भी
बात की, जो दूतावास में काम करते थे। उनके नाम के पीछे की कहानी बड़ी
दिलचस्प है। यह नाम अमर शहीद भगत सिंह के नाम पर रखा गया है।

अपनी दोस्त नीति गोयल के साथ

करण गिलहोत्रा

आंध्र प्रदेश के सरत चंद्र
आईएएस एकेडमी में
सोनू सूद डिपार्टमेंट ऑफ
आर्ट्स एंड ह्यूमैनिटीज़

हैदराबाद के सिद्दिपेट जिले के कोंडापुर
गांव के लोगों ने एक मंदिर में सोनू सूद
की मूर्ति स्थापित कर उनके प्रति अपने
प्यार का इज़हार किया

टीम घर भेजो

केके मूखेय

गोविंद अग्रवाल

सुमिता साल्वे

पंकज जलिस्तगी

आशमा

विशाल लांबा

जाह्नवी और सिद्धार्थ

गौतम और
मालविका सच्चर

सुचित्रा लक्ष्मण

प्राशिका दुआ

केएन कार्तिकेयन

अजय धामा

आशु तोमर

साधु बैजनाथ

चिंतन देसाई

श्रीधर श्री और हरीश अप्पराला
के साथ सोनू सूद

कॉमनवेल्थ कराटे चैम्पियनशिप में गोल्ड
मेडलिस्ट अमृतपाल कौर को ऑपरेशन के
लिए धन जुटाने में परेशानी हो रही थी। ऐसे
में हमारी टीम ने उनकी मदद की

भोनू लाल के पिता

तेलंगाना के डुब्बा टांडा गांव के
लोगों ने सोनू सूद के नाम पर
एक मंदिर का निर्माण किया

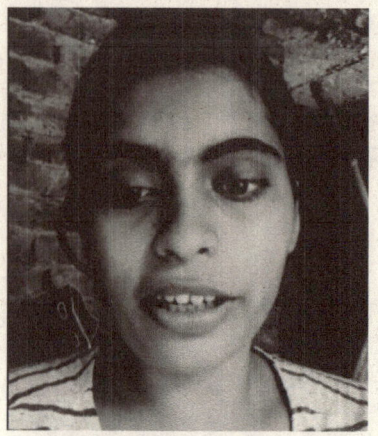

यह कोमल है जिसको दिल्ली से हम लोगों ने उसकी दादी के साथ बचाया था

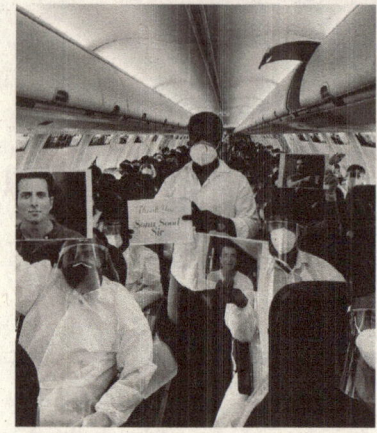

किर्गिस्तान में भारतीय छात्रों का नेतृत्वकर्ता अभिषेक नागर, मध्य एशियाई देशों के बचाव अभियान की पहली फ्लाइट में

नागपुर के प्रवीण

यह आदमी बांद्रा में हज़ारों प्रवासियों के साथ फँसा हुआ था। घर जाते हुए वह बहुत ख़ुश था और उसने मुझसे कहा, 'सर, मुझे लग रहा था कि मैं इस जगह पर पक्का मर जाऊँगा'।

बांद्रा स्टेशन पर प्रवासी मज़दूर

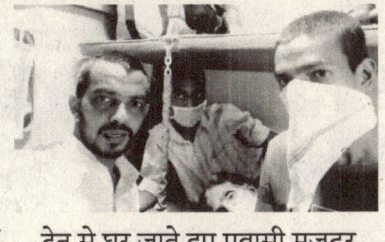

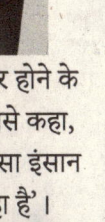

बिहार जाने वाली आख़िरी ट्रेन में सवार होने के ठीक पहले वसई में इस व्यक्ति ने मुझसे कहा, 'मुझे विश्वास नहीं हो रहा है कि मुझे ऐसा इंसान मिला है जो मुझे घर वापस भेज रहा है'।

ट्रेन से घर जाते हुए प्रवासी मज़दूर

मिर्ज़ापुर की इन लड़कियों को साइकिलें दी गई, जिनको जंगल से गुज़रकर पढ़ने के लिए जाना पड़ता था

हार्ट सर्जरी के बाद मल्लिकार्जुन

अपने नए ट्रैक्टर के साथ नागेश्वर राव

वारियर आजी

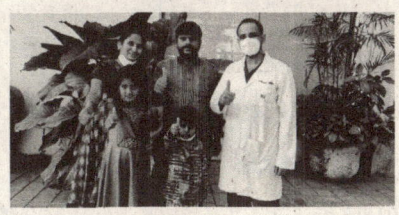

हर्षवर्धन

जलपाईगुरी, पश्चिम बंगाल

हरियाणा के मोरनी गांव में मोबाइल का टावर

अपने वेल्डिंग शॉप पर प्रशांत

मास्को का बचाव अभियान

साहिदुल बरभुइया

पश्चिम बंगाल के जलपाईगुड़ी
में कृष्टि छेत्री के नए घर के
सामने सोनल सिंह

मनीला बचाव अभियान

उज़्बेकिस्तान बचाव अभियान

किर्गिस्तान का आईएसएम कॉलेज जहाँ से 250 छा
छात्राओं को हवाई जहाज़ से भारत लाया गया

Artist Shubhaankar Kamble
www.studiorangeen.in
ASLI HERO
PARDE SE PARDESION TAK
गरीबों का मसीहां - सोनू सूद
THANK YOU SONU
SONU SOOD RLIFT 167 ODISHA GIRL'S FROM KERALA.
KERALA
ODISH
चलो घर छोड़ दूँ
BUS TO HOME
सोनू सूद धन्यवाद
of us do
thing.
can do
ings with
t love.
Mother Teresa
पैदल मत जाना
उत्तराखण्ड
लखनऊ
हिन्दुस्तान का एक ही मसीहा Sonu Sood
CHALO TUM
GHAR CHA
DOON
ગોફણ
અશોક અદેપાલ
सोनू सूद हिंदुस्तान का गौरव
CORONA WARRIORS
इतिहास के सबसे बड़े मसीहा
THANK YOU SONU SOOD
शुक्रिया सोनू सूद
S.K TRAVELS

Kind acts are always above everything!
Sonu Sood Sonu Sood FC Perú Sonu Sood
NOT OSCAR OR FILMFARE.
WON SOMETHING PRECIOUS,
WON HEARTS!
SONU
SONU SOOD ARRANGED A CHARTERED FLIGHT TO SEND OVER 150 WOMEN LABOURERS TO ODISHA FROM KERALA
HE IS DOING A TREMENDOUS JOB!
You are the Real HERO Sonu Sood
Thank You Sonu Sood
HOME
PAIDAL KYON JAAOGE DOST?
*WHY DO YOU WALK, FRIEND?

मुझे यह पता चला कि डोंडों पच्चीस प्रतिशत पंजाबी हैं। उनको यह उपनाम अपने पिता से मिला जो फिलिपींस में आकर बस गए थे और उन्होंने अपने नाम का हिज्जे बदल लिया। उनको अभी भी अपना भारतीय नाम याद है, लेकिन वह अँग्रेज़ी लहजे में बोलने से बहुत अलग और प्यारा लगता है।

हमारे द्वारा विदेश में की गई निकासी की कार्रवाइयों में से ऑपरेशन मनीला सबसे अलग था। हम लोगों को यह पता चला कि फिलिपींस के भी करीब सौ लोग भारत में फँसे हुए थे और वे अपने घर जाने का इंतज़ार कर रहे थे। 7 अगस्त को करीब 180 यात्री जहाज़ में सवार होकर मुंबई से बाहर निकले और मनीला से क़रीब 175 भारतीय स्वदेश लौटे।

जैसा कि मैंने पहले ही टिप्पणी की थी कि हर ऑपरेशन की अपनी अलग ही चुनौतियाँ थीं। फिलिपींस से वापस आने वाले छात्रों के साथ करीब चालीस मरीज़ भी थे जिनको मेडिकल इमरजेंसी में लाया गया। उनमें ऐसे लोग थे जिनकी स्थिति बहुत गम्भीर थी, किसी को लीवर प्रत्यार्पण की ज़रूरत थी, किसी को कुछ और, लेकिन वे माहामारी के कारण फिलिपींस में फँस गए थे। इस तरह से अलग-अलग तरह के लोगों को एक साथ लाना, जिनमें छात्र और बड़े बुजुर्ग भी थे, हमारे लिए छोटी-मोटी जीत जैसी थी। हमारे लिए, यह बहुत डराने वाला काम था; उन लोगों के लिए यह किसी चमत्कार से कम नहीं था जो हमारे द्वारा इंतजाम किए गए चार्टर्ड फ्लाइट से वापस आए। जो लोग भारत चिकित्सा के लिय आए थे वे इस बात से बहुत ख़ुश थे कि मैं उन लोगों को यहाँ ला पाने में सफल रहा। एक समय तो उन लोगों ने सारी उम्मीदें छोड़ दी थीं कि वे भारत आ भी पाएँगे।

क्या यह सम्भव था कि किर्गिस्तान, मास्को और फिलिपींस जैसे अलग-अलग स्थानों से लोगों के वापस लाने में मैं माध्यम बन पाता? मुझे कई बार ऐसा लगता है जैसे मैं किसी नशे में हूँ और सब चीज़ें अपने आप घटित हो रही हैं, हालाँकि मैं जानता हूँ कि पसीना, मेहनत और रातों की नींद के एवज़ में वह मुक़ाम हासिल हुआ।

जबकि अलग-अलग स्थान से भारतीयों के लिए फ्लाइट का इंतजाम हो रहा था, इस बीच मैं सामानांतर रूप से जॉर्जिया और कनाडा जैसे देशों से भी

लोगों को वापस लाने की योजना पर काम कर रहा था। हर फ्लाइट के लिए बहुत काम करना पड़ता था, और हर बार अनुमति की भी ज़रूरत पड़ती थी।

मास्को से मेडिकल छात्रों को स्वदेश लाने के अलावा मैं उज़्बेकिस्तान के ताशकंद भी से करीब 108 मज़दूरों को घर लेकर आया। वे उड़ीसा, झारखंड और चेन्नई के बहुत गरीब समाज के लोग थे। वे इस हालत में नहीं थे कि अपने आने के लिए किसी तरह का इंतजाम कर पाते। अगर मेरी टीम के लोग नहीं रहे होते तो इन मज़दूरों के पास कहीं जाने के लिए जगह नहीं थी और वे किसी के पास जा भी नहीं सकते थे। जब प्रवासियों के इस समूह के साथ मैंने वीडियो कॉल पर बात की तो उनको बहुत अच्छा लगा कि उनकी बात की सुनवाई किसी ऐसे आदमी द्वारा की जा रही थी जो उनकी परवाह करता था। फोन पर बातचीत के दौरान कई लोग रोने लगते थे।

यह एक ऐसा निरंतर गतिमान चक्र था जिसमें लगातार शामिल होने की ज़रूरत पड़ती थी। जब विदेश से भारत लाए जाने वाले लोगों का पहला जत्था सफलतापूर्वक आ गया तो मेरे टाईमलाइन पर बहुत सारे लोगों की माँगें आने लगी। दुनिया के अलग-अलग हिस्सों से लोग हम लोगों से लगातार संपर्क कर रहे थे, जो हम लोगों से यह कह रहे थे कि हम उनको भी घर ले आएँ या उनको इस मुश्किल हालात से बाहर निकाल लें।

जबकि हम अलग-अलग देशों में फँसे हुए छात्रों को निकालने के काम में फँसे हुए थे उसी समय हम लोग देश में मेडिकल इमरजेंसी से भी निपटने में लगातार लगे हुए थे। उत्तर प्रदेश में एक लड़की पतंग उड़ाने की कोशिश कर रही थी और मांझा से उसकी आँख कट गई। उसकी आँख जाने ही वाली थी। हम तक एक आपात संदेश आया। मेरी टीम उसके बचाव के लिए काम करने लगी। सौभाग्य से, उसको शुरुआती चिकित्सा मिल गई थी। हम लगातार उसके संपर्क में बने हुए थे और उसके हालात की जानकारी ले रहे थे।

सोनू सूद वन स्टॉप काउंटर पर मुझे कई मैसेज मिले जिसमें मुझ से दिव्यांगों के लिए व्हील चेयर और कृत्रिम पैरों की माँग की गई थी। मेरी टीम ने नागपुर के कुछ प्रमुख उपकरण निर्माताओं के संपर्क किया और जरूरतमंदों के लिए कृत्रिम पैरों का निर्माण करवाया।

कई महीनों तक हर सुबह मैं यह सोचता था कि मैं आज एक दिन आराम करूँगा और कुछ भी नहीं करूँगा, कुछ देर सोऊँगा और शरीर तथा मन को आराम दूँगा। हालाँकि, माहामारी आने के बाद लॉकडाउन हो गया और उसके बाद वह दिन मुझे नसीब नहीं हुआ। बल्कि अप्रैल से अभी तक मुझे याद नहीं है कि किसी रात मैंने आराम किया हो। हर दिन मेरा सामना एक नई इंसानी समस्या से होता। यह असहाय लोगों की दुनिया है जिसमें मैंने प्रवेश किया है और मैं अभी भी उसके बीचोंबीच खड़ा हूँ। असंख्य लोग राहत के इंतज़ार में हैं और मुझे ऐसा नहीं लग रहा है कि इनके ऊपर विराम लगने वाला है। यह एक सतत प्रक्रिया है और यह एक अटूट श्रृंखला है, जब हम आगे बढ़ेंगे तो सिर्फ इसके रूप बदलते रहेंगे।

यह सिर्फ घर भेजो अभियान के बारे में नहीं है, दरअसल किसी मज़दूर को घर पहुँचाने का मतलब यह नहीं है कि उसकी यात्रा पूरी हुई; बल्कि यह एक नए सिरे से परेशानियों की शुरुआत भी होती है। और मानवता की सेवा का मतलब प्रवासी मज़दूरों तक ही खत्म नहीं हो जाता, असंख्य अन्य लोगों को भी मदद की बदस्तूर दरकार है। जब आप लोगों को गले लगाने के लिए अपनी बाँहें फैलाते हैं तो आपको समझ में आता है कि जनसमुद्र आपका इंतज़ार कर रहा है।

जैसा कि मैंने पहले ही कहा कि यह सब कुछ-कुछ डरावना था। लेकिन यह आनंददायक भी है, पीछे मुड़कर यह देखना कि छह महीने में ही मैं किस तरह का आदमी बन चुका हूँ जो पहचान में नहीं आता।

यह बात घिसी पिटी लगती है कि 'असम्भव' शब्द को इस रूप में भी पढ़ा जा सकता है कि 'मैं संभव कर सकता हूँ'। लेकिन यह बात सही है। और जब डराने वाले 'असंभव' को परास्त कर 'संभव की परियोजना' का रूप दिया जाता है तो भय अपना रूप बदलकर संतोष में बदल जाता है। नतीजे आज सभी लोगों के सामने हैं। जैसा कि प्रधानमंत्री नरेंद्र मोदी हमेशा कहते हैं, 'कड़ी मेहनत से कभी थकान नहीं होती। इससे संतोष मिलता है'। मैं थका नहीं हूँ।

अध्याय 12

सेवाकारों की सेवा

नाम: साहिदुल बरभुइया, कैंटीन में काम करने वाले 180 लोगों का प्रतिनिधि
उम्र: 20 साल से कुछ अधिक
स्थान: पुणे/मुंबई
कारण: बेरोज़गारी की वजह से फँस गया
गंतव्य: गुवाहाटी

अमेरिकी रेडियो और टीवी लेखक एंडी रूनी का कहना है, 'हर कोई पहाड़ के शिखर पर पहुँचना चाहता है, लेकिन ख़ुशी और उपलब्धि का अनुभव तब होता है जब आप उसके ऊपर चढ़ाई कर रहे होते हैं'।

मैं अभी भी चढ़ाई कर ही रहा हूँ।

लेकिन जिस पड़ाव पर भी मेरे पाँव टिकते हैं या मेरे पाँव आगे बढ़ने वाले जिस भी राह पर पड़े, जहाँ मैं थोड़ा रुका, वहाँ मेरी मुलाक़ात अलग-अलग तरह के लोगों से हुई जिनके ढंग अलग थे और ज़रूरतें अलग थीं।

जून 2020 के दिन 180 लड़कों का एक जत्था पुणे से मुंबई के लिए रवाना हुआ, उनकी नौकरियाँ छूट गई थीं। वे मूल रूप से हैलाकांडी के रहने

वाले थे, जो गुवाहाटी से छह किलोमीटर की दूरी पर है। वे वहाँ फैक्ट्री की कैंटीन में रसोईये थे, हेल्पर थे, वेटर थे। लेकिन मार्च में लॉकडाउन लागू होने के बाद कैंटीन बंद हो गए और वे बेरोज़गार हो गए। अब बीते तीन महीनों से इन लड़कों के पास न नौकरी थी न कमाई थी। ये खाना बना-बना कर रोज़ सैकड़ों लोगों को खिलाते रहे, और बड़ी मुश्किल से अपने लिए खाना जुटा पा रहे थे।

जब दिन बीतने के साथ कैंटीन खुलने या कोई और नौकरी मिल पाने की उम्मीद जाती रही, तो वे इस बात को समझ गए थे कि अब उनके लिए घर जाने का समय आ गया है, जहाँ उनका परिवार था और उनके परिचित लोग थे। उनके लिए यह सौभाग्य की बात थी कि उनमें से कुछ लोगों ने *घर भेजो* अभियान का नाम सुन रखा था और उन लोगों ने 1 जून को मुंबई पहुँचने के बाद सोशल मीडिया के माध्यम से मुझसे संपर्क किया।

जैसा कि हर बार किसी नए अनुरोध के साथ होता था, इस बार भी मुझे कुछ समझ नहीं आ रहा था, क्योंकि उन लोगों की तादाद बड़ी थी। ये बात ठीक है कि हम लोगों ने 160 से अधिक फैक्ट्री में काम करने वाले लोगों को कोच्चि से सफलतापूर्वक उड़ीसा पहुँचा दिया था। लेकिन लोगों की बड़ी संख्या और मुंबई से गुवाहाटी की अधिक दूरी होने के कारण यहाँ अलग तरह की परेशानी खड़ी हो गई।

हम उन्हें घर भेजे जाने के इंतजाम कर पाने से पहले सिर्फ एक बात को लेकर निश्चित : इस बार भी हवाई जहाज़ से लोगों को घर तक भिजवाना पड़ेगा। लेकिन यह आसान नहीं था। न ही यह चुटकी बजाते ही हो जाने वाला काम था। वास्तव में सारा इंतजाम करते-करते दस दिन लग गए।

वह 1 जून का दिन था जब निसग्र चक्रवात मुंबई की तरफ बढ़ रहा था। पूरे समुद्र में तूफान आया था, ऊपर आसमान में भी और नीचे ज़मीन पर भी। इसी विकराल मौसम में वे लड़के मुंबई आ गए थे। कुर्ला में तिलक ब्रिज के नीचे शरण लेकर वे मुझे त्राहिमाम संदेश भेजने लगे। बारिश हो रही थी और उनको इस बात की भी फिक्र हो रही थी कि इस पुल के नीचे बैठकर मौसम की मार को वे कितनी देर तक सह पाएँगे।

हम उनकी बात समझते थे। वे बेरोज़गार थे, तीन महीने से किसी तरह खा पा रहे थे, और जब वे मुंबई में आए तो भारी तूफान ने उनका स्वागत किया, इस सबकी वजह से वे बहुत घबराए हुए थे। लेकिन मुझे लगता है कि वे इस बात को समझ नहीं पा रहे थे कि उन्होंने हम लोगों के सामने कितना भारी काम सौंप दिया था। करीब बीस साल का घुंघराले बालों वाला नौजवान साहिदुल बारभुइया उन लोगों का प्रवक्ता बना हुआ था, वह मुझसे विनती कर रहा था कि किसी तरह मैं उन लोगों को घर भिजवाने में मदद कर दूँ। मैं भी ऐसा ही चाहता था, हम सब ऐसा चाहते थे और मेरा यकीन कीजिए कि हम लोगों ने जब तक उनके जाने के लिए सवारी का इंतजाम नहीं कर दिया, तब तक हम चैन से नहीं बैठे। लेकिन वे बहुत बेचैन थे और और कई दिनों से उन लोगों ने ढंग का खाना तक नहीं खाया था।

ऐसी हालत में हम लोगों ने वही किया जो किया जा सकता था। पहले उन लोगों को चेम्बूर ले जाया गया जहाँ उनको गर्मागर्म भोजन और पानी दिया गया। उसके बाद हम लोगों ने उनसे सोने और आराम करने के लिए कहा, और यह कहा कि बाकी इंतजाम हम करते हैं। कुछ लड़के कह रहे थे कि उनको बहुत थकान महसूस हो रही थी जो कोविड के काल में चिंता की बात थी। इसलिए उनके भोजन पानी के इंतजाम के अलावा हम लोगों को उनके स्वास्थ्य पर भी नज़र रखनी थी।

इन लड़कों के विशेष आग्रह पर मैं स्वयं उनसे मिलने के लिए चेम्बूर गया और मैंने वहाँ जाकर उन लोगों से बातचीत की। मार्च से जून के बीच उन लोगों ने इतना झेल लिया था कि उनमें से कई लोग बेचैन थे, और टूटने के कगार पर आ गए थे। उन लोगों ने बताया कि उन लोगों ने अपने रिश्तेदारों और दोस्तों को फोन किया था, लेकिन वे हर तरफ से निराश हो चुके थे। यह उनके जीवन को हतोत्साहित कर देने वाला अध्याय था।

उनमें से अधिकतर लड़के अपनी उम्र के तीसरे दशक में थे। इसलिए यह और भी तकलीफ़ की बात थी। वे अपने-अपने परिवारों के अकेले कमाऊ सदस्य थे जो बारह से तेरह साल की उम्र से ही पुणे में काम कर रहे

थे। यह बाल मज़दूरी की भयावह सच्चाई भी बताती है कि किस तरह हमारी नाक के नीचे कम उम्र के बच्चों से काम करवाया जाता है।

एक बहुत बड़ा उदाहरण बाईस साल के लड़के का था जिसने मुझे बताया कि वह तेरह साल की उम्र से काम कर रहा था क्योंकि उसके परिवार में कोई काम करने लायक नहीं था। उसके पिता एक अकुशल मज़दूर थे जो छोटे मोटे काम किया करते थे और वे इतने गरीब थे कि दिन में दो वक्त का भोजन जुटा पाना भी उनके लिए सपने जैसा था। उसकी माँ और छोटी बहन भी कोई काम नहीं करती थीं, इसलिए वह पुणे के कैंटीन में खाना पकाता था और जो थोड़ी बहुत आय होती थी वह उसे हैलाकांडी में अपने परिवार के पास भेज देता था। यह सब तेरह साल की उम्र से शुरू हो गया था; उन लोगों का बचपन उनसे छिन गया था।

यह संतोष की बात थी कि मेरे जाने से उनके उत्साह में कुछ वृद्धि हुई; कम-से-कम जब तक वे मेरी देखभाल में थे तब तक मैं यह तो कर ही सकता था। इसमें हमें दस दिन लग गए लेकिन 10 जून को मेरी टीम और मैं उनको हवाई जहाज़ से मुंबई से गुवाहाटी भेज पाने में सफल रहे।

घर पहुँचने के बाद साहिदुल ने एक बार फिर अपने समूह की तरफ से मेरा आभार प्रकट किया। उसने मीडिया से कहा, 'घर पहुँचने के बाद मुझे कोविड 19 हो गया और मुझे क्वारंटीन कर दिया गया। लेकिन अब मैं ठीक हो गया हूँ और मेरा यह जीवन सोनू सर के कारण सम्भव हुआ। अगर समय पर उन्होंने मदद नहीं की होती तो मैं और मेरे कुछ साथी बच नहीं पाए होते। लेकिन हमारी परेशानी खत्म नहीं हुई है। हमारे लिए घर पर भी जीवन यापन करना आसान नहीं है। हम लोगों की सारी कमाई खत्म हो चुकी है और हमें रोज़-रोज़ भोजन जुटाने के लिए संघर्ष करना पड़ता है। लेकिन अगर ज़िंदगी ने मुझे मौका दिया तो मेरी गहरी ख़्वाहिश यह है कि मैं मुंबई लौटकर सोनू सर के लिए खाना पकाऊँ। मैं उनके लिए सार्वजनिक जुलूस निकालना चाहता हूँ क्योंकि उन्होंने मेरे जैसे सैकड़ों लोगों को बचाकर घर पहुँचाने का बहुत संवेदनशील काम किया है'।

साहिदुल के जीवन की इस दुखद विडम्बना को मैंने महसूस किया। वह स्वाभाविक खानसामा था जो किसी भी तरह का खाना पका सकता था। मीट, चिकेन, सब्ज़ियाँ और मिठाई भी, वह हर चीज़ बना सकता था। लेकिन महामारी के दौरान उसको इतना संघर्ष करना पड़ा कि उसको और उसके जैसे कई लोगों को कई बार ब्रेड और पानी पीकर गुज़ारा करना पड़ा।

इस तरह का हर प्रसंग मुझे दुखी कर जाता है और जब भी मैं उनकी कहानियाँ सुनता हूँ तो उसके ऊपर यक़ीन नहीं होता कि मैं साधनहीन लोगों के बारे में नई चीज़ें जान रहा हूँ। लॉकडाउन के बावजूद, स्वास्थ्य की चिंताओं और वैश्विक अर्थव्यवस्था में गिरावट के बावजूद हम लोग अभी भी अपने घरों में खाना खा रहे हैं और आराम से रह रहे हैं। लेकिन गरीबी हमारे दरवाज़े के बाहर होती है और यह हम लोगों का कर्तव्य बनता है कि हम साधनहीनों के दुखों को कम करने के लिए कुछ करें।

एंडी वारहोल के इन शब्दों पर हमें विचार करना चाहिए और उस पर काम करना चाहिए: 'कहा जाता है कि समय चीज़ों को बदल देता है, लेकिन असल में आपको उसे ख़ुद बदलना होता है'।

अध्याय 13

इमरजेंसी लैंडिंग

समूह का स्वरूप: विद्यार्थियों का एक समूह और ऐसे मरीज़ जिनको इमरजेंसी में चिकित्सा सुविधा की दरकार थी

हवाई जहाज़ से जहाँ से उठाया गया: मनीला, फिलिपींस

गंतव्य: नई दिल्ली, मुंबई और चेन्नई

सवारियों की संख्या: 850+36

हर बात की शुरुआत दिल से होती है और वहीं उसका अंत भी होता है। दिल अनुभव करता है और दिमाग काम करता है। और इसके बदले जो सुकून मिलता है वह दिल में रह जाता है। इस बात को कहने के लिए मैं राजनीतिक कार्यकर्ता और दार्शनिक थॉमस पाइने के शब्द उधार ले रहा हूँ: 'सहिष्णुता, दिल का सबसे सच्चा सहयोगी है'।

आप लोगों ने इस तरह की सामान्य टिप्पणियाँ सुनी होंगी कि भारत बहुत तेज़ी से दुनिया में मेडिकल पर्यटन का केंद्र बनता जा रहा है; इस क्षेत्र का तेज़ी से विस्तार हो रहा है। लेकिन कई अख़बारों में, वीकिपीडिया पर और नेट पर अनेक लेखकों को पढ़ने के बाद मुझे कुछ ऐसे आँकड़ों के बारे में पता चला, जो गर्व करने लायक़ हैं।

2020 के मध्य में भारत के मेडिकल पर्यटन की संभावना को पाँच से छह अरब बिलियन अमेरिकी डॉलर के बराबर आँका गया था। 2017 में पूरी दुनिया से पाँच लाख से कुछ ही कम मरीज़ इलाज के लिए भारत आए थे जिसमें ऑस्ट्रेलिया, कनाडा, इंग्लैंड और अमेरिका के लोग शामिल थे। नवम्बर 2019 में द *इकोनोमिक टाइम्स* में एक रिपोर्ट आई थी जिसमें यह बताया गया था कि इलाज के लिए जो लोग भारत आते हैं उनमें से 27 प्रतिशत महाराष्ट्र में आते हैं, 15 प्रतिशत चेन्नई में तथा केरल में करीब 5 से 7 प्रतिशत लोग आते हैं।

मेडिकल टूरिज्म का कभी मतलब यह था कि पहले कम विकसित देशों के लोग इलाज के लिए विकसित देशों में जाते थे, जहाँ इलाज की बेहतर सुविधाएँ होती थीं और वह इलाज उनके अपने देश में नहीं होता था। हालाँकि, हाल के सालों में विकसित देशों के लोग भी विकासशील देशों में इलाज के लिए जाने लगे हैं क्योंकि वहाँ इलाज का ख़र्च कम होता है। इसका चक्र घूम गया है।

मुझे हाल ही में पता चला कि फिलीपींस से बहुत सारे मेडिकल टूरिस्ट भारत आते हैं और भारत से बहुत सारे छात्र चिकित्सा की पढ़ाई करने फिलीपींस जाते हैं। मुझे इस बात का अंदाजा नहीं था कि यह दक्षिण-पूर्वी एशियाई देश वैसे भारतीय छात्रों के लिए स्वाभाविक जगह बन गया है जो मेडिकल की पढ़ाई करना चाहते हैं। मैंने पाया कि 8000 से ज़्यादा भारतीय वहाँ पर विज्ञान और चिकित्सा शास्त्र का अध्ययन कर रहा है और यह संख्या बढ़ती ही जा रही है।

फिलीपींस में शिक्षा रियायती दर पर मिल जाती है, वहाँ अंग्रेज़ी बोलने वालों की तादाद भी ठीक-ठाक है। वहाँ भारतीय व्यापारियों की तादाद भी बढ़ रही है और भारत से जाने वाले पर्यटकों की तादाद भी। साथ ही उसमें उष्ण-कटिबंधीय मौसम को जोड़ दीजिए और ऑस्ट्रेलिया, यूरोप और अमेरिका के मुकाबले वहाँ रहने के कम ख़र्चे पर भी विचार कीजिए, तो वह भारतीयों के लिए एक आकर्षक गंतव्य बन जाता है। इसके अलावा, भारत के प्रमुख महानगरों से वहाँ पहुँचने में महज़ 8-12 घंटे का ही समय लगता है।

इन्हीं वजहों से भारत और फिलिपींस के बीच दोनों तरफ से आवागमन बढ़ गया है। भारत के छात्र मेडिकल की पढ़ाई के लिए फिलिपींस जाते हैं और इसी वजह से भारत, फिलीपींस और वहाँ के नागरिकों यानी फिलिपीनो- जैसा कि वहाँ के लोग ख़ुद को कहलाना पसंद करते हैं- के लिए इलाज का प्रमुख स्थल बन गया है।

इस महामारी के दौरान, मुझे दोनों तरह के लोगों से अनुरोध मिलते रहे और जिसकी वजह से आख़िरकार मुझे फिलीपींस से भारत चार जहाज़ में भरकर लोगों को लाना पड़ा।

29 अगस्त 2020 को मैंने ट्वीट किया: 'जब तक आप सब घर नहीं पहुँच जाते हम कोशिश करते रहेंगे। हम यही कोशिश फिलीपींस से आने वाली चौथी फ्लाइट के साथ कर रहे हैं। आपका देश आपका इंतज़ार कर रहा है। @flyspicejet'

हमारा अंतरराष्ट्रीय बचाव अभियान शुरू हुआ और किर्गिस्तान, कजाकिस्तान, उज़्बेकिस्तान और मास्को से भारत के लिए फ्लाइट के इंतजाम के साथ यह और बेहतर होता गया। जैसा कि पहले ही कहा जा चुका है कि यहाँ से जिन विद्यार्थियों को लाया गया उनमें से अधिकतर मेडिकल की पढ़ाई कर रहे थे; यह मेरे लिए एक नई जानकारी थी कि हमारे देश के इतने सारे बच्चे वहाँ पढ़ाई कर रहे हैं।

महामारी के कारण हॉस्टल बंद हो गए और विश्वविद्यालय बच्चों को अपने परिसरों को ख़ाली करने के लिए कहने लगे तो हम उन लोगों को भारत के अलग-अलग शहरों में लेकर आए। और तब हम लोगों को यह पता चला कि फ़िलीपींस के लोगों को भी हमारी मदद की दरकार थी।

आँकड़े बताते हैं कि दक्षिण पूर्वी एशिया के देशों में से जो देश सबसे अधिक संक्रमित हुए, उनमें से फ़िलीपींस के संक्रमित मरीज़ों की तादाद बहुत अधिक थी। *न्यूयॉर्क टाइम्स* की रपट के अनुसार एक समय तो वहाँ 1 लाख सत्तर हज़ार संक्रमित मामले थे। इनमें से तीस हज़ार मामले अगस्त माह के एक सप्ताह में दर्ज किए गए।

मुझे फोन आया कि मेडिकल के 850 छात्रों को वहाँ से लाए जाने की ज़रूरत थी। तब तक हम लोगों को यह पता चल चुका था कि किस तरह से प्रक्रिया अपनानी थी। मैंने फिलीपींस में भारतीय राजदूत तथा अन्य अधिकारियों से बात की और उनको यह बताया कि वहाँ से विद्यार्थियों को भारत लाना कितना ज़रूरी था। कई फोन करने के बाद मेरी कोशिशें रंग लाई। मैं एक जहाज़ में बिठाकर उन छात्रों को भारत लाने में कामयाब रहा॥

हम अगस्त से सितम्बर के एक महीने के दौरान सारे विद्यार्थियों को अलग-अलग फ्लाइट से भारत लेकर आए। लेकिन जब हम विद्यार्थियों को वहाँ से लेकर आने में लगे थे तो एक और बेचैन करने वाली बात की तरफ मेरा ध्यान गया। एक बार जब यह बात फैल गई कि सोनू और उसकी टीम ने हवाई जहाज़ के द्वारा विद्यार्थियों को भारत पहुँचाया है तो हम लोगों के पास एक अनुरोध आया कि उन्नीस बच्चों को लीवर प्रत्यर्पण की ज़रूरत है। वे फिलीपींस के बच्चे थे जिनका नई दिल्ली में ऑपरेशन होने वाला था। लेकिन उनको फ्लाइट नहीं मिल पा रही थी।

भारत में इलाज का ख़र्च फिलीपींस से कम है और इस कारण उन बच्चों के माता-पिता ने अपने बच्चों के लिए दिल्ली में अस्पताल का चुनाव किया था। लॉकडाउन के पहले सभी लोगों ने अपने मेडिकल रिकॉर्ड दिखाकर आवश्यक अनुमति भी ले ली थी। लेकिन जब महामारी फैल गई और दुनिया भर में लॉकडाउन लागू हो गया तो सारी योजना धरी-की-धरी रह गई और वे संकट में आ गए। ये सभी मेडिकल इमरजेंसी के मामले थे और यह उनके बच्चों के जीवन का मामला था।

कोविड के कारण लोग सिर्फ वायरस के कारण ही नहीं मरे, बल्कि बहुत से लोग लॉकडाउन लगने के कारण भी मर गए। फिलीपींस के जिन बच्चों को चिकित्सा सहायता महज़ इसलिए नहीं मिल पाई थी क्योंकि उनको जहाज़ से बाहर जाने की अनुमति नहीं मिली थी, इसलिए उनके पास इसके सिवाय और कोई विकल्प नहीं था कि वे घर में ही रहें। दुःख की बात यह है कि उनमें से छह बच्चों की मौत भारत के लिए उड़ान भरने के पहले ही हो गई। इसके कारण उन तेरह बच्चों के माता-पिता और भी तनाव में थे

जिनको इलाज के लिए भारत आना था। वे दुखी थे और चाहते थे कि अपने बच्चों को भारत में ऑपरेशन थिएटर जल्दी से जल्दी पहुँचा सकें।

जब मैं इस परिदृश्य में शामिल हुआ तो मैंने सभी बच्चों के लिए फ्लाइट का इंतजाम कर लिया। उस समूह में तेरह कम उम्र मरीज़ों के साथ-साथ छब्बीस वयस्कों को भी आना था। उन वयस्कों में माता-पिता, अटेंडेंट और कुछ अंगदान करने वाले लोग भी शामिल थे।

लेकिन एक बार फिर से मुझे धक्का लगा। जब हम उन लोगों को हवाई जहाज़ से लाने की प्रक्रिया में थे कि उस प्रक्रिया की आख़िरी घड़ियों में एक और बच्चा जीवन संघर्ष में हार गया और भारत के लिए जहाज़ में चढ़ने के पहले ही उसकी मृत्यु हो गई। इसलिए हम केवल बारह बच्चों की मदद कर पाए। पंद्रह अगस्त को उन लोगों ने अपने अभिभावकों के साथ दिल्ली की उड़ान भरी और दो-तीन दिनों में ही उनको ऑपरेशन के लिए ले जाया गया।

मुझे कृतज्ञ माता-पिताओं से ढेर सारे धन्यवाद के संदेश मिले। लेकिन हमारे लिए उत्साह बढ़ाने वाली खबर यह थी कि जिन बच्चों को सैनिकों की तरह लाया गया था उनमें से अधिकतर बच्चों का ऑपरेशन सफल रहा। मुझे समझ नहीं आ रहा है कि मैं किस तरह से इसे व्यक्त करूँ कि जब इतनी सारी ज़िंदगियाँ दाँव पर लगी होती हैं तो भावनाओं से संघर्ष कर पाना कितना मुश्किल होता है, ख़ासकर जब वे छोटे-छोटे बच्चों की जिंदगियाँ हों। इस 'इमरजेंसी लैंडिंग' ने मुझे इतना झकझोड़ दिया कि मुझे यह समझ नहीं आ रहा था कि मैं अपनी भावनाओं पर किस तरह से नियंत्रण करूँ जब मुझे यह पता चला कि कुछ बच्चों ने फ्लाइट के इंतज़ार में दम तोड़ दिया था। मैं अपने आपको इस बात का दिलासा दे सकता था कि यह मेरी ज़िम्मेदारी नहीं थी लेकिन फिर भी तकलीफ़ तो होती ही है, क्योंकि एक बार जब वे मुझ से जुड़ गए थे, तो मुझे ऐसा लग रहा था मानो यह मेरी ही ज़िम्मेदारी है। हवाई जहाज़ में चढ़ने के पहले जब एक बच्चे की मौत हो गई तो मैं निजी रूप से असहाय महसूस कर रहा था।

मैंने कुछ लोगों से ऐसा सुन रखा था कि सच्चे पुरुष रोते नहीं हैं। मैं इस पर एक पल के लिए भी यकीन नहीं कर सकता। सिक्स पैक एब्स के

बावजूद मेरा दिल खून के आँसू रोता है और मैं हर बार बिखर जाता हूँ जब इस तरह की मानवीय त्रासदी को मैं देखता हूँ। करुणा एक ऐसी भावना है जो कठोरतम इंसानी डील-डौल के साथ भी बिल्कुल सहज है।

अध्याय 14

एक पोर्टल के सम्मान में

15 अगस्त 2020 को मैंने कैमरे के सामने एक नई भूमिका निभाई। मैं एबीपी न्यूज़ पर एक गेस्ट एंकर के तौर पर शामिल हुआ जो, उस दिन वे स्वतंत्रता दिवस के अवसर पर एक विशेष कार्यक्रम कर रहे थे।

26 अगस्त 2020 को सोशल मीडिया पर अरुणेश मिश्रा नामके एक व्यक्ति ने ट्विटर पर प्रधानमंत्री नरेंद्र मोदी को यह सुझाव दिया कि 'सोनू सूद के अनुकरणीय सामाजिक कार्य के ऊपर एक लेख स्कूलों के पाठ्यक्रम में शामिल किया जाना चाहिए जिससे कि अधिक से अधिक बच्चे उससे प्रेरणा लेकर उसका अनुकरण करें'।

मीडिया और जनता द्वारा मेरे जीवन के इस मानवीय कार्य वाले मोड़ को, सोनू सूद के सामाजिक कार्यकर्ता अवतार को किस तरह से स्वीकृति मिली, ये उसके दो छोटे-छोटे उदाहरण हैं। यह प्रशंसा दर्जनों तरीकों से अलग-अलग तरह के लोगों के पुनर्वास के लिए हमारे लगातार प्रयासों को मिल रही है।

मुझे जो प्रशंसा मिली है उनसे मैं अपने आपको विनम्र और सम्मानित महसूस कर रहा हूँ, इसने मुझे आगे और काम करते रहने के लिए प्रेरित भी किया है। और मैं जिस दिशा में भी देखता हूँ कोई न कोई मुझे आवाज़ दे रहा होता है।

जहाँ तक लोगों के अनुरोध की बात है तो महामारी के इस दौर में मैं लोगों की मदद के अनुरोधों में इतना फँसा रहा और ज़रूरतमंद लोगों के जीवन को पटरी पर लाने में में इस कदर डूब गया था कि मैंने अपने काम को भी पीछे छोड़ दिया। मेरी मेज़ पर पटकथाओं का अम्बार लग गया। लेकिन घर *भेजो* अभियान तथा उससे जुड़े अन्य कामों की वजह से मेरे लिए एक तरह से यह असम्भव हो गया था कि मैं पटकथाओं को पढ़ पाऊँ। जिस तरह से परेशान हाल लोग फोन कर रहे थे, उसके कारण मैं मानसिक रूप से बहुत उत्तेजित था और थका भी हुआ था। मेरे लिए किसी पटकथा को पढ़ने में ध्यान लगा पाना बहुत मुश्किल होता जा रहा था।

मेरे लिए किस्मत की बात यह थी कि मेरे फिल्म निर्माता इस बात को अच्छी तरह समझते थे। वे इस बात को समझ रहे थे कि मेरे हाथ में एक बड़ी ज़िम्मेदारी का काम है, ऐसा काम जिसमें बहुत सूझबूझ के साथ काम करना पड़ रहा था और तत्काल कार्रवाई की ज़रूरत पड़ रही थी। जब महामारी के दौरान आने-जाने वालों की तादाद कम हुई, तभी मैं पटकथाओं को पढ़ने की दिशा में वापस लौट पाया। सहज सी बात है- हमें ऐसा लगा है कि हम महामानव हैं। लेकिन हम लोगों में से जो सबसे अच्छे होते हैं वे भी एक सीमा से अधिक आगे नहीं जा सकते। ऐसे समय में बेहतर यही होता है कि जो काम हाथ में है उसी के ऊपर ध्यान बनाए रखा जाए और अन्य तरह की गतिविधियों से अल्प विराम ले लिया जाए। कहने का मतलब यह है कि अपने आपको कभी भी पूरी तरह से अत्यधिक नहीं थकाना चाहिए।

जुलाई में ट्विटर पर एक वीडियो वायरल हुआ जिसमें साड़ी पहने हुए पचासी साल की एक महिला सड़क पर *लाठी काठी* कर रही थी, जो मार्शल आर्ट की शैली में लाठी से किया जाने वाला एक युद्ध नृत्य है। मास्क पहनकर, उसने शरीर और आत्मा को एक करने के लिए ऐसा किया, वह अपनी कला का प्रदर्शन कर रही थी ताकि बदले में देखने वाले उसको कुछ पैसे दे दें। इस वीडियो के कारण बहुत सी मशहूर हस्तियों का ध्यान इस तरफ गया और वे इस 'वारियर आजी' या 'योद्धा दादी' (जल्दी ही वह इस नाम से विख्यात हो गई) कि बारे में और जानना चाहते थे।

मैं उससे बहुत प्रभावित हुआ। मेरी टीम ने यह पता लगाया कि वह पुणे की रहने वाली शांता बालू पवार थी। उनको उत्साहित करने या उनको कुछ नगद पैसा देना तो एक अल्पकालिक समाधान होता। जबकि हमेशा की तरह मेरी कोशिश यह थी कि उनको एक रोज़गार दिया जाए। जब आप किसी ऐसी प्रतिभा को देखते हैं तो आप यह भी चाहते हैं कि उसको और लोगों तक पहुँचाएँ और कई पीढ़ियों तक ले जाएँ। 'वारियर आजी' ऐसे तमाम लोगों के लिए एक सवाल की तरह थीं जो अपनी उम्र का हवाला देकर कुछ नहीं करते और चुपचाप बैठे रहते हैं। पचासी साल की उम्र में शांता पवार ऊर्जा से भरपूर और जीवंत थीं। हम उनको एक प्रेरणा पुंज के रूप में दुनिया के सामने प्रस्तुत करना चाहते थे। जैसा कि अमेरिकी अभिनेत्री और एक्टिविस्ट जेन फोंडा ने कहा है, 'कभी भी किसी काम के लिए बहुत देर नहीं होती, फिर से शुरुआत के लिए कभी देर नहीं होती, ख़ुश रहने के लिए कभी देर नहीं होती'।

22 अगस्त 2020 को गणेश चतुर्थी के पावन मौके पर हम लोगों ने उनके शहर में शांता पवार मार्शल आर्ट और आत्म रक्षा संस्थान की स्थापना की, जहाँ उन्होंने अपने ज्ञान का प्रसार करना शुरू किया और अनेक लोगों को विशेष लाठी बाज़ी का प्रशिक्षण देना शुरू कर दिया। 'यह मेरा सपना था जिसको सोनू ने पूरा कर दिया', उस दिन आजी चहक रही थीं। शांता आजी का लक्ष्य था कि लाठीबाज़ी की कला के माध्यम से महिलाओं और बच्चों को आत्मरक्षा का प्रशिक्षण दिया जाए।

मैं चाहता था कि उस नए ठिकाने का नाम शांता बालू पवार मार्शल आर्ट्स स्कूल रखा जाए, लेकिन उनकी ज़िद थी कि उसका नामकरण मेरे नाम पर हो। इस तरह पुणे में सोनू सूद मार्शल आर्ट स्कूल है। यह एक और ऐसा स्थान है जहाँ मैं सब कुछ सामान्य होने के बाद ज़रूर जाना चाहूँगा।

अगस्त के महीने में मेरे पास अलग-अलग तरह के अनुरोध आए और मेरा ट्विटर टाइमलाइन उनसे भरा हुआ था। सोशल मीडिया पर तरह-तरह के अनुरोध किए गए थे जिनमें पैसों, ट्यूशन फ़ी, मेडिकल सुविधा या लैपटॉप या किताबों की माँग थी, लेकिन एक विचित्र सी माँग आई कैप्टन

कूल के एक फैन की तरफ से, जिसमें उसने यह माँग की थी कि उसको एक फोटो धोनी के साथ खिंचवानी है। मनोरंजन के उस पल को रहने भी दें तो जब बिहार में बाढ़ आई थी तो मुझसे मदद की माँग को लेकर अनुरोध करने वालों का ताँता लग गया। उनमें से एक चंपारण के भोला थे। उनके दुर्भाग्य की शुरुआत तब हुई जब बाढ़ के पानी में उनका बेटा और उनकी भैंस बह गए, वह भैंस उनकी कमाई का इकलौता साधन थी।

उनके बेटे की ज़िंदगी तो वापस नहीं दिलाई जा सकती थी, लेकिन मैंने और नीति गोयल ने सक्रिय होकर उनके लिए एक नई भैंस ख़रीद दी। हम उनके बेटे की ज़िंदगी वापस तो नहीं दिला सकते थे लेकिन हम उनके लिए आजीविका का एक साधन तो उपलब्ध करवा ही सकते थे, ताकि वह अपने और अपने बाकी बच्चों का भरण-पोषण कर सके।

भोला के मासूम चेहरे पर नई भैंस देखकर जो मुस्कान आई उसको देखकर मैं ट्वीट करने से ख़ुद को रोक नहीं पाया, 'मुझे अपनी पहली कार ख़रीदकर उतना उत्साह नहीं हुआ था जितना आपके लिए नई भैंस ख़रीदकर हुआ। जब मैं बिहार आऊँगा तो उस भैंस का एक गिलास ताज़ा दूध ज़रूर पियूँगा'।

उँगलियों पर हिसाब करके यह कहा जा सकता है कि भोला को अब महीने में बीस हज़ार रुपए की आय हो जाएगी क्योंकि एक भैंस रोज़ दस लीटर दूध देती है। जानवरों की देखभाल के ख़र्चे को काटकर भोला के पास इतना पैसा बच जाएगा कि वह अपनी और अपने परिवार की दैनिक आवश्यकताओं की पूर्ति कर पाएगा।

अठारहवीं सदी के अँग्रेज़ी लेखक सैमुअल जॉनसन ने कहा था, 'दान का कुछ महत्व इस बात से ही बढ़ जाता है कि वह दिया किस तरह से जाता है'।

चाहे चंपारण में भोला के लिए भैंस ख़रीदने की बात हो या चित्तूर में नागेश्वर राव के लिए ट्रैक्टर या जलपाईगुरी में कृष्टि छेत्री के लिए पक्का मकान बनवाना रहा हो, किसी को सही समय पर उचित गरिमा के साथ कुछ प्रदान करना ही किसी को कुछ देने का सही तरीका है। जिस तरीके से देने

वाली चीज़ दी जाती है, उस बारे में सांता के आप्त वचनों को हमेशा याद रखा जाना चाहिए: 'किसी वस्तु के देने से दूसरे व्यक्ति के चेहरे पर मुस्कान आ जानी चाहिए, बजाय यह कि मैंने तुम्हारे लिए यह किया, वह किया कहने के'। इस तरह के प्रचार के काम से जिसको कुछ दिया जाता है वह अपने आपको तुच्छ समझने लगता है और इस कारण किसी को कुछ भी देने का महत्व जाता रहता है।

मैं किसी के जीवन को इस उम्मीद में बेहतर बनाने की कोशिश करता हूँ ताकि जब वह किसी को कुछ देने की स्थिति में आए तो वह भी देने की ख़ुशी का अनुभव करे। यह कड़ी टूटने न पाए और इसके कारण बहुत से अन्य लोगों को भी लाभ हो सके।

जिन लोगों को कुछ मिलता है वह ख़ुश हो सकते हैं लेकिन देने के आनंद से किसी की तुलना नहीं की जा सकती है। आप जो देते हैं वह आपके पास कई गुना और कई तरह से लौट आता है। मैंने एक बहुत बड़ी परिघटना का अनुभव किया है जो कुछ कुछ 'बटरफ़्लाई इफ़ेक्ट' की तरह है जिसमें एक तरफ पंख फैलाने से कहीं और जाकर बदलाव घटित होता है। घर भेजो टीम और मैंने एक छोटे से उपनगर में अपने पंख फैलाए थे, जब हम लोगों ने झंडी हिलाकर 350 प्रवासियों को विदा किया था। और देखिए कि किस तरह यह दुनिया के नक़्शे पर फैलता चला गया।

देश भर के अनगिनत एनजीओ इस कारवाँ में पूरे उत्साह के साथ शामिल हुए। जिस तरह से सामूहिक भोज में होता है, कुछ लोग अपने साथ शुभकामना लेकर आए, कुछ क्राउड फ़ंडिंग के माध्यम से धन लेकर आए, और बहुत से लोग वही लेकर आए जो उनके पास था। ऐसे अनेक ऑपरेशन तो मुझे याद भी नहीं हैं जिसमें डॉक्टर ने यह कहते हुए अपनी फीस माफ कर दी कि 'सोनू, हम इस मुश्किल वक्त में आपकी सेवा से ही ख़ुश हैं'। यह बहुत बड़ा पुरस्कार था कि इतने सारे लोगों के अंदर करुणा का भाव जागृत हुआ।

मैं हर डॉक्टर, नर्स, सामाजिक कार्यकर्ता, अकादमिक जगत के लोगों, सरकारी अधिकारी, ब्यूरोक्रेट्स तथा आम जन का शुक्रिया अदा करना चाहता हूँ जो इस अभियान का हिस्सा बने। इस अभियान से तरह-तरह के

लोग जुड़े, जिन्होंने मुझे मज़बूत बनाया; जिन्होंने मेरी ज़िम्मेदारियों को साझा किया और मेरे बोझ को हल्का बनाया। एक ही साथ हम गुदड़ी के कम्बल की तरह हर जगह फैले हुए हैं।

उस समय तरह-तरह के जो अनुरोध जो मुझे मिलते थे, उसमें दर्दनाक दृश्य मेरे दिल को छू जाते थे जिस कारण से मैं फिर से काम में जुट जाता था। उत्तर बंगाल के न्यू जलपाईगुडी की कृष्टि छेत्री की अवस्था ने मुझे बहुत दुखी कर दिया। कृष्टि की एक पड़ोसी सोनल सिंह ने ट्विटर पर मुझे एक तस्वीर भेजी जिसमें फटे हुए प्लास्टिक के बैग और बोरों से मिलाकर एक घर बनाया गया था जो उस बच्चे और उसके बेरोज़गार पिता का था। सर्दी, गर्मी और बरसात में बच्ची और उसके पिता इसी घर में रहते थे। कृष्टि के पिता उन लाखों लोगों में एक थे जिनकी नौकरी लॉकडाउन में चली गई थी।

सोनल सिंह के ट्वीट से मैं हरकत में आ गया और जी-जान से इसमें लग गया। मुंबई में बैठकर मैंने ज़रूरी धन और लोगों का इंतजाम किया जो जलपाइगुड़ी जाकर उसकी झोपड़ी को एक छोटे से घर में बदल दें। कुछ ही दिनों में जब वहाँ ईंट-गारे का एक घर बनकर तैयार हो गया तो छेत्री के पड़ोसी भी ख़ुश हो गए।

प्लास्टिक की चादरों और बोरे से बने घर के स्थान पर ईंट गारे के एक रहने लायक घर को देखकर सोनल सिंह यह कहने से ख़ुद को रोक नहीं पाई, '2500 किलोमीटर दुर मुंबई में रहते हुए सोनू सूद ने कृष्टि के लिए यह कर दिया। मैंने इस बात की कल्पना भी नहीं की थी कि उनके जैसी मशहूर हस्ती मेरे ट्वीट पर किसी तरह की प्रतिक्रिया भी देगी। मैं एक आम इंसान हूँ और कृष्टि की मदद करना मेरी क्षमता से बाहर की बात थी। उस लड़की के लिए उन्होंने जो किया, हम उसको कभी भूला नहीं पाएँगे'।

एक और पड़ोसी राजू कर्माकर की टिप्पणी थी, 'हम लोगों ने यह देखा है कि यह छोटी सी लड़की कितना संघर्ष कर रही थी। वह और उसके पिता एक झोपड़ी में बरसात और कड़ाके की सर्दी में रह रहे थे। यहाँ से हज़ारों किलोमीटर दूर रहने वाले इस अभिनेता ने उसके दुःख को समझा और ज़रूरी उपाय किए। इस नेक काम के लिए हम उनके आभारी हैं'।

एक स्वत:स्फूर्त सौजन्यता के तौर पर उन लोगों ने नीले रंग के एक तिरपाल पर इन शब्दों को लिखा और उसको वहाँ टांग दिया। इस पर लिखा था:

'गरीबों का एक ही सहारा
सोनू सूद हमारा
बेघर को घर देने के लिए हम लोग
तहे दिल से आपका धन्यवाद करते हैं
थैंक यू सोनू सूद'

कृष्टि और और उसके पिता के नए घर के बाहर एक नाम लिखा है, 'सोनू सूद निवास'। मैंने 21 अगस्त 2020 को यह ट्वीट किया, 'चलो, अब मैं यह कह सकता हूँ कि मेरा एक घर अब जलपाइगुड़ी में भी है'। ऐसा लग रहा है कि जब माहामारी का अंत हो जाएगा तो मेरे पास जाने के लिए कई ऐसे स्थान होंगे।

लेकिन संतोष मनाने का मेरे पास समय नहीं होता क्योंकि घर भेजने के लिए जब भी किसी प्रवासी का मैसेज आता है तो मैं असहाय महसूस करने लगता हूँ। असम और बिहार में बाढ़ से तबाही आ गई थी, यह उन लोगों के लिए और भी कठिन दौर था जो बेरोज़गारी, गरीबी और असुरक्षा के माहौल को झेल रहे थे। उन मज़दूरों में एक बार फिर से घबराहट फैल गई। इन राज्यों के जिन मज़दूरों को हमने उनके घर वापस भेजा था, वे मुझसे संपर्क करते और बताते, 'सर, आपने हम लोगों को घर भिजवाया था लेकिन हमारे पास आजीविका के साधन नहीं हैं। बाढ़ ने हम लोगों की ज़िंदगी को और भी मुश्किल बना दिया है'।

जब भी मैं बस या ट्रेन में बिठाकर प्रवासियों को उनके घर भेजता था तो मेरे दिमाग में पीछे यही सवाल चलता रहता था, 'क्या ये काम के लिए कभी फिर से महानगर लौट कर आएँगे?' बाढ़ और कोविड 19 के कारण बेरोज़गारी के अलावा मुझे ऐसे बहुत सारे लोगों से संदेश मिलने लगे जो काम के लिए वापस शहर आना चाहते थे। लेकिन वे सब चाहते थे कि उनको

रहने और काम करने के लिए बेहतर स्थितियाँ मिले। मैं ऐसे रोज़गारदाताओं और उद्योग जगत के लोगों की खोज में लग गया जो आगे बढ़कर आएँ और उन मज़दूरों को काम देने के अलावा उनके लिए कुछ और करें।

न तो महामारी और न ही प्रकृति के कोप पर ही किसी का वश होता है। लेकिन मैं एक बार फिर चौराहे पर खड़ा था: क्या मैं इस बात के लिए अपने आपको दिलासा दूँ कि मैंने वही किया, जो मेरे वश में था लेकिन मैं प्रकृति को वश में नहीं रख सकता था? या, क्या मुझे एक बार फिर किसी बंद दरवाज़े की तरफ जाना चाहिए? मेरा दिमाग कहता, बात करो, योजना बनाओ, काम करो और भविष्य के लिए सोचो।

मैं यह जानता था कि मुझे संबद्ध राज्य के अधिकारियों से इस बारे में बात करनी चाहिए कि बाढ़ के बाद क्या करना चाहिए। चीजों को काबू में लाकर ख़तरे को कम-से-कम करना, पुनर्वास की व्यवस्था करना आदि-आदि।

इसके साथ ही, टीम घर भेजो हरकत में आ गई और असम तथा बिहार के लोगों को राशन भेजने का इंतजाम किया गया। यह कुछ ही समय के लिए था, तत्काल सहायता के रूप में। हालाँकि, मुझे यह पता है कि यह इस विशाल समस्या का कोई स्थायी समाधान नहीं था; यह केवल उन लोगों तक ही सीमित नहीं था जिनको ठीक से दो जून का भोजन भी नहीं मिल पा रहा था।

मुट्ठी बांधकर रहने की तुलना में खुले हाथ रहना जीवन का स्वागत करने की उचित मुद्रा होती है। लेकिन, साथ ही, आपको, मुझे और सब लोगों को उन लाखों लोगों की मदद के लिए आगे आना चाहिए जो मुश्किल में हैं। मैं यहाँ जॉन डी रॉकफ़ेलर जूनियर को उद्धृत करना चाहता हूँ जो कहते हैं, 'दान देना तब तक नुकसानदेह है जब तक कि यह दान प्राप्तकर्ता को दान पाने की परिस्थितियों से स्वतंत्र न कर दे'। यह मेरे 'वन स्टॉप काउंटर' का एकमात्र प्रयास रहा है कि हाशिए के लोगों को अपने पैरों पर खड़े होने में मदद की जाए।

इन विविध लक्ष्यों और अनुभवों पर चिंतन करते हुए मेरे दिमाग में एक अच्छा विचार आया जो तब से मेरा इंतज़ार कर रहा था जब कोविड

19 इतिहास के पन्नों में 2020 में मानवता के लिए एक दु:स्वप्न के रूप में दर्ज हो रहा था। मैं समझ गया था कि मैंने जीवन भर के लिए अपना काम ढूँढ़ लिया है। दरअसल, ऐसे कामों के लिए महज़ एक ज़िंदगी काफी नहीं होगी।

एक बार जब हम लोगों ने अपने सामने के विशाल काम को निपटा लिया तो हम समझ गए थे कि हमें कहाँ जाना था, फिर हम उसके रास्ते बनाने में लग गए। 23 जुलाई 2020 को हम लोगों ने महत्वाकांक्षी प्रवासी रोज़गार की शुरुआत की, जो फ्री मोबाइल ऐप है और अंग्रेज़ी तथा हिंदी में वेबसाइट भी है।

प्रवासी रोज़गार भारत के लोगों के लिए एक दीर्घकालीन योजना के रूप में शुरू की गई है। जिन लोगों की आजीविका छिन गई थी और जिनका जीवन प्रभावित हुआ था, उनको राशन भेजना उस बड़ी समस्या का सिर्फ ऊपरी हल है जो उसके पीछे मुँह बाये खड़ी है। जिन डेढ़ लाख प्रवासी मज़दूरों को मैंने घर भिजवाया था, उनको काम चाहिए था। उनको अपने और अपने प्रियजनों की देखभाल के लिए आय के स्थायी स्रोत की ज़रूरत थी।

यह बहुत बड़ा प्रयास है जिसका उद्देश्य है ब्लू कॉलर नौकरी की तलाश में भटक रहे युवाओं को आमदनी का अवसर मुहैया करवाना और जिसका लक्ष्य है उनके लिए सामाजिक सुरक्षा का घेरा बनाना। इसके अलावा उनके करियर को दिशा दिखाना और सही सलाह देना भी इसका मकसद है। यह दीर्घ अवधि की योजना है लेकिन प्रवासी रोज़गार का तात्कालिक लक्ष्य है उन लाखों प्रवासी मज़दूरों को काम दिलवाना जिनकी आजीविका महामारी के दौरान छिन गई।

रोम के दार्शनिक सेनेका ने कहा था, 'भाग्य अवसर से मिलने की तैयारी का नाम है'।

बेरोज़गार मज़दूरों के लिए भाग्य प्रतीक्षा कर रहा था, जब हम लोगों ने उसकी ज़मीन तैयार करते हुए योजना बनाई और उनके लिए मौके तलाश करने की दिशा में काम करना शुरू किया।

हम लोगों ने पाँच साल की एक योजना बनाई है जिसका लक्ष्य है कम-से-कम उन दो करोड़ लोगों के लिए रोज़गार तलाश करना जो माहामारी के दौरान प्रभवित हुए। हम लोगों की नज़र युवाओं और तरह-तरह के काम करने वाले लोगों पर है जो वे प्रवासी मज़दूर भी हो सकते हैं जो महानगरों को छोड़कर अपने-अपने गाँव जा चुके हैं या वे ऐसे प्रवासी मज़दूर भी हो सकते हैं जो शहर वापस आना चाहते हों। हम लोगों ने स्कूल की पढ़ाई पूरी न कर पाने वालों के लिए विनिर्माण तथा सेवा क्षेत्र में शुरुआती स्तर के काम के ऊपर भी ध्यान देना शुरू किया। यह हमारे समाज का सामाजिक और आर्थिक रूप से पिछड़ा तबका है, हाशिए पर रहने वाले स्त्री-पुरुष, जिनके जीवन को हम बेहतरी के लिए बदलना चाहते हैं।

इसके पाँच साल के पूरे हो जाने के बाद मैं उनके सामाजिक-आर्थिक स्तर में बदलाव होते देखना चाहता हूँ।

'अगर आप किसी और के लिए रोशनी करेंगे तो आपका पथ भी रोशन होगा'। बुद्ध के इस ज्ञान ने अकल्पनीय ढंग से मेरे और टीम घर *भेजो* के जीवन को रोशन बना दिया है। लोगों से संवाद करने तथा असंख्य लोगों के लिए नए काम की तलाश के क्रम में हमें जो हासिल हुआ वह भी गणना से परे है, क्योंकि इस दौरान हम लोगों को नए-नए तरह का ज्ञान हासिल हुआ। हमारे दिल में आंतरिक तौर पर जो रोशनी महसूस हुई वह इसके अतिरिक्त है।

जब हम लोग प्रवासी रोज़गार ऐप को तैयार करने में लगे थे, तो मुझे अपने बीते हुए दिनों की याद आई। मैंने इंजीनियरिंग की पढ़ाई की थी। उसके बाद मैं ऐक्टिंग के क्षेत्र में कूद पड़ा, तरह-तरह के विचार मेरे दिमाग में चलते रहते थे। जब मैं कुछ व्यावहारिक होकर सोचने में लग जाता तो सोचता कि क्या मुझे इंजीनियर की नौकरी कर लेनी चाहिए या कोई अन्य अच्छी नौकरी? आख़िरकार, जब मैं एक्टर बन गया तो मुझे यह समझ में आया कि नौकरी का फैसला मशीनी ढंग से नहीं होता। इस तरह के चयन भावनात्मक भी होते हैं। इसलिए मैं यह चाहता था कि प्रवासी रोज़गार के माध्यम से जो लोग काम की तलाश कर रहे हैं उन लोगों को अपने चुने गए पेशे में भावनात्मक रूप से भी संतोष मिले। कुछ महीनों बाद जब आर्थिक

स्थिति सामान्य हो जाएगी तो मेरी दिली ख़्वाहिश है कि देश में नौकरी की तलाश करने वाले असंख्य लोगों के भावनात्मक जुड़ाव के लिए मैं काम करूँ। मुझे उम्मीद है कि एक दिन मैं ऐसा सवेरा देख पाऊँगा जब लोगों को अपना मनपसंद काम करने का मौका मिलेगा, न कि घर का चूल्हा जलाए रखने के लिए पसीना बहाना पड़ेगा।

हम लोगों ने रोज़गार की सभी सम्भावनाओं पर विचार किया और यह आकलन किया कि एक तरफ बेरोज़गार लोग नौकरी की तलाश कर रहे थे तो दूसरी तरफ उतने ही लोग कुशल व्यक्ति को भी काम के लिए ढूँढ़ रहे थे। काग़ज पर यह बहुत साधारण सी बात थी कि दो ऐसे लोगों को एक दूसरे के पास ले जाया जाए, जो एक दूसरे की तलाश में थे। लेकिन इसको लागू करने में आपके प्रबंधन कौशल की असली परीक्षा थी क्योंकि इसके लिए ऐसी कम्पनियों और संस्थाओं को खोजना होता जहाँ कुशल मज़दूरों की बहुत किल्लत हो, और उसके साथ मिलकर उसको चलाने में मदद करना ताकि और अधिक नौकरियाँ पैदा हो सकें।

हम लोगों ने इस बारे में भी गहराई से सोचा कि हम मज़दूरों को प्रशिक्षण दें, उनका आकलन करके उनके कौशल के हिसाब से प्रमाण पत्र दें जिससे कम्पनियों को उनको रखने, उत्पादकता बढ़ाने और फिर उनको सतत रूप से बनाए रखने में मदद मिलेगी। प्रवासी रोज़गार एक सर्वांगीण पोर्टल के रूप में शुरू हुआ जो सरकार को भी उसकी योजनाओं और कार्यक्रमों में समावेशी सामाजिक और आर्थिक विकास हासिल करने में मदद करेगी।

प्रवासी रोज़गार का निर्माण इस तरह से किया गया है कि नौकरी देने वाले और नौकरी चाहने वाले दोनों इसके ऊपर रजिस्टर करें। अपने बारे में ज़रूरी जानकारियाँ देने के बाद जिनको रोज़गार की तलाश हो, वे अपने कौशल के उद्योग क्षेत्र और प्राथमिकता की जगह नौकरी पाने के लिए आवेदन कर सकते हैं। दूसरी तरफ व्यावसायिक कम्पनियाँ भी अपने किसी काम के लिए उपयुक्त उम्मीदवारों की तलाश यहाँ कर सकती हैं। यह प्रयास उम्मीदवारों के कौशल विकास की ज़रूरतों के लिए भी है ताकि उनको काम के बेहतर मौके मिल सकें।

वेबसाइट और ऐप के पीछे विचार यह था कि नौकरी की खोज, आवेदनों को जाँचने आदि का काम आसानी से हो सके। अख़बारों या तरह-तरह की जॉब साइटों पर नौकरी की तलाश करने की कोई ज़रूरत नहीं है। यह एक फ्री मोबाइल ऐप है जिसमें पंजीकरण के लिए किसी तरह का भुगतान नहीं करना है, और प्रवासी रोज़गार हर उपयोगकर्ता के लिए हर वक्त उपलब्ध रहने वाला साइट है। हम लोग कुशल, अर्ध कुशल और अकुशल मज़दूरों के लिए रोज़गार की तलाश करना चाहते हैं। कोई भी आदमी जिसको नौकरी की तलाश है उसके लिए प्रवासी रोज़गार ऐप है, चाहे वह डीटीपी ऑपरेटर हो, प्लंबर या अकाउंटेंट।

प्रवासी रोज़गार 23 जुलाई 2020 को सभी लोगों के लिए खुल गया। 15 अगस्त 2020 को मैंने ख़ुश होकर ट्वीट किया '3 लाख लोगों को नौकरी मिली, 20 हज़ार इंटरव्यू प्रक्रिया में हैं'। प्रवासी रोज़गार के उपयोग के माध्यम से दस हज़ार लोगों ने अभी काम करना शुरू भी कर दिया है। यह बहुत अच्छी तरह से सोच-समझ कर, योजना बनाकर तैयार की गई वेबसाइट थी और इसको लागू भी अच्छी तरह किया गया और हमारी इस योजना से बहुत से संभावित रोज़गार प्रदाता भी जुड़ गए।

हम लोगों ने इस प्रयास को विस्तार देने के लिए देश भर के 8 से 10 हज़ार स्कूलों को जोड़ने की योजना बनाई जो आर्थिक रूप से कमज़ोर तबके के लोगों को शिक्षित करने और प्रशिक्षण देने में हमारी मदद करें जिससे कि उनको वह काम मिल पाए जो उन्हें चाहिए। मेरा सपना है कि प्रवासी रोज़गार एक दिन पूरे देश को जोड़ने के काम आएगा।

रोज़गार प्रदाताओं के साथ संबंध स्थापित करने से जिन नौकरियों की पेशकश की जा रही थी, उनकी विश्वसनीयता भी कायम हुई। शुरुआत में प्रवासी रोज़गार ने अलग-अलग क्षेत्रों में देश की कुछ बड़ी कम्पनियों के साथ साझेदारी की, जैसे विनिर्माण, लॉजिस्टिक्स, सुरक्षा, कृषि, खाद्य प्रसंस्करण, कॉल सेंटर, ऑटोमोटिव, मेंटेनेंस एवं हाउसकीपिंग तथा कपड़ा निर्यात इत्यादि।

मैंने एईपीसी(एपेरल एक्सपोर्ट प्रोमोशन काउंसिल) के साथ साझेदारी की। यह एक ऐसी संस्था है जिसके साथ अनेक वस्त्र निर्यातक जुड़े हुए हैं, और निर्यात संस्था के साथ साझेदारी का परिणाम हमें कई तरह से तत्काल मिला। इसके अध्यक्ष मिस्टर ए शक्तिवेल के साथ कई चरणों की बातचीत के बाद यह पक्का हो गया कि प्रवासी रोज़गार में पंजीकृत बड़े तादाद में मज़दूरों को नौकरी मिल जा सकती थी। उन्होंने यह वादा किया कि करीब एक लाख लोगों को नौकरी मिल सकती है क्योंकि निर्यात के ऑर्डर बढ़ने लगे थे।

हम लोगों ने एमेजॉन, ट्रायडेंट समूह तथा दर्जन भर अन्य कम्पनियों के साथ समझौता किया। हमारा मकसद था उन मज़दूरों के लिए काम ढूँढ़ना जिनको हम लोगों ने अलग-अलग राज्यों में उनके घर भेजा था। अगर वे मुंबई, कोलकाता, चेन्नई, हैदराबाद और दिल्ली जैसे शहरों में काम पर नहीं लौटना चाहें तो हम उनके घर के आसपास ही नौकरी का प्रबंध करने का प्रयास करेंगे। स्थान को लेकर हमारी कोई अपनी प्राथमिकता नहीं है: चाहे वे कितने भी दूर-दराज के स्थान में रहते हों हम लोगों की पूरी कोशिश होगी कि उनको जीवन यापन का ज़रिया मिले।

लेखक और प्रेरक वक्ता ज़िग ज़िगलर ने कहा है, 'आपको शुरुआत करने के लिए महान होने की कोई ज़रूरत नहीं होती लेकिन आपको महान बनने के लिए शुरुआत की ज़रूरत होती है'।

जब हम लोगों ने घर भेजो अभियान की शुरुआत की, तब मेरे पास भरोसा था और पता नहीं था कि जो मैं करना चाहता था उसमें सफल हो पाऊँगा या नहीं। हालाँकि, जब वह मिशन बड़ी सूक्ष्मता के साथ सफलतापूर्वक पैदा हुआ तो हमारी ज़िम्मेदारी कम नहीं हुई, बल्कि वह बढ़ गई। लोगों को घर भेजने के बाद मुझे कुछ और भयानक सच्चाइयों का पता चला। वह बहुआयामी सच्चाइयाँ थीं: बेरोज़गारी, बच्चों की शिक्षा, लोगों का इलाज जैसी हर जगह मौजूद रहने वाली बुराइयों ने सिर उठाना शुरू किया और हमारे सामने आ गए।

टीम घर भेजो को इस बारे में सोचना था, जबकि मुझे अपने साथियों को जुटाकर रोज़ एक नए मामले से निपटने के लिए तैयार होना होता था।

अचानक मेरा परिवार बढ़कर एक लाख लोगों का हो गया था। 15 अप्रैल को जब मैं कालवा चौक पर खड़ा था, तो मेरे साथ सिर्फ दो सहयोगी थे। लेकिन चार महीने में इसका आकार-प्रकार इतना बढ़ जाएगा यह मैंने सोचा नहीं था।

'नोएडा के कपड़ा निर्माताओं ने प्रवासियों को वापस बुलाने के लिए सोनू सूद के साथ समझौता किया', *टाइम्स ऑफ़ इंडिया* में शलभ की रिपोर्ट में ऐसा कहा गया। प्रवासी रोज़गार को उन्होंने 'सहजीवी मॉडल कहा जिसका मकसद था व्यवसायियों के व्यवसाय में तेज़ी लाना और काम करने वालों के विश्वास को बढ़ाना'। इस लेख में आगे यह भी लिखा गया, नोएडा प्राधिकरण के सहयोग से बॉलीवुड अभिनेता सोनू सूद एक महत्वपूर्ण भूमिका में हैं और उन्होंने एक ऐसा मॉडल विकसित किया है जो बड़े औद्योगिक क्षेत्रों के लिए लॉकडॉउन के हालत में वापसी करने का संभवत: सबसे बड़ा अवसर हो सकता है।

निर्यातक संघ के साथ मेरी बातचीत से प्रवासी रोज़गार की दिशा में पहली बड़ी सफलता तब मिली जब हम लोगों को एनएईसी(नोएडा वस्त्र निर्यात समूह) की तरफ से नौकरी-सह-आवास का प्रस्ताव मिला। जब एनएईसी ने मुझसे संपर्क किया और कहा कि वे तत्काल 1500 मज़दूरों के लिए नौकरी का भरोसा दे रहे हैं। यह एक बहुत बड़ा मौका था जिसके लिए मैं प्रयासरत था। अगर प्रवासी मज़दूर काम करने के लिए बेचैन थे तो उसी तरह से एनएईसी के सदस्यगण भी बेचैनी से इंतज़ार में थे कि कुशल मज़दूर काम पर लौट आएँ क्योंकि त्योहारों का मौसम करीब आ रहा था। हम लोगों से यह वादा किया गया कि यह संख्या बढ़कर बीस हज़ार मज़दूरों को समायोजित करने की हो सकती है और उनको नौकरी और कम ख़र्च में रहने का इंतजाम हो जाएगा। चूँकि मैं यह चाह रहा था कि उद्योग जगत और कम्पनियों के मालिक कर्मचारियों को काम देने के अलावा भी कुछ मदद करें, इसलिए यह प्रस्ताव मुझे भा गया और मैंने इसमें उत्प्रेरक की भूमिका निभाने का निश्चय किया।

नोएडा इस तरह की पहली परियोजना थी और मेरा लक्ष्य यह था कि अगले कुछ महीनों में इसको अन्य शहरों में भी लागू किया जाए। धीरे-धीरे, मैं चाहता हूँ कि पूरे उत्तर भारत में मैं इसी मॉडल पर काम करूँ। अगले

चरण में हम पंजाब और राजस्थान के लिए इस तरह की योजना की शुरुआत करेंगे। झारखंड में काम करने वाले किसी आदमी को बेहतर काम की तलाश में मुंबई या एनसीआर जाना पड़ता है। आज का भारत एक महत्वाकांक्षी भारत है। इसलिए मज़दूरों की आकांक्षाएँ भी बदल चुकी हैं और वे चाहते हैं कि उनको जीवन यापन के बेहतर साधन मिले, जिसके परिणामस्वरूप उद्योग जगत की उत्पादकता में बढ़ोतरी हो सकती है।

एनएईसी मेरे पास आई क्योंकि वह हमारे कामगारों के डाटाबेस का इस्तेमाल करना चाहती थी। मेरा काम था मैं एनएईसी को प्रवासी मज़दूरों के बारे में विस्तृत जानकारी उपलब्ध करवा दूँ और उनको अलग-अलग समूहों में नोएडा भिजवाऊँ। लेकिन संस्था के सामने अपनी ख़ास तरह की बाधाएँ थीं जिसमें सबड़ी बड़ी थी मज़दूरों को इसके लिए तैयार करना कि वे काम के लिए लौट आएँ और उनको इस बात का भरोसा दिलवाना कि उनको अब किसी और लॉकडाउन का सामना नहीं करना पड़ेगा। मज़दूर, ख़ासकर नोएडा के बाहर के मज़दूरों के लिए रहने की जगह की भी परेशानी थी क्योंकि महामारी के कारण अनेक तरह की रोकथाम चल रही थी। इसलिए मुझसे संपर्क करने के पहले एनएईसी के लोग पहले नोएडा प्राधिकरण के अधिकारियों से मिले ताकि मज़दूरों को वापस बुलाने के लिए उनके रहने के लिए कुछ इंतजाम हो जाए।

वैसे तो यह अगले कुछ सालों तक चलती रहने वाली परियोजना है, लेकिन कुछ तत्काल के मामलों ने मेरा ध्यान खींचा। जैसे मैंने जब इंडियन एक्सप्रेस में हरियाणा के मोरनी के सुदूर गाँव में बच्चों के बारे में पढ़ा कि उनको ऑनलाइन क्लास के लिए स्मार्टफोन के लिए कई मील चलकर जाना पड़ता था। यह मुझे बहुत अन्यायपूर्ण बात लगी। हम लोग फोन और इंटरनेट स्पीड के इतने आदी हो चुके हैं कि हम इसकी उतनी परवाह नहीं करते। जबकि दूसरी तरफ ये बच्चियाँ हैं जिनको ऑनलाइन क्लास के लिए मीलों चलना पड़ता है। मैं इसमें हस्तक्षेप कैसे नहीं करता?

जैसे ही मैंने यह पढ़ा, मैंने ट्वीट किया, 'इन बच्चों को अब और नहीं चलना पड़ेगा। कल तक उनको स्मार्टफोन मिल जाएगा'।

26 अगस्त 2020 को मोरनी के कोटी गाँव में गवर्मेंट सीनियर सेकेंडरी स्कूल के बच्चों को स्मार्टफोन मिल गए, मेरे एक दोस्त ने स्कूल के प्रिंसिपल को जाकर मेरी तरफ से फोन दे दिए। उन उत्साहित बच्चों से वीडियो कॉल पर बात करते हुए मुझे इतना अच्छा लग रहा था कि मैं बता नहीं सकता।

मुझे ट्वीट करना पड़ा, 'दिन की बहुत अच्छी शुरुआत हुई कि सभी विद्यार्थियों को देख रहा हूँ कि वे स्मार्टफोन पर ऑनलाइन क्लास कर रहे हैं। @ karangilhotra, पढ़ेगा इंडिया तो बढ़ेगा इंडिया। शुक्रिया @ HkinaRohtaki कि उन्होंने इसके ऊपर मेरा ध्यान आकर्षित किया'।

टाइम्स ऑफ इंडिया के वरिष्ठ पत्रकार अभिजीत घोष ने लिखा, 'पिछले कुछ महीनों में सैंतालीस साल के बॉलीवुड अभिनेता न केवल सभी लोगों के सैंटा क्लाज बन गए हैं, बल्कि साधनहीन और ज़रूरतमंद लोगों के लिए तो वे उम्मीद के भारतीय मुख्यमंत्री बनकर उभरे हैं'। उन्होंने आगे लिखा, 'सोनू का ट्विटर टाईमलाइन इस बात का दस्तावेज है कि मार्च के बाद देशव्यापी लॉकडाउन के दौरान भारत को कितना कुछ सहन करना पड़ा है। यह बेरोज़गारों, फँसे हुए लोगों, और बीमारों के लिए बुलेटिन बोर्ड की तरह है- सामान्य लोग मुश्किलों में घिरे हुए हैं और उनके पास कहीं जाने की जगह नहीं है। लेकिन मॉडेल से अभिनेता बने इस फिल्म कलाकार के ट्विटर पर उनको बत्तीस लाख लोग फ़ॉलो करते हैं, यह एक फिल्म स्टार की दिल को छू लेने वाली कहानी है जो अपने ट्वीट पर कायम रहता है। और जिसने उस पर कायम रहना छोड़ा नहीं है, जबकि लॉकडाउन को ख़त्म हुए काफ़ी समय बीत चुका है'।

इस पंक्ति के सामने मैं सिर झुकाता हूँ, 'एक फ़िल्म स्टार जो अपने ट्वीट पर कायम रहता है', और मैं इस बात पर और अधिक ज़ोर नहीं दे सकता है कि मैंने अपने माता-पिता को देखकर कितना कुछ सीखा है। जैसा कि मिस्टर घोष ने लिखा है, 'बच्चे इनके कामों से संवेदना सीखेंगे'। सचाई यह है कि मेरे माता-पिता ही मेरे स्कूल थे।

ऐसा कोई पल नहीं होता जब कोई बात आपके दिल को न छूती हो, इसका मतलब है कि मदद के लिए आगे कदम बढ़ाकर आप ज़रूर कुछ

अच्छा काम कर रहे हैं। जैसा कि मैंने पहले ही कहा है कि मैं जो कुछ करना चाहता हूँ उसके लिए एक ज़िंदगी काफी नहीं होती। लेकिन मैं यह जानता हूँ कि यह जीवन एक स्वप्न के लिए निश्चित हो गई है।

अध्याय 15

एक ग्रैंड मास्टर की चाल

'हाउस फुल' और 'सोल्ड आउट' के साइन बोर्ड से भी ज़्यादा जो बात आपके मिज़ाज को ठीक कर देती है वे तीन छोटे-छोटे शब्द 'वी आर हायरिंग' यानी 'हम रोज़गार दे रहे हैं'। ये तीन शब्द बेरोज़गार लोगों के कानों में संगीत की तरह होते हैं, ख़ासकर महामारी के बाद की आर्थिक रूप से पस्त दुनिया में।

जब लाखों मज़दूर पैदल चलकर घर जा रहे थे तो खाने के पैकेट और टिकट के पैसे उनके लिए तात्कालिक राहत थी। घर और स्वास्थ्य के अलावा सभी लोगों को एक और ज़रूरी पोषण चाहिए था: हर सुबह जगने के लिए एक अदद नौकरी।

25 नवम्बर 2020 मज़दूरों के लिए सुनहरे अक्षरों में लिखा जाने वाला दिन था, जब डिजिटल नौकरी दिलाने वाला मंच गुडवर्कर, प्रमुख शिक्षा और व्यावसायिक कौशल प्रदान करने वाली संस्था स्कूलनेट और प्रवासीरोज़गार डॉट कॉम एक साथ आ गए। प्रवासीरोज़गार डॉट कॉम की स्थापना मैंने जुलाई 2020 में रोज़गार, विशेषकर प्रवासियों को रोज़गार मुहैया करवाने के लिए तब की थी, जब दुस्वप्न की तरह आई महामारी के कारण लाखों लोग बेरोज़गार हो गए थे। चार महीने के छोटे से अंतराल में ही, मेरी नौकरी से जुड़ी

178

वेबसाइट को लोगों की जबर्दस्त प्रतिक्रिया मिली, दस लाख से अधिक नौकरी तलाश करने वाले और हज़ारों रोज़गार प्रदाताओं ने उसका उपयोग किया।

लाखों लोगों को रोज़गार प्रदान करने की मेरी कोशिशों में और तेज़ी तब आई जब गुड वर्क और स्कूलनेट ने मेरे साथ मिलकर संयुक्त उपक्रम बनाया और इसमें 250 करोड़ का निवेश किया। इससे एक पुख़्ता और ठोस सकारात्मक माहौल बना, और इसने आत्मनिर्भरता तथा विकास को बढ़ावा देने का संकेत दिया, जो संकट के इस साल की बड़ी ज़रूरत भी थी।

मैं जीवन को बदलकर रख देने वाली इस परियोजना के अपने सहयोगियों अब आपका परिचय करवाता हूँ। गुडवर्क कम्पनी की स्थापना सिंगापुर में एक वैश्विक निवेश कम्पनी तेमासेक ने की थी, यह जॉब मैचिंग मंच है जो मज़दूरों और काम देने वाले संभावित रोज़गार प्रदाताओं को आपस में जोड़ने का काम करती है। तेमासेक द्वारा ही स्थापित एक और कम्पनी अफ़िंदी की विकेंद्रीकरण की तकनीक का इस्तेमाल करते हुए गुड वर्क का लक्ष्य निश्चित और स्पष्ट था कि मज़दूरों और उनके परिवार के लोगों को डिजिटल पहचान दी जाए और उनका ऐसा परिचय पत्र बने जिसका परीक्षण किया जा सकता हो, जिससे जब भी रोज़गार के अवसर आएँ या जीवन को सशक्त बनाने वाले मौके आएँ तो उनका अपने आँकड़ों पर अच्छी तरह से नियंत्रण रहे।

मेरे दूसरे सहयोगी, स्कूलनेट इंडिया लिमिटेड (पहले की आईएल एंड एफएस एजुकेशन एंड टेक्नॉलॉजी सर्विसेज़ लिमिटेड) पेशेवर कौशल प्रदान करने के क्षेत्र में अग्रणी कम्पनी है, और इसकी मौजूदगी देश भर के 400 ज़िलों में है। इसने पढ़ने और पढ़ाने के लिए नई-नई तकनीकें ईजाद की हैं। स्कूलनेट की साझेदारी सरकार, निजी क्षेत्र, संस्थाओं और अंतरराष्ट्रीय संस्थाओं के साथ है और उसमें यह क्षमता है कि वह अधिक से अधिक लोगों तक मेरी पहुँच, विस्तार, प्रभाव और सततता के मेरे लक्ष्य को अधिक करीब ले जा सकता है।

आख़िरकार मैंने जिस प्रवासी रोज़गार की शुरुआत की, वह चल निकला, साथ स्कूलनेट का मिल गया। हमारा लक्ष्य बहुत साफ था कि

नौकरी की तलाश करने वालों को कौशल आधारित क्षेत्रों में रोज़गार दिया जाए, युवाओं को कम्पनियों में शुरुआती स्तर का काम दिलाया जाए और उनकी इस यात्रा के दौरान उनको परामर्श के रूप में समर्थन दिया जाए।

रोज़गार नौकरी चाहने वालों के लिए मलहम की तरह होता है। इस संयुक्त उपक्रम के तीनों साझेदारों के कार्यों पर एक नज़र डालने से प्रवासियों तक पहुँच, शिक्षा, कौशल और तकनीक के क्षेत्र में हमारी सम्मिलित शक्ति के बारे में बड़ी तस्वीर समझ में आएगी- सभी मुख्य रूप से डिजिटल मंचों पर केंद्रित हैं और इनका देश भर में विस्तार भी है।

मुझे एकम एडवाइजर्स, जो एक इन्वेस्टमेंट बैंकिंग फर्म है, के प्रति भी आभार व्यक्त करना है, जो हम सब भागीदारों को एक साथ लेकर आए और जिसने हमें संतोषजनक कोशिश के लिए रणनीति बनाने के सुझाव भी दिए। इसके साथ हमारा कारवाँ मज़बूत हो गया।

प्रवासी और विस्थापित मज़दूरों ने मेरे दिल में सदा के लिए घर कर लिया है। सामाजिक रूप से प्रासंगिक तकनीकी मंच के साथ जुड़ना मेरे लिए लाभदायक साबित हुआ; यह मेरे लिए ऐसा था मानो मेरा सपना साकार हो रहा हो क्योंकि इससे मुझे नौकरी प्रदान करने के अपने दायरे को पूरे देश में बढ़ाने का मौका मिल गया और तकनीक के माध्यम से हम विकास के काम को बढ़ावा दे सकते हैं। मैं जिस बात को अधिक ज़ोर देकर नहीं कह सकता हूँ वह यह है कि मेरी यह साझेदारी मेरे अन्य प्रयासों के साथ मिलकर आर्थिक विकास और रोज़गार पैदा करने के सरकार के प्रयासों में मदद ही करती है।

कोविड 19 ने हम सभी लोगों को प्यादा बना दिया है। लेकिन मैं अमेरिकी लेखक इसाक अजिमोव के शब्दों में कहना चाहूँगा, 'जीवन में शतरंज के खेल के विपरीत, शह के बाद भी खेल चलता रहता है'। नवम्बर के इस उपक्रम ने मुझे मौका दिया कि मैं महामारी के बाद पैदा हुए दुष्प्रभाव को जीवन के शतरंज की बिसात से कमज़ोर कर सकूँ।

अध्याय 16

समृद्धि का नुस्ख़ा

इतिहास प्रेरणाओं से भरा है। आप किसी किताब को पलटिए और आप पाएँगे कि अतीत के प्रेरक व्यक्तित्व आपके सामने हैं। लेकिन युवाओं को सबसे ज़्यादा प्रेरित जीता-जागता व्यक्तित्व करता है जो उनके सामने खड़ा हो और वे शपथ लें कि 'मैं भी वह कर सकता हूँ जो यह कर सकता है'।

अमेरिकी सुप्रीम कोर्ट की पहली हिस्पानिक सदस्य सोनिया सोटोमेयर ने इसको इस भाषा में रखा जो महिला न्यायमूर्ति की गरिमा के अनुकूल ही था, उन्होंने टिप्पणी की, '...लेकिन जीता जागता व्यक्तित्व प्रेरणा से भी अधिक कुछ प्रदान करता है; उसके अस्तित्व में होने से उस संभावना की पुष्टि हो जाती है जिसके ऊपर संदेह करने का प्रत्येक कारण मौजूद होता है, वह यह कह सकता है, "हाँ मेरे जैसा भी कोई इस काम को कर सकता है"'।

यह आंध्र प्रदेश के उस शैक्षणिक परिसर में उपजा हुआ मिलता-जुलता विचार था कि मेरे नाम पर एक विभाग का नामकरण किया जायेगा। जब सरत चन्द्र डिग्री कॉलेज और सरत चन्द्र जूनियर कॉलेज ने अपने कला और मानविकी विभाग का नाम बदलकर 'सोनू सूद कला और मानविकी विभाग' कर दिया, तब वह पल ख़ुद को पुरस्कार का तमगा देने वाला नहीं था। यह उन लोगों को अनुकूल सोच प्रदान करने का काम था जो शैक्षणिक संस्थानों

181

के रास्ते से होकर परिवर्तन के लिए वास्तविक, आसानी से उपलब्ध होने वाले और छू सकने वाले उत्प्रेरक के रूप में काम करते हैं। एक ऐसे व्यक्तित्व के रूप में जो इस बात का उदाहरण प्रस्तुत करता है कि कोई भी व्यक्ति वैसा परिवर्तन लाने का काम कर सकता है जिसकी समाज को आवश्यकता है।

जैसा कि अमरीकी लेखक और प्रकाशक शेरी एल ड्यू जिनके पास सही शब्दों की कभी कमी नहीं होती थी, ने कहा है कि 'एक वास्तविक नेता यह समझता है कि नेतृत्व का काम उनके लिए नहीं है बल्कि उन लोगों के लिए है जिनकी वह सेवा करता है। यह स्वयं को ऊपर ले जाने के लिए नहीं बल्कि दूसरों को ऊपर उठाने के बारे में होता है'।

यह सिर्फ नेतृत्व का सच नहीं है बल्कि यह उस सम्मान का भी सच है जो आपको दिया गया है। यह उस बात की अभिव्यक्ति है जिसके लिए आप खड़े होते हैं और अपने फायदे के लिए जिसका अनुसरण सभी कर सकते हैं, विशेष रूप से अस्थिर दिमाग वाले युवा।

युवाओं के बारे में बात करते हुए और थोड़ा विषयांतर होते हुए मैं हरियाणा में मोरनी के पास डापना गाँव की कहानी याद करना चाहता हूँ, जहाँ बच्चों को पढ़ाई के लिए पेड़ पर चढ़ना पड़ता था क्योंकि सैटेलाइट कनेक्शन तक उनकी पहुँच नहीं थी।

कुछ महीने पहले तक डापना भारत के नक़्शे पर एक आम सी जगह थी, एक कम विकसित स्थान जहाँ पहुँचने के लिए सड़क तक नहीं थी, संपर्क नहीं था और जो देश के बाकी हिस्से से कटा हुआ था। वैसे तो इसकी दूरी चंडीगढ़ से महज़ पचास किलोमीटर के करीब थी लेकिन यहाँ के लोग अलग-थलग थे क्योंकि शहर तक जाने के लिए गाँव में अच्छी सड़क तक नहीं थी। और मोबाइल फोन का संपर्क भी नहीं था। आजकल महामारी के दौर में स्कूलों में ऑनलाइन क्लास चल रही है। ऐसे में बच्चों के लिए नेटवर्क कनेक्शन जीवन रेखा जैसी हो गई है, और उनके लिए यह बहुत परेशानी की बात थी।

चंडीगढ़ में रहने वाले समाजसेवी और उद्यमी करण गिलहोत्रा और मैंने यह पाया कि वहाँ के बच्चे अलग समय में पढ़ाई कर रहे थे और वह भी पेड़ पर चढ़कर, ताकि उनके मोबाइल फोन में सिग्नल आ जाए। मोबाइल

सिग्नल पाने के लिए गाँव के लड़के-लड़कियाँ पेड़ पर चढ़ जाते थे, कई बार पेड़ बहुत ऊँचे भी होते थे।

मोबाइल सिग्नल ठीक से नहीं आने के कारण उन बच्चों के माता-पिता अपने दोस्तों-रिश्तेदारों से बात भी नहीं कर पाते थे। अगर उनके किसी रिश्तेदार की मृत्यु हो जाती तो फोन नहीं काम करने के कारण उनको इसकी सूचना कई दिन बाद मिलती थी।

तभी जाकर मैंने, करण और एयरटेल ने मिलकर गाँव के नज़दीक एक टावर लगवाया। करण ने मुझे कहा, 'सोनू, मोरनी में हालात बहुत ख़राब हैं क्योंकि उन बेचारों के पास बुनियादी सुविधाएँ और कनेक्टिविटी भी नहीं है। इसलिए जल्दी से वहाँ मोबाइल टावर लगवाने की कोशिश करते हैं। मैं इस बात की कल्पना भी नहीं कर सकता हूँ कि बच्चों को पढ़ने के लिए पेड़ पर चढ़ना पड़ता है'।

आज उस गाँव का चेहरा बदल चुका है। और वहाँ के प्यारे बच्चों की पेशानी से चिंता की वे रेखाएँ मिट चुकी हैं।

मैं वापस इस बात पर आता हूँ कि मेरे नाम पर एक शैक्षिक विभाग का नामकरण किया गया, मैं माइक पकड़कर या कुछ लिख कर इस बात को अभिव्यक्त करने में सक्षम नहीं था कि जो सम्मान मुझे दिया गया वह कितना विनम्र और संतोषप्रद कदम था। लेकिन वास्तव में यह नया सम्मान किस तरह दोहरी प्रेरणादायक प्रभाव वाला था: पहला प्रभाव मेरे ऊपर था कि मदद के लिए बढ़ाया गया अपना हाथ उन लोगों के लिए लगातार बढ़ाए रखना जिनकी इसे ज़रूरत थी और दूसरा, उन छात्रों पर जो मेरे नक़्शे कदम पर चल सकते हैं, और ख़ुद को हाशिए के लोगों के लिए उम्मीद की किरण में बदल सकते हैं। सरत चंद्रा आईएएस अकादमी के मुख्य निदेशक ने कहा कि दूसरा प्रभाव ही वह चीज़ थी जिसने संस्थान को अपने विभाग की नाम-पट्टिका पर "सोनू सूद" लिखने का विचार दिया। जैसा कि प्रशस्ति पत्र में कहा गया था, 'सोनू सूद ने देश के युवा वर्ग के लिए एक उदाहरण प्रस्तुत किया है। हम अपने छात्रों को शिक्षित करने की आशा करते हैं ताकि वे उनके कदमों पर चल सकें'।

अगर इस सुनहरे सम्मान पर गर्व का कोई क्षण था तो वह उस विचार पर टिका हुआ था कि एक प्रोफेसर जिसने अपना सारा जीवन अपने विद्यार्थियों को समर्पित कर दिया, वह आज अपने बेटे को देखकर संतोष के साथ मुस्कुरा रही होगी।

लेकिन मेरे पास निजी तौर पर निष्क्रिय होकर पीछे मुड़कर ख़ुद के बारे में सोचने का समय नहीं था। मुझे अभी बहुत आगे जाना था और मेरे पास करने के लिए बहुत सारे काम थे।

यह महामारी जिसने मेरे अंदर इतना अधिक परिवर्तन ला दिया था, वह नवम्बर 2020 तक थम नहीं गई थी। वह दुनिया जो सदमे में थी और पूरी तरह हिल गई थी, वह अब उसके प्रभाव को समझ रही थी और अपनी गरिमा को वापस हासिल करने के काम में वापस लग चुकी थी।

एक कलाकार के लिए इसका अर्थ स्टुडियो में वापस जाना होता है। निर्देशक संतोष श्रीनिवास के साथ *अल्लूदु अधूर्स* (कांदिरीगा 2 का नया नाम) के अगस्त-सितम्बर कार्यक्रम में काम की ऊँचाई पर पहुँचने के बाद, शूटिंग की आवृत्ति बढ़ गई और मेरी तारीख़ों की डायरी मेरी शूटिंग डेट्स से भर चुकी थी। लेकिन निजी तौर पर मैं ख़ुद को वापस ले जाकर वह इंसान नहीं बन सकता था जो मार्च 2020 के पहले मैं था। मैं न केवल पूरी तरह से बदल गया था, बल्कि मेरे आसपास की परिस्थितियाँ भी बदल चुकी थीं।

नवम्बर में मैं *अल्लूदु अधूर्स* के एक दूसरे शेड्युल की शूटिंग के लिए हैदराबाद वापस चला गया था जब मेरे सहकर्मियों ने स्टुडियो में मेरी उपस्थिति से हुए स्थायी बदलाव को दर्ज किया। स्टुडियो के गेट पर जो लोग अपने पसंदीदा सितारे की एक झलक पाने के लिए खड़े रहते थे, उनकी जगह मानवता का एक व्याकुल समंदर हिलोर मार रहा था। अपने जीवन के बचे हुए दिनों के लिए इसे अपरिहार्य निरंतरता के रूप में स्वीकार करते हुए मैंने कतार में खड़े लोगों के अनुशासन की सराहना की जो रामोज़ी राव फिल्म सिटी के बाहर खड़े थे।

मुंबई में मेरी इमारत तक पहुँचने वाली सड़क उन परिवारों के लिए उम्मीद की किरण में बदल गई थी जो पहुँच से बाहर हो चुके चिकित्सीय ख़र्च

की वजह से लगातार मेरी टीम के पास पहुँच रहे थे। पिछले कुछ महीनों में हमारी टीम द्वारा एसआरसीसी, वाडिया और कोकिलाबेन धीरुभाई अम्बानी अस्पताल में कई ऑपरेशन करवाए जा चुके थे। फिल्म उद्योग के अंदर से भी लाइन प्रोड्यूशर, क्रियू मेम्बर्स और बाहर के अजनबियों के भी बेचैनी भरे फोन आते रहते थे और ये मेरे दैनिक जीवन का हिस्सा बन गए थे।

हैदराबाद में भी वही स्थिति थी। हम बड़े से सभागार केंद्र में बने हुए मंडपम (शादियों और अन्य समारोह के लिए आरक्षित किया जाने वाला हॉल) में 300 जूनियर कलाकारों के साथ *अल्लूदु अधूर्स* के क्लाइमैक्स की शूटिंग कर रहे थे। बड़ी संख्या में क्रू के सदस्यों और जूनियर कलाकारों से कई लोगों ने यह सुन लिया कि मैं वहाँ उपस्थित हूँ। सोशल मीडिया पर असंख्य बातचीत जिसमें मेरी उपस्थिति की ख़बरें थीं, को देखकर और जानकर लोगों का एक विशाल झुंड वहाँ पहुँच गया। शूटिंग के बीच में मैं बाहर खड़े उस हुजूम को नमस्ते कहने के लिए निकलता था जो वहाँ मौजूद उन लोगों के लिए राहत की बात थी जो वहाँ कान लगाए खड़े थे।

लोग वहाँ सुबह साढ़े पाँच से पंक्तिबद्ध होकर शाम के छह बजे तक अपने बच्चों, साथी या परिवार के अन्य सदस्यों की मेडिकल रिपोर्ट लेकर मुझसे मिलने के लिए अपनी बारी आने का इंतज़ार करते थे। जितने भी दिनों तक शूटिंग चली, उतने दिनों तक काम पर पहुँचने के बाद शाम में काम ख़त्म करके कम-से-कम तीन घंटे तक बाहर खड़े लोगों से मिलना मेरी दिनचर्या का हिस्सा बन गया था। इसका मतलब मेडिकल रिपोर्ट की बड़ी संख्या को देखना, तुरंत उनका आकलन करना और अपने 'इलाज इंडिया' को आगे इस पर सक्रियता से काम करने के लिए नोट बनाना भी होता था।

मुझे वह बनना था जो लोगों ने मुझसे उम्मीद की थी कि मैं हूँ- मैं उनके लिए वह माध्यम हूँ जो उन्हें इस दुःख की स्थिति से बाहर निकास सकता था। हर मुलाकात मुझे एक नए मातम से परिचय करवाती थी जो लाखों लोगों के जीवन का हिस्सा था। एक ऐसा ही मामला जिसने अपनी निष्ठुरता से मुझे झकझोर दिया, वह उनचालीस वर्षीय मल्लिकार्जुन का था। पहली नज़र में वह एक बहुराष्ट्रीय कम्पनी में अच्छे वेतन पाने वाले सफल आदमी की

कहानी थी। लेकिन जब बुरा स्वास्थ्य आपको बहुत बुरे तरीके से प्रभावित करता है, तब नौकरी और कमाई का अस्तित्व समाप्त हो जाता है। ऐसा पता लगा कि मल्लिकार्जुन के दिल की स्थिति ऐसी दुर्लभ थी कि उसे आपात चिकित्सीय मदद की ज़रूरत थी। मैं यह जानकर बहुत निराश हो गया था कि वह पिछले कई महीनों से ट्वीटर के माध्यम से मुझ तक पहुँचने की कोशिश कर रहा था लेकिन दुर्भाग्य से वह मुझसे जुड़ नहीं पाया। मदद की उसकी यह गुहार ज़रूर ही उन असंख्य गुहारों में दब गई जिन्होंने मेरे ट्वीटर हैंडल को जाम कर दिया था।

जब उसने सुना कि मैं हैदराबाद में हूँ, तो वह व्हीलचेयर पर बैठकर अपनी पत्नी के साथ मुझसे मिलने आया। पहली चीज़ जो उसने मुझसे कही, 'सोनू सर, मैं मरने वाला हूँ। डॉक्टर ने मुझे छः महीने का समय दिया है।'

मल्लिकार्जुन की स्थिति विशेष थी जिसमें उसके दिल की धड़कन समय समय पर धीमी हो जाती थी। उसे शॉक के लिए जल्दी-जल्दी अस्पताल जाने की ज़रूरत होती थी जिसकी मदद से उसके दिल की धड़कन को सामान्य बनाया जाता था। लेकिन इलाज के इस रास्ते में स्थायित्व नहीं था क्योंकि उसके अपने डॉक्टर ने उसे बताया था कि शॉक उसे सिर्फ अल्पकालीन विराम दे सकता था।

यह जानकर मैं अंदर से इतना हिल गया जैसे कि मुझे झटका दिया गया हो और मुझे समझ में नहीं आ रहा था कि इस सुन्न कर देने वाले मृत्युदंड पर क्या प्रतिक्रिया व्यक्त करूँ। जैसा कि मैंने कई बार कहा है कि आप बहुत कुछ सुनते हैं और आप बहुत कुछ देखते हैं लेकिन फिर भी कई ऐसी स्थिति होती है जो आपको अपनी उपस्थिति से चकित कर देती है। आप कभी भी दुःख के अभ्यस्त नहीं हो सकते।

सांत्वना देने वाले शब्द कितने ही शुभाकांक्षी क्यों न हो, अंततः उनका कोई ठोस अर्थ नहीं होता। मौखिक रूप से उन्हें सांत्वना देने के लिए मैं अपना कंधा दे सकता था। लेकिन उसे कुछ अधिक व्यावहारिक दवा की ज़रूरत थी। हमारी बातचीत के क्रम में मल्लिकार्जुन ने अपने दिमाग में चल रही बातों को मुझसे कहा। 'सर', उसने कहा, 'शायद मैं नहीं बचूँगा। इसलिए

मैं आपसे विनती करता हूँ कि आप मेरी पत्नी के लिए एक अच्छी नौकरी ढूँढ़ दीजिए। हमारे दो बच्चे इस महामारी के कारण स्कूल जाना बंद कर चुके हैं क्योंकि हम उनकी फीस नहीं भर सकते थे। मेरे इलाज में बहुत ख़र्च होने के कारण मेरा परिवार आर्थिक तंगी में है। अभी मैं अपने परिवार में कमाने वाला एक मात्र सदस्य हूँ। लेकिन मेरे बाद मेरी पत्नी को उनकी देखभाल करनी होगी'।

बिना समय गँवाए मैं तुरंत काम में लग गया। शुरुआत करते हुए मैंने सबसे पहले उसके बच्चों के स्कूल की फीस जमा करवाई, इसलिए वह चिंता उसके दिमाग से दूर हो गई। उसके बाद मैंने उसके सभी रिपोर्ट मँगवाए और उसे हैदराबाद के दो अस्पताल अपोलो और किम के विशेषज्ञों को दिखाया। लगभग पंद्रह दिनों तक उन रिपोर्ट की जाँच के बाद किम के डॉक्टर मल्लिकार्जुन की बीमारी के समाधान के साथ सामने आए। यह एक जटिल सर्जरी थी जो 2 नवम्बर को हुई।

कई बार शब्द 'डॉक्टर' सिर्फ उपसर्ग नहीं होता है। कभी-कभी यह सुपर पॉवर होता है। एक उपयुक्त डॉक्टर ढूँढना मुश्किल होता है लेकिन जब आप उससे मिलते हैं तब वह एक उपहार से अधिक होता है, वह एक चलता-फिरता चमत्कार होता है। यह चमत्कारिक था कि अपने अंत को देखने वाला मल्लिकार्जुन फिर से ठीक हो रहा था और मेडिकल टीम ने मुझे बताया था कि वह कुछ ही महीनों में सामान्य जीवन जीने लगेगा। मैं आपको बता नहीं सकता कि ये शब्द मेरे लिए कितने अधिक दिव्य थे।

वह जादुई छड़ी जो मल्लिकार्जुन की तरफ चली थी, वह सिर्फ एक उदाहरण था। ऐसे मामलों की भरमार थी जो गम्भीर इलाज से लेकर महँगे इलाज की श्रेणी में आते थे और इनमे से ज़्यादातर आपात चिकित्सा की श्रेणी में आते थे। इलाज करवाने की अपनी गुहार लेकर नेल्लोर और वेल्लोर जैसी जगहों के लोग मुझसे मिलने हैदराबाद आते थे।

नागाराजू, जो दक्षिण में मेरे मैनेजर हैं और मेरे करियर के शुरुआती दिनों से मेरे साथ हैं, उन्होंने इस भीड़ से निबटने के अपने अनुभवों को मुझे सुनाया। उन्होंने उस भीड़ के हर चेहरे पर आँसू देखे जो मुझसे मिलना

चाहता था और यह सब उन्हें उन लोगों को वापस भेजने में असमर्थ बना देती थी।

उनकी भावनात्मक स्थिति मेरी अपनी गहरी भावनाओं का ही विस्तार थी जिसने मुझे उन सबसे मिलने की ऊर्जा से भर दिया। विश्वास दिलाने के लिए दिन भर के कठिन काम के बाद मैं मानवता की उस वास्तविकता को देखकर स्तब्ध था जो मेरे सामने थी। हर शाम मैं साढ़े नौ बजे के बाद ही अपने होटल के लिए निकलता था क्योंकि इंतज़ार कर रहे लोगों को निराश करने की बात मैं सोच भी नहीं पाता था।

स्टुडियो के दरवाज़े पर गोधूलि की वेला से रात तक होने वाली मेरी बातचीत भविष्यसूचक थीं। मदद की तलाश में आने वाले लोगों के बीच कुछ ऐसे भी चेहरे थे जो नमस्ते के निजी आदान-प्रदान के लिए वहाँ आते थे। यह किसी फिल्मी कलाकार को देखने का सिर्फ बहाना नहीं था, बल्कि उसके लिए था जो दुःख के समय में आशावाद का प्रतीक बन गया था। मेरे लिए यह बिल्कुल नया अनुभव था। यह एक ही साथ प्रशंसा से भर देने वाला और डरावना दोनों था।

लेकिन 2020 में मेरे लिए परिवर्तन का सबसे बड़ा पहलू यह था कि "सोनू सूद" नाम एक प्रेरणा का स्त्रोत बन गया था।

दूसरों को प्रेरित करना वास्तव में जीवन का सच्चा काम है। आख़िर में, हर जीवन एक कहानी ही होती है। यह आपके ऊपर होता है कि आप ऐसी कहानी लिखें जो लोगों को समृद्ध करे।

अध्याय 17

चलिए टीम घर भेजो को जानते हैं

किताब पढ़ने की सबसे बड़ी कमी यह है कि इसमें सुनने का प्रभाव नहीं पैदा होता। इसकी चर्चा करने का कारण यह है कि मेरे द्वारा यहाँ लिया गया हर नाम बेहद प्रशंसा का अधिकारी है। ये सिर्फ लोगों के नाम नहीं हैं बल्कि उन स्तम्भों के नाम हैं जिनके बेधड़क सहयोग के बिना सुपरमैन सोनू सूद कभी भी अपने इस सुपर काम को नहीं कर सकता था या अकेले अपने कंधे पर इस बड़े बोझ को उठाने का साहस नहीं कर सकता था। इसलिए चलिए आप इन नामों को अपने दिमाग में गूँजने दीजिए जिनका परिचय मैं आप से करवा रहा हूँ।

मेरे ऊर्जावान चौदह सहयोगी

इन्हें हमारा नमन है:

केके मूखेय

यह एक आदमी से 600 आदमी या उससे अधिक तक बढ़ने वाला कारवां था। 2001 में केके मूखेय ने नेटवर्क इंटेलिजेन्स की स्थापना की जो कि एक साइबर सुरक्षा प्रदान करने वाली संस्था है और उन्होंने अकेले ही यह

काम शुरू किया था। आज वह पूरी दुनिया में फैले अपने दफ़्तर के 600 से अधिक लोगों के साथ काम कर रहे हैं। दिल्ली और मुंबई में हमारे द्वारा किए जा रहे राहत कार्यों में मूखेय की जगह अपूरणीय है।

पंकज जलिसतगी

डेबिट और क्रेडिट के हिसाब-किताब में ही उलझे रहना ही उनकी एकमात्र विशेषता नहीं है। पंकज जलिसतगी मेरे चार्टर्ड अकाउंटंट और नज़दीकी सहकर्मी हैं और इन्होंने कानून की पढ़ाई भी की है। व्यापारिक सलाह देने वाली कम्पनी नीओऑर्बिट कन्सल्टिंग प्राइवट लिमिटेड के सीईओ की विशेषता मीडिया और मनोरंजन है। वह शुरुआती कुछ लोगों में से थे जिन्होंने टीम घर भेजो में शामिल होने और अप्रवासियों को घर भेजने के मेरे असम्भव सपने को पूरा करने में मेरी मदद की थी। उन्होंने हमारे द्वारा घर भेजे जाने वाले लोगों के लिए यातायात के सभी साधनों बस, ट्रेन, हवाई जहाज़ की व्यवस्था का ज़िम्मा उठाते हुए ज़मीनी स्तर पर अभियान चलाया।

गोविंद अग्रवाल

हिसाब-किताब की दुनिया से बहुत दूर चुपचाप बाहर निकल कर मदद करने वाले गोविंद अग्रवाल पेशे से चार्टर्ड अकाउंटंट हैं और डेलॉइट इंडिया के साथ वित्तीय बदलाव के सलाहकार के रूप में काम करते हैं और इन्होंने ट्विटर पर मुझसे सम्पर्क किया था। उन्होंने स्वयंसेवक के रूप में काम करने के लिए के लिए ट्वीट किया था और अपने साथ इस तरह का समर्पण लेकर आए थे कि कुछ ही समय में वह हमारे मुख्य समूह का एक ज़रूरी सदस्य बन गए। किसी पीड़ित को परेशानी से निकालने के काम में ज़मीनी रूप से विश्वसनीय आदमी गोविंद उस वक़्त हमेशा ही सिर्फ एक फोन की दूरी पर रहते थे।

अशमा

वह *सबका साथ, सबकी ख़ुशी* का जीता जागता उदाहरण हैं। उन्होंने इंजीनियरिंग की पढ़ाई की है लेकिन अपनी पसंद से शिक्षक है। अशमा अपने सिद्धांतों पर चलती हैं और उन्हीं के आधार पर जीवन जीती है। अपने अच्छे कामों द्वारा जानी जानी वाली अशमा का मूल मंत्र यह है कि 'सब एक दूसरे की इज़्ज़त करें'। धरती पर जितने भी लोग हैं उनके लिए सम्मान होना चाहिए, और लिंग, धर्म, जाति से परे हटकर सबके लिए समान अवसर उपलब्ध होना चाहिए। अशमा का त्रिसिद्धांत सभी के लिए स्वीकार्यता, समानता एवं ख़ुशी है।

विशाल लांबा

बीटल्स ने गाया था कि 'पैसों से प्यार नहीं ख़रीदा जा सकता'। विशाल लांबा मेरी तरह ही पेशे से अभिनेता हैं और उन्हें हर वह चीज़ चाहिए जो पैसे से नहीं ख़रीदी जा सकती। और वह ये सब कुछ पर्दे के पीछे अपनी समाज सेवी संस्था लांबा फाउंडेशन के माध्यम से कड़ी मेहनत करके हासिल करते हैं। एक हद तक मेरी ही तरह जब उन्होंने कई न्यूज़ चैनलों पर घर पहुँचने के लिए अप्रवासियों के संघर्ष को देखा तब चुपचाप खड़े होकर सांत्वना देने देते रहना उन्हें गवारा नहीं हुआ। एक बार जब उन्हें मेरे प्रयासों और घर भेजो अभियान की जानकारी मिल गई, तब उन्होंने मुझसे सम्पर्क किया और उस काफ़िले में शामिल हो गए। हमारे आपसी सहयोग के दौरान विशाल ने अपने दिल में चल रही बातें बताईं और मुझसे कहा कि, 'सोनू, हम पैसों से कुछ चीज़ें नहीं ख़रीद सकते। और मुझे सिर्फ वही चीज़ें चाहिए'। उन्होंने उस परम संतोष की तरफ इशारा किया था जो किसी ज़रूरतमंद की मदद करने से मिलता है और जो किसी भी भौतिकवादी सुख से अधिक संतोषप्रद है। विक्टर ह्यूगो ने कहा है कि 'जैसे ही पर्स ख़ाली हो जाता है, वैसे ही दिल भर जाता है'। दूसरों की सेवा ने हमारे दिल को अथाह ख़ुशी से भर दिया है।

सुचित्रा लक्ष्मण

केंद्रित होकर सोचना और फंड का इंतजाम करना इनके दो इक्के हैं। सुचित्रा लक्ष्मण एक रणनीतिकार हैं और कंपनियों का विलय और विलय और अधिग्रहण सलाहकार भी हैं जो अपने पूर्व संस्थान भारतीय प्रबंधन संस्थान, अहमदाबाद के माध्यम से घर *भेजो* अभियान से जुड़ी थीं। आईआईएम के 1978 के पूर्व छात्रों द्वारा सामाजिक स्तर पर कुछ अच्छा करने की पहल की गई और सुचित्रा महिला शक्ति की एक महत्वपूर्ण हिस्सा थीं जिसने हमारे अभियान के लिए साठ लाख रुपए इकट्ठा किए थे। वह अपने काम को लेकर पूरी तरह समर्पित और निर्देशित रहने वाली महिला हैं।

केएन कार्तिकेयन

कार्तिकेयन ने भी भारतीय प्रबंधन संस्थान अहमदाबाद से पढ़ाई की है और बी2बी ऐनलिटिकल/ऐआई संस्था एपीओएस अलगो के सह-संस्थापक हैं। वह टाटा प्रशासनिक सेवाओं से जुड़े थे जहाँ उन्होंने कई वरिष्ठ पदों पर काम किया है। वे हमारे पास *खाना चाहिए* नामक गैर सरकारी संस्थान के माध्यम से आए थे जिन्होंने लॉकडाउन के शुरुआती दौर में पैंतालीस लाख लोगों को खाना खिलाने का काम किया था। एक बार हमारे साथ जुड़ जाने के बाद उन्होंने घर भेजो अभियान के दौरान प्रवासियों को भोजन मुहैया करवाने की ज़िम्मेदारी निभाई थी।

आशु तोमर

वह विचारों में निवेश करने वाली और विचारों की खेती करने वाली इंसान हैं। एक अन्य आईआईएम छात्रा, आशु एक प्रतिष्ठित निवेश बैंक के साथ काम करती हैं। उन्होंने प्रवासियों के मुद्दे के लिए अपने पूर्व संस्थान के छात्रों के समूह को सक्रिय किया, परिवहन के इंतजाम करने, विभिन्न राज्यों के प्रशासनिक अधिकारियों से बात करके तकनीकी मुद्दों को सुलझाने की

ज़िम्मेदारी निभाई। वह प्रवासियों को अलविदा कहने के लिए उन-उन जगहों पर भी मौजूद थीं जहाँ से उन्हें उनके घरों को भेजा जा रहा था और विभिन्न विचारों पर मेरे साथ मिलकर काम कर रही हैं। इस दौरान हम दोनों के बीच दोस्ती का गहरा रिश्ता बन गया है।

गौतम और मालविका सच्चर

मैं दोनों के नाम एक साथ लिख रहा हूँ तो इसलिए क्योंकि दोनों ने एक टीम की तरह काम किया। मेरी बहन मालविका और उसके पति गौतम मोगा में सामाजिक कार्य करते रहते हैं, वे टीम घर *भेजो* के साथ जुड़ गए। इन लोगों ने माहामारी के दौरान मोगा और लुधियाना में आगे रहकर काम किया, नि:स्वार्थ भाव से नगरपालिका और चिकित्सा जगत के लोगों के साथ मिलकर उन्होंने काम किया ताकि ज़रूरतमंदों को मदद पहुँचाई जा सके। असल में, उन लोगों ने एक तरह से सच में घर संभाल रखा था, इसलिए भी मैं और मेरी टीम दुनिया भर में काम कर पाई। मैं ख़ुशक़िस्मत हूँ कि मेरे आसपास मेरे जैसे सोचने वाले लोग हैं। इससे मेरा सफ़र और सार्थक हो गया है।

सुमिता साल्वे

वह मेरी पत्नी की बहन हैं। लेकिन जिस वजह से वह घर *भेजो* के साथ जुड़ी है, वह यह है कि वह बदलाव लाना चाहती थी। यह बात कि वह मेरी रिश्तेदार हैं, महज़ इस वजह से वह इलाज इंडिया की प्रमुख सदस्य नहीं बन गईं। सुमिता ने मार्केटिंग और फिनांस में एमबीए और कम्प्यूटर प्रोग्रामिंग में डिप्लोमा किया है। वह अपने साथ कारपोरेट जगत का अनुभव लेकर आई हैं और बहुत ध्यान से मेडिकल इमरजेंसी के दौर में सही पते पर मदद पहुँचाने का काम करती हैं। वह उद्यमी हैं, और नागपुर में पिछले तीस साल से रह रही हैं। जब भी कोई इमरजेंसी होती है तो *इलाज इंडिया* के सिलसिले में उनसे ही संपर्क किया जा सकता है।

प्रशिका दुआ

नए सिरे से सोचने के लिए तय मानकों से बाहर निकलना एक तरह की विशेषता है जो मध्य प्रदेश के शिवपुरी की बाईस वर्षीय प्रशिका में स्वाभाविक रूप से मौजूद है। वह शायद सोनू सूद आर्मी की सबसे युवा योद्धा हैं लेकिन उन्होंने *फ्लिपकार्ट, पेटीएम, जोमाटो* और *ओयो* जैसी जगहों पर अपने असाधारण कौशल के कारण इंटर्नशिप का अनुभव हासिल किया है। तेज़ी से सीखने वाली, पारस्परिक और संगठनात्मक प्रतिभा के साथ समस्याओं को गैर-परम्परागत तरीके से सुलझाने वाली प्रशिका अपने आसपास के लोगों को हमेशा मुस्कान से ख़ुश करते हुए मुहिम का नेतृत्व कर रही है। एक प्रशिक्षित सॉफ़्टवेयर इंजीनियर और वाहनी स्कॉलर प्रशिका वर्तमान में मेरे इलाज इंडिया योजना की प्रोजेक्ट मैनेजर है।

अजय धामा

इसे आप बुजुर्गों का नेटवर्क कह सकते हैं। अजय धामा और मैं एक दूसरे को लगभग पच्चीस सालों से जानते हैं, जब हम नागपुर में कॉलेज के छात्र थे। हम हर तरह की स्थिति में एक दूसरे के साथ खड़े रहे हैं और एक ही बिल्डिंग में रहते भी हैं। वह वास्तविक रूप से मेरे घर भेजो अभियान के सदस्य बन गए हैं। अजय ही वह इंसान थे जिन्होंने मुझे प्रवासी मज़दूरों से मिलने के लिए सुदूर उपनगरों में भेजा था। अक्सर जब मेरे घर के बाहर लोग इकट्ठा हो जाते थे, तब अजय ही नीचे जाकर उनसे बातें करते थे और उनकी ज़रूरतों के बारे में पता लगाते थे। महामारी के चरम पर मुझे हर दिन औसतन 3000 ईमेल और संदेश आते थे और उन सभी को मदद की ज़रूरत थी। मेरे लिए व्यक्तिगत रूप से उन सभी से मिलना और सम्पर्क करना असम्भव था। अजय अनमोल हैं क्योंकि उन्होंने पूरी शिद्दत से इस काम में हिस्सा लिया और मेरे काम के बोझ को कम किया।

चिंतन देसाई

चिंतन देसाई भी एक दशक से ज़्यादा समय से मेरे दोस्त रहे हैं। वह एक विश्वस्त सहयोगी हैं और बड़ी ही कुशलता से सभी प्रकार के डिजिटल संवाद का काम निबटाते हैं। कई मौकों पर उन्होंने रेल और रोड परिवहन के इंतजाम का काम भी किया है। ख़ुशनुमा व्यक्तित्व वाले चिंतन प्रवासियों से मिलने और उन्हें सही मानसिक स्थिति में लाने के लिए आदर्श इंसान हैं। मैंने बेझिझक उनका इस्तेमाल हमारे सद्भावना राजदूत की तरह किया है।

वे सिपाही जिन्होंने अभियान को आगे बढ़ाने के लिए अपना योगदान दिया:

सुजाता नरसिम्हन

सिद्धार्थ साल्वे

अशोक राजपुरोहित

जाह्नवी साल्वे

साधु बैजनाथ

सोफ़िया शेख़

सना अख़्तर

सुखनंदा वोहरा

सुकन्या रॉय

श्वेता बिंदु थेरलपु

सेलिन एक्का

गौरी सिकारिया

चिन्मय परदेशी

शाज़िया सबा

सुभांगिनी

अथर्व गोरे

उस्मान जे. ख़ान

आस्था जैन

शालिनी मेहता

आरती निहलानी

श्रेया घोष

जाह्नवी वी पांचाल

दिव्यज्योति मोंडल

हर्ष सिकारिया

प्रज्ञा तिवारी

एर्रोल मथाइयस

पारस सोनी

हम सभी को ईश्वर ने दो हाथ दिए हैं जिसमें से एक का इस्तेमाल दूसरों की मदद करने के लिए होना चाहिए। अमरीकी लेखक और वक्ता रॉबर्ट इंगरसॉल की प्रसिद्ध उक्ति के अनुसार, 'मदद करने वाले हाथ दुआ करने वाले होठों से ज़्यादा पवित्र होते हैं'। मैं ख़ुशक़िस्मत हूँ कि मेरे आसपास शानदार दोस्त और शुभचिंतकों की बड़ी संख्या मौजूद है जो इंगरसॉल की तरह सोचते हैं और बिना किसी झिझक और अनुनय के मेरे दस्ते का हिस्सा बन गए। उन्हें इसका अहसास हो गया था कि मैंने एक ऐसे महत्वपूर्ण काम का ज़िम्मा उठाया है जो मेरे लिए मेरे दिल की धड़कनों की तरह महत्वपूर्ण है। उन्हें उस काम की विशालता और व्यापकता का अहसास भी हुआ मैं जिसमें संलग्न था। टीम घर *भेजो* के हर सदस्य को मैं दिल से धन्यवाद देता हूँ।

चाहे वह मेरे संयोजक-उद्यमी मित्र नीति गोयल हों या अन्य सभी लोग जो मेरे साथ आकर मेरी ताकत बने और टीम की शक्ति के कारण घर भेजो अभियान को जिन्होंने आगे बढ़ाया। योजना बनाना, समन्वय करना, क्रियान्वित करना और हर तरह से निस्वार्थ रूप से सम्भव योगदान देने वाली यही वह टीम थी जिसने घर भेजो को वास्तविक रूप से 2020 का आंदोलन बना दिया।

अध्याय 18

फिल्म के अड़तालीस रंग

मैं इन्हें बहु-सांस्कृतिक मुद्दे भी कह सकता हूँ क्योंकि इनमे से प्रत्येक काम मेरे लिए हमेशा से जोश और जुनून से भरा रहा है। ये वे अड़तालीस फिल्में हैं जो एक साथ मिलकर सोनू सूद को सितारा बनाती हैं। अड़तालीसवीं फिल्म जिसने 'कुलचा फ्रॉम मोगा' को विभिन्न संस्कृतियों, व्यंजनों और सह-कलकारों से परिचित करवाया, वो मुझे एक सम्पूर्ण भारतीय बनाती हैं। वह फिल्म मुझे सोनू सूद अभिनेता-निर्माता बनाती हैं।

ये फिल्में ही मुझे अलग बनाती हैं और भीड़ से अलग खड़ा करती हैं; मैं किसी दूसरे ऐसे अभिनेता को नहीं जानता, जिसका करियर मेरे करियर की तरह आकस्मिक है। दुनिया में किसी भी कलाकार के लिए पाँच भारतीय भाषाओं (हिंदी, उर्दू, तमिल, तेलुगु और कन्नड़) और देश की सीमा से बाहर विदेशों में अंग्रेज़ी फिल्मों में महत्वपूर्ण काम करने का मौका पाना एक सपना होता है।

आप नीचे लिखे नामों में मुझे ढूँढ़िएः

फिल्म : *कालाजागर* (1999)
कलाकार : विजयकांत, लैला, नासर, **सोनू सूद**
निर्देशक : मरूमालरची के भारती
भाषा : तमिल

फिल्म : *मजनू* (2001)
कलाकार : प्रशांत, रिंकी खन्ना, **सोनू सूद**, रघुवरन
निर्देशक : रविचंद्रन
भाषा : तमिल

फिल्म : *शहीद-ए-आज़म* (2002)
कलाकार : **सोनू सूद**, मानव विज, देव गिल
निर्देशक : सुकुमार नायर
भाषा : हिंदी

फिल्म : *ज़िंदगी ख़ूबसूरत है* (2002)
कलाकार : गुरदास मान, तब्बू **सोनू सूद**,
निर्देशक : काजल नस्कर, मनोज पुंज
भाषा : हिंदी

फिल्म : *अम्मायिलू, अब्बायिलू* (2003)
कलाकार : विजया साई, मोहित चड्ढा, **सोनू सूद**
निर्देशक : रवि बाबू
भाषा : तेलुगु

फिल्म : *कहाँ हो तुम* (2003)
कलाकार : इशिता अरुण, **सोनू सूद**, शरमन जोशी
निर्देशक : विजय कुमार
भाषा : हिंदी

फिल्म : *युवा* (2004)
कलाकार : अजय देवगन, अभिषेक बच्चन, **सोनू सूद**, करण कपूर ख़ान, रानी मुखर्जी, ईशा देओल, विवेक ओबेराय।
निर्देशक : मणिरत्नम
भाषा : हिंदी

फिल्म : *शीशा* (2005)
कलाकार : **सोनू सूद**, नेहा धूपिया
निर्देशक : आशु त्रिखा
भाषा :हिंदी

फिल्म : *चंद्रमुखी* (2005)
कलाकार : रजनीकांत, ज्योतिका, प्रभु, नयनतारा, **सोनू सूद**
निर्देशक : पी वसु
भाषा : तमिल

फिल्म : *सुपर* (2005)
कलाकार : नागार्जुन, अक्किनेनी, **सोनू सूद**, आयशा टाकिया
निर्देशक : पूरी जगन्नाथ
भाषा : तेलुगु

फिल्म : *अथदु* (2005)
कलाकार : महेश बाबू, तृषा कृष्णन प्रकाश राज, **सोनू सूद**

निर्देशक : त्रिविक्रम श्रीनिवास
भाषा : तेलुगु

फिल्म : *आशिक़ बनाया आपने* (2005)
कलाकार : इमरान हाशमी, **सोनू सूद,** तनुश्री दत्ता
निर्देशक : आदित्य दत्त
भाषा : हिंदी

फिल्म : *सिसकियाँ* (2005)
कलाकार : सोनू सूद, नेहा धूपिया, सचिन खेड़ेकर
निर्देशक : अश्विनी चौधरी
भाषा : हिंदी

फिल्म : *अशोक* (2006)
कलाकार : एन टी रामा राव जूनियर, समीरा रेड्डी, **सोनू सूद**
निर्देशक : सुरेंद्र रेड्डी
भाषा : तेलुगु

फिल्म : *रॉकिन मीरा* (2006)
कलाकार : टी क्यू , **सोनू सूद,** नौहीद सायर्सी
निर्देशक : परम गिल
भाषा : अंग्रेज़ी

फिल्म : *मिस्टर मेधावी* (2008)
कलाकार : राजा, जेनेलिया डीसूजा, **सोनू सूद**
निर्देशक : जी नीलकंठा रेड्डी
भाषा : तेलुगु

फिल्म : *जोधा अकबर* (2008)
कलाकार : ह्रितिक रोशन, ऐश्वर्या राय बच्चन, **सोनू सूद**
निर्देशक : आशुतोष गोवारिकर
भाषा : हिंदी, उर्दू

फिल्म : *सिंग इज किंग* (2008)
कलाकार : अक्षय कुमार, कटरीना कैफ़, **सोनू सूद**, ओम पुरी
निर्देशक : अनीस बज्मी
भाषा : हिंदी

फिल्म : *एक विवाह... ऐसा भी* (2008)
कलाकार : **सोनू सूद**, इशा कोप्पिकर
निर्देशक : कौशिक घटक
भाषा : हिंदी

फिल्म : *अरुंधती* (2009)
कलाकार : अनुष्का शेट्टी, **सोनू सूद**, अर्जन बाजवा, सायाजी शिंदे
निर्देशक : कोडी रामाकृष्णा
भाषा : तेलुगु

फिल्म : *ढूँढ़ते रह जाओगे* (2009)
कलाकर: परेश रावल, कुणाल खेमू, **सोनू सूद**
निर्देशक : उमेश शुक्ला
भाषा : हिंदी

फिल्म : *अँजनेएलु* (2009)
कलाकार : रवि तेजा, नयनतारा, **सोनू सूद**
निर्देशक : परसुराम
भाषा :तेलुगु

फिल्म : *एक निरंजन* (2009)
कलाकार : अभिनयश्री, **सोनू सूद**
निर्देशक : पुरी जगन्नाध
भाषा : तेलुगु

फिल्म : *सिटी ऑफ़ लाइफ़* (2009)
कलाकार : ऐलेग्ज़ैंड्रा मारिया लारा, **सोनू सूद**, सोड अल क़ाबी
निर्देशक : अली एफ मुस्तफ़ा
भाषा : अंग्रेज़ी

फिल्म : *दबंग* (2010)
कलाकार : सलमान ख़ान, सोनाक्षी सिन्हा, विनोद खन्ना और **सोनू सूद**
निर्देशक : अभिनव कश्यप
भाषा : हिंदी

फिल्म : *शक्ति* (2011)
कलाकार : एन टी रामाराव जूनियर, इलियाना डी'क्रूज़, **सोनू सूद**
निर्देशक : महर रमेश
भाषा : तेलुगु

फिल्म : *तीन मार* (2011)
कलाकार : पवन कल्याण, तृषा कृष्णन, **सोनू सूद**, परेश रावल
निर्देशक : जयंथ सी परंजी
भाषा : तेलुगु

फिल्म : *बुड्ढा होगा तेरा बाप* (2011)
कलाकार : अमिताभ बच्चन, हेमा मालिनी, **सोनू सूद**
निर्देशक : पुरी जगन्नाध
भाषा : हिंदी

फिल्म : *कंडीरीगा* (2011)
कलाकार : राम पोथिनेनी, हंसिका मोटवाणी, **सोनू सूद**
निर्देशक : संतोष श्रीनिवास
भाषा :तेलुगु

फिल्म : *दूकूदू* (2011)
कलाकार : महेश बाबू, समैन्था रूथ प्रभु, **सोनू सूद**
निर्देशक : श्रीनु वैतला
भाषा : तेलुगु

फिल्म : *ओश्ते* (2011)
कलाकार : टी आर सिलमबरसान, ऋचा लंगेल्ला, **सोनू सूद**
निर्देशक : धरानी
भाषा : तमिल

फिल्म : *विष्णुवर्धन* (2011)
कलाकार : सुदीप, भावना, प्रिया मानी, **सोनू सूद**
निर्देशक : पी कुमार
भाषा : कन्नड़

फिल्म : *मैक्सिमम* (2012)
कलाकार : नसीरुद्दीन शाह, **सोनू सूद**, नेहा धूपिया
निर्देशक : कबीर कौशिक
भाषा : हिंदी

फिल्म : *ऊ कोदाथरा, उलिक्की पदाथरा* (2012)
कलाकार : मनोज कुमार मंचु, दीक्षा सेठ, नंदमुरी बालकृष्णा, **सोनू सूद**
निर्देशक : सेखर राजा
भाषा : तेलुगु

फिल्म : *जुलाई* (2012)
कलाकार : अलु अर्जुन, इलियाना डी'क्रूज़, **सोनू सूद**
निर्देशक : त्रिविक्रम श्रीनिवास
भाषा :तेलुगु

फिल्म : *शूटआउट एट वडाला* (2013)
कलाकार : जॉन अब्राहम, मनोज बाजपेयी, **सोनू सूद**
निर्देशक : संजय गुप्ता
भाषा : हिंदी

फिल्म : *रमाइया वस्तावैया* (2013)
कलाकार : सोनू सूद, गिरीश कुमार, श्रुति हासन, रणधीर कपूर
निर्देशक : प्रभुदेवा
भाषा : हिंदी

फिल्म : *आर...राजकुमार* (2013)
कलाकार : शाहिद कपूर, सोनाक्षी सिन्हा, **सोनू सूद**
निर्देशक : प्रभुदेवा
भाषा : हिंदी

फिल्म : *इंटरटेनमेंट* (2014)
कलाकार : अक्षय कुमार, **सोनू सूद**, तमन्ना भाटिया
निर्देशक : साजिद-फ़रहाद
भाषा : हिंदी

फिल्म : *आगड़ू* (2014)
कलाकार : महेश बाबू, श्रुति हासन, **सोनू सूद**
निर्देशक : श्रीनु वैतला
भाषा : तेलुगु

फिल्म : *हैप्पी न्यू ईयर* (2014)
कलाकार : शाहरुख़ ख़ान, अभिषेक बच्चन, दीपिका पादुकोन, **सोनू सूद**।
निर्देशक : फ़रहा ख़ान कुंदर
भाषा : हिंदी

फिल्म : *ज़ुआनजांग* (2016)
कलाकार : हुआंग ज्याओमिंग, केंट टोंग, **सोनू सूद**, ऐंड्रू लीन, अली फ़ज़ल, नेहा शर्मा, माँडना करिमी
निर्देशक : ज्यंकी हुओ
भाषा : मंदारिन/हिंदी

फिल्म : *इश्क़ पोज़िटिव* (2016)
कलाकार : नूर बुखारी, वली हामिद अली ख़ान, **सोनू सूद**
निर्देशक : नूर बुखारी
भाषा : उर्दू

फिल्म : *देवी* (2016)
कलाकार : **सोनू सूद**, तमन्ना भाटिया, प्रभुदेवा
निर्देशक : ए एल विजय
भाषा : हिंदी/तमिल/तेलुगु

फिल्म : *कुंग फ़ू योगा* (2017)
कलाकार : जैकी चैन, **सोनू सूद**, दिशा पाटनी
निर्देशक : स्टैन्ली टोंग
भाषा : मंदारिन, अंग्रेज़ी, हिंदी

फिल्म : पलटन (2018)
कलाकार : सोनू सूद, जैकी श्रॉफ़, अर्जुन रामपाल
निर्देशक : जे पी दत्ता
भाषा : हिंदी

फिल्म : सिम्बा (2018)
कलाकार : रणवीर सिंह, सारा अली ख़ान, **सोनू सूद,** अजय देवगन (अतिथि कलाकार)
निर्देशक : रोहित शेट्टी
भाषा : हिंदी

फिल्म : देवी 2 (2019)
कलाकार : प्रभुदेवा, तमन्ना भाटिया, **सोनू सूद**
निर्देशक : एएल विजय
भाषा : तमिल/तेलुगु

लेखक का आभार

मैं अपने दोस्तों, प्रशंसकों और अपने विस्तृत परिवार का शुक्रगुज़ार हूँ कि उन्होंने ज़िंदगी की इस विशेष यात्रा में सहयोग व प्यार दिया और दिशा दिखाई। यह महामारी मुझे उनके करीब ले आई।

मैं अपने माता-पिता सरोज और शक्ति का शुक्रगुज़ार हूँ। मेरी माँ के पास एक घरेलू पुस्तकालय था और उन्होंने मेरी बहनों मोनिका, मालविका और मेरे अंदर पढ़ने की आदत डाली। मुझे ख़ुशी है कि वह आदत मुझे इस मुकाम पर ले आई। आदर्श रूप से, '*मैं मसीहा नहीं*' की एक प्रति मैं स्वर्ग में अपने माता-पिता के पास उनके आशीर्वाद के लिए भेजना चाहूँगा।

मैं अपनी पत्नी सोनाली और अपने दोनों बेटों एहसान और अयान का भी शुक्रगुज़ार हूँ। सोनाली मेरे जीवन के छोटे, बड़े और मँझोले हर तरह के संकट काल में चट्टान की तरह खड़ी रही। मेरे बच्चे हर तरह से मेरे बच्चे हैं। कहा जाता है कि बच्चा पुरुष का पिता होता है। मेरे बच्चों ने वह आयाम पैदा किया। मैं उनसे हर रोज़ सीखता हूँ।

मैं अपनी बहन मोनिका(बड़ी) और मालविका(छोटी) का भी शुक्रिया अदा करना चाहता हूँ कि उन्होंने मेरे बचपन के दिनों को अपने प्रेम, सब्र और समझदारी से ख़ास बना दिया।

मैं अपनी सह-लेखिका मीना के. अय्यर का शुक्रगुज़ार हूँ। वह सह-

लेखिका बनने के बहुत पहले से मेरी मित्र रही हैं। वह बहुत अधिक ईमानदार हैं और गलत को गलत कहना जानती है।

और अंत में व महत्वपूर्ण रूप से, मैं अपनी पुस्तक के प्रकाशक पेंगुइन रैंडम हाउस और संपादक मिली ऐश्वर्य का शुक्रगुज़ार हूँ। मिली से जब भी मुझे कोई बात करनी होती थी तो वह सदा फोन पर उपलब्ध रहती थीं।

मुम्बई   सोनू सूद
दिसंबर 2020

सहलेखिका का आभार

मैं इस पुस्तक के लेखन के क्रम में गूगल सर्च इंजन तथा अनेक न्यूज़ एजेसियों/पोर्टल्स का आभार प्रकट करना चाहती हूँ, जिसने मुझे अंतहीन शोधों, रिपोर्टों और उद्धरनों को देखने का मौका दिया।

मैं अपने माता-पिता अलमेलू और कृष्णन का आभार प्रकट करती हूँ कि उन्होंने जीवन में मुझे दिशा दिखाई। अपनी बहन ललिता का भी मैं आभार व्यक्त करती हूँ जो जीवन के पहले चालीस साल की इस यात्रा में मेरे साथ रही।

मैं अपने मित्र परवेज़ क़ुरैशी का आभार प्रकट करना चाहती हूँ कि इस महामारी के दौरान उन्होंने सब्र बनाए रखा। मैं समय-सीमा के अनुशासन के लिए अनथक काम करती रही, वह घर का कामकाज संभालते रहे, बल्कि उन्होंने आगे बढ़कर इस किताब के कुछ अध्यायों को पढ़ा, और बार-बार पढ़ा।

मैं अपनी गुरु भारती एस. प्रधान की शुक्रगुज़ार हूँ। 1980 के दशक में मेरे लेखन का सफ़र *ईव्स वीकली* समूह में उनके साथ ही शुरू हुआ था।

मैं पेंगुइन रैंडम हाउस की मिली ऐश्वर्य का भी शुक्रगुज़ार हूँ कि उन्होंने सब्र बनाए रखा और मुझे दिशा दिखाती रही। उम्र में वह मुझसे छोटी है लेकिन प्रकाशन जगत को लेकर बहुत सही नज़रिया रखती है।

मुंबई   मीना के. अय्यर

दिसंबर 2020

स्रोतों की सूची

मीशेल लेंडी, ""कोशिश करके देखते हैं, दिल ने कहा, MichelleLandy.com, ac 2 अक्टूबर 2020, http:// michellelandy.com/2013/07/ give-it-a-try-whisperedthe-heart/?doing_wp_cron=1606884077.90556907653 80859375000

भारती एस प्रधान, 'कुछ लोग चमकते हैं', टेलिग्राफ इंडिया. 17 मई 2020, 2 अक्टूबर 2020 को देखा गया, https:// www.telegraphindia.com/ entertainment/coronavirushow-some-in-the-mumbai-film-industry-have-beensilently-helping-people-during-the-covid-19-lockdown/ cid/1773564

""डोंट आस्क व्हाट योर कंट्री कैन डु फ़ॉर यू . .'", जेएफ़के लाइब्रेरी, 2 अक्टूबर 2020 को देखा गया, https://www. jfklibrary.org/learn/ education/teachers/curricularresources/elementary-school-curricular-resources/asknot-what-your-country-can-do-for-you

संगीता देवी दुंदु, 'सोनू सूदः "प्रवासी मज़दूरों ने हमारे घर बनाए; मैं उनको बेघर नहीं देख सकता", , द हिंदू, 29 मई 2020, 2 अक्टूबर 2020 को देखा गया, https://www.thehindu.com/entertainment/ movies/ sonu-sood-migrant-workers-built-our-homes-i-couldntwatch-them-being-homeless/article31685826.ece

“‘आई आलवेज वंडर्ड व्हाई सम्बडी डज़नॉट डु समथिंग अबाउट दैट। देन आई रियलाइज्ड आई वाज समबडी”—लिली टोम्लिन, पाइनरेस्ट, 2 October 2020 को देखा गया, https:// in.pinterest.com/ pin/358881282643751O5/

लछमी देब रे, ‘वोंट रेस्ट अन टिल द लास्ट माइग्रेंट रिचेज होम: सोनू सूद’, आउटलुक, 25 मई 2020, 2 अगस्त 2020 को देखा गया, https://www. outlookindia.com/website/ story/india-news-wont-rest-until-the-last-migrantreaches-home-sonu-sood/353468

‘फ़ेथ इज टेकिंग फ़र्स्ट स्टेप, ईवेन व्हेन यू कांट सी द व्होल स्टेयरकेस’, आईफनी, 2 सितम्बर 2020 को देखा गया, https://ifunny.co/picture/faith-is-taking-that-firststep-even-when-you-can-FempWTBm7

बरखा दत्त, ‘द पावर ऑफ़ वन। ऐक्टर@SonuSood (ऑल्सो एडेड बाई हर फ्रेंड नीति), सेंड हंडरेड ऑफ़ माइग्रेंट वर्कर्स होम, फ़र्स्ट टु कर्नाटका एंड नाउ टु यूपी। वन बस कैन कॉस्ट्स अनिव्हेर बित्वीन 65000 टु 2 लाख। कैच हिज़ स्टोरी ऑन Catch His Story on @themojo_in Https://t. co/N0rsBbqhng’, Twitter, 17 May 2020, accessed on 2 September 2020, https:// twitter.com/BDUTT/ status/1261916287522881536

दिव्येष सिंह, “‘महात्मा सोनू सूद विल सून मीट पीएम मोदी’: शिव सेना अटैक्स ऐक्टर ओवर हिज़ हेल्प टु माइग्रेंट्स’, इंडिया टुडे, 7 ज़ून 2020, 2 सितम्बर 2020 को देखा गया, https://www.indiatoday.in/india/story/ sonu-sood-mahatma-narendra-modi-mann-ki-baat-shivsena-saamana-migrants-1686434-2020-06-07 I am No Messiah.indd 210 12/4/2020 5:44:20 PM

“‘गुड वर्क सोनू”, सेज पंजाब सीएम ऑन ऐक्टर्स चैरिटी’, सहारा समय, 2 September 2020, http://m. saharasamay.com/ entertainment-news/676622706/- good-work-sonu-says-punjab-cm-on-actor-s-charity. html

‘सोनू सूद मोस्ट पॉप्युलर इन आईआईएचबी सर्वे ऑन सेलिब्रिटी परफ़ोरमेंस दयरिंग लॉकदाऊब’, , एक्सचेंज फ़ॉर मीडिया, 2 September 2020, https://www. exchange4media.com/marketing-news/sonu-sood-mostpopular-in-survey-on-celebrity-performance-duringlockdown-105802.html

मैलकम ग्लैडवेल , आउटलायर्स: ड स्टोरी ऑफ़ सक्सेस(लंदन: पेंगुइन बुक्स, 2009) ‘अर्विंग बर्लिन – ड सोंग इज इंडेड (बट ड मेलोडी लिंगर्स ऑन)’, Genius.com, 2 September 2020, https://www.genius.com/Irving-berlin-the-song-isended-but-the-melody-lingers-on-lyrics

‘कोट्स ऑन ‘ग्रीफ़’ दैट मेड मी ऐकसेप्ट ग्रीफ़’, आएशाज म्यूज़िंग, 11 मार्च 2019, 2 अक्टूबर 2020, https://aeshasmusings.com/musings/quotes-on-griefthat-made-me-accept-grief/

जॉन ग्रीन, द फ़ॉल्ट इन आवर स्टार्स(न्यू यॉर्क: डटॉन बुक्स, 2018)

जॉन ग्रे, मेन आर फ़्रोम मार्स, वीमेन आर फ़्रोम वीनस (लंदन: कोलिंस एजुकेशनल, 2005)

‘एवरीडे थाऊजेंड ऑफ़ पीपल आस्क फ़ॉर हेल्प फ़्रोम सोनू सूद, द ऐक्टर रिलीजड फ़िगर फ़ॉर ड फ़र्स्ट टाइम’, , Dailyhunt.in, 2 अक्टूबर 2020, https://m. dailyhunt.in/news/africa/english/newscrab-epapernewcrb/every day thousands of people ask for help from I am No Messiah.indd 211 12/4/2020 5:44:20 PM 212 List of Sources sonu sood the actor released figures for the first timenewsid-n208100608

‘सोनू सूद सेज जेईई_एनईईटी इश्यू ऐन एक्जाम फ़ॉर गोवेर्मेंट, आस्कस फ़ॉर 60 डेज़ पोस्टपोनमेंट’, इंडिया टुडे, 26 अगस्त 2020, 2 अक्टूबर 2020, https://www. indiatoday.in/education-today/news/story/sonu-soodsays-jee-neet-issue-an-exam-for-govt-asks-for-60-daypostponement-1715319-2020-08-26

सोनू सूद, 'दिस इज नॉट ऐन एक्जामिनेशन ओन्ली फ़ॉर स्टूडेंट्स। ईट इज ऐन एक्जामिनेशन फ़ॉर द गवर्न्मेंट टु। गवर्न्मेंट हैज ऐन अपरचूनिटी टु एक्सेल बाई पोस्ट्पोनिंग #जेईई_एनईईटी फ़ॉर 60 डेज़, मेक ईट हैपेन एंड ब्रिंग डोज़ समाइल्स बैक. स्टडेंट्स एंड गवर्न्मेंट कैन प्रीपेयर इन दिस टाइम विंडो। #PostponeJEE_NEET', ट्विटर, 26 अगस्त 2020, 2 अक्टूबर 2020 को देखा गया, https://twitter.com/ SonuSood/status/1298543702357336064

"'एक साल बर्बाद नहीं कर सकते": सुप्रीम कोर्ट रिजेक्ट्स एनईईटी, जेईई डिलेज, लेटेस्ट लॉज़', 2 अक्टूबर 2020, https:// www.latestlaws.com/latest-news/can-t-waste-a-yearsupreme-court-rejects-neet-jee-delay/

'एनईईटी, जेईई समाय पर होंगे . 99 प्रतिशत उम्मीदवारों को उनकी पहली पासंद का शहर मिल जाएगा,', TheRealKashmir.com, 25 August 2020, 2 अक्टूबर 2020, https://therealkashmir.com/ neet-jee-on-time-number-of-exam-centres-increased-99-per-cent-candidates-to-get-their-first-choice-of-centrecities/#:~:text=NTA said it has ensured,of NEET (UG) 2020

'आईआईटी दिल्ली ने जेईई (एडवांस) के लिए दिशानिर्देश जारी किए' तेलंगाना टुडे 25 सितम्बर 2020, 2 अक्टूबर 2020, https://telanganatoday.com/iit-delhiissues-guidelines-for-jee-advanced-2020

'सोनू सूद ने हरियाणा के विद्यार्थीयों की मदद की, ऑनलाइन क्लास के लिए उनको स्मार्टफ़ोन भेजे', टाइम्स नाउ न्यूज़, 2 सितम्बर 2020, https://www. timesnownews.com/education/article/sonu-sood-sendssmartphones-to-students-of-haryana-to-attend-onlineclasses/643053

'मीच अल्बोम : कोट्स', गुडरीड्स, 2 अक्टूबर 2020, https://www.goodreads.com/quotes/426515- behind-all-your-stories-is-always-your-mother-s-storybecause

'ऑलिवर वेंदेल होम्स सीनियर का उद्धरण.', गुडरीड्स, 2 नवम्बर 2020, https://www.goodreads. com/quotes/60651-youth-fades-love-droops-the-leavesof-friendship-fall-a

'रबींद्रनाथ टैगोर: सबसे अच्छे 20 उद्धरण आपके लिए, TheSocians. com, 14 फ़रवरी 2020, 2 अगस्त 2020, https://www.thesocians. com/post/rabindranath-tagorebest-20-quotes-for-you#:~:text=Go not to the temple to pray on bended knees,who have sinned against you

डेबी औगेन्थलर, 'पिता, देवदूत, और हमारी सुंदर दुनिया: दुःख से आभार तक: You Are Not Alone – A Heartfelt Guide for Grief, Healing, and Hope', DebbieAugenthaler.com, 20 सितम्बर 2019, 2 अक्टूबर 2020, https://www.debbieaugenthaler. com/ fathers-angels-wonderful-world/

'आईएएस देने वालों के लिए सोनू सूद की पहल। नेटीजेंस ने अभिनेता की तारीफ़ की', Republic World, 12 अक्टूबर 2020, 2 नवंबर 2020, https://www.republicworld.com/entertainment-news/ bollywoodnews/sonu-sood-all-set-to-launch-an-initiative-for-iasaspirants.html 'Sonu

सोनू ने इलाज इंडिया पहल शुरू की, Goa Chronicle, 2 अक्टूबर 2020, https:// goachronicle.com/sonu-sood-launches-ilaaj-indiainitiative/

'ओपिनियन: यूएनडीपी अवार्ड ने सोनू सूद के ब्रांड को और बड़ा बना दिया है' ETBrandEquity.com, 29 सितम्बर 2020, 2 अक्टूबर 2020, https://brandequity. economictimes.indiatimes.com/ news/marketing/ opinion-sonu-soods-undp-award-makes-his-personalbrand-even-taller/78376281

'कोविड 19 को देखते हुए मेडिकल टूरिज़्म कम्पनियों ने टेलिमेडिसिन का रास्ता अपनाया', हिंदुस्तान टाइम्स, 16 मई 2020, 2 सितम्बर 2020, https://

www.hindustantimes.com/cities/medical-tourism-companiesturn-to-telemedicine-in-wake-of-covid-19/storyYA0OpXnbjgmvZfsRoHObRP.html

पुणे की रहने वाली 85 साल की वारियर आजी के डेसखने लायक़ मार्शल आर्ट कौशल', यूट्यूब, 25 जुलाई 2020, 2 अक्टूबर 2020, https://www.youtube.com/ watch?v=8uakXlEOkoI

'बंगाल की 12 साल की लड़की को नया घर मिला सोनू सूद के सौजन्य से', न्यू इंडियन एक्सप्रेस, 24 अगस्त 2020, 2 अक्टूबर 2020, https://www.newindianexpress.com/   good-news/2020/aug/24/12-year-old-girl-in-bengalgets-new-home-courtesy-actor-sonu-sood-2187413.html